キネマトグラフィカ

古内一絵

老舗映画会社に新卒入社した“平成元年組”6人の男女が、2018年春、ある地方の映画館で再会した。今はそれぞれの道を歩む同期の彼らは、思い出の映画を鑑賞しながら26年前の“フィルムリレー”に思いを馳せる。映画がフィルムだったころ、6人は自分の信じた道を必死に前に進もうとしていた。フィルムはデジタルに、劇場はシネコンに、四半世紀の間に映画の形態は大きく移り変わった。そして映画とともに生きた彼らの人生もまた……。あのころ思い描いていた自分になれているだろうか？　追憶と希望が感動を呼ぶ、傑作エンターテインメント！

キネマトグラフィカ

古内一絵

創元文芸文庫

KINEMATOGRAPHICA

by

Kazue Furuuchi

2018

目次

キネマトグラフィカ

二〇一八年　桂田オデオン

文庫本から眼を上げると、車窓の向こうに、まだ雪が残る山並みが迫っていた。

北野《きたの》咲子《さきこ》は、軽く伸びをして窓枠にもたれる。

時間通りの到着になりそうだ。

久々に全員が顔をそろえる同期会に参加するため、咲子は上越《じょうえつ》新幹線に乗っていた。休日にもかかわらず、昼下がりの自由席はすいていて、車輌《しゃりょう》の乗客の数はまばらだ。

東京から小一時間。新幹線に乗ってしまえば、群馬県桂田《かつらだ》市はさほど遠い場所ではない。

また、いつでもこいよ——。

そう言って笑っていた、栄太郎《えいたろう》の声が甦《よみがえ》る。

前回、桂田市を訪ねたのは、同期入社の水島《みずしま》栄太郎が会社を辞めた後、この地に転職を果たした年だった。

神経質なところのある栄太郎が、大雑把《おおざっぱ》で荒々しかった会社を辞めたことに不思議はない。けれど、山口出身の彼が郷里に帰らず、群馬の、しかも最も苦手としていたであろう、かつての取引先に転職したと知ったときは、正直驚いた。

〝破《わ》れ鍋に、綴《と》じ蓋〟

栄太郎の転身の背景が知れたとき、そんな口さがないことを囁《ささや》いたのは、誰だったろうか。

いつでも行き来ができる距離にもかかわらず、あれから瞬《また》く間に二十数年が過ぎてしまった。次に全員で会するのが五十歳を過ぎてからになるなど、当時の誰もが想像していなかったに違いない。

咲子は、文庫本に挟んでいた一枚の写真を取り出してみた。

壁全面に映写機のレリーフが施《ほどこ》された堂々たる造りの劇場の前に、若い六人の男女が並んでいる。まだ、二十代だった頃の自分たちだ。

平成元年組。

元号が切り替わった直後に、老舗《しにせ》の映画会社、銀都活劇《ぎんとかつげき》——通称、銀活——に入社した咲子たちは、周囲からそう呼ばれた。

銀活は、戦後の日本映画黄金期を牽引《けんいん》した〝五社〟と称される映画会社のうちの一つだ。

主に洋画を配給する配給会社、映画の宣伝だけに特化したパブリシティ会社、映画制作を専門とする制作会社が無数に存在する現在、なにを以《もっ》て映画会社と定義するのかは難しいが、配給、宣伝、制作のすべてを兼ね備えているのが、映画会社なのではないかと咲子自身は考えている。

採用人数の少ない映画会社で、六人も同期がいるのは珍しい。

バブル景気爛熟《らんじゅく》期の恩恵によるものだ。

もっとも、銀活が日本の主要な映画会社として隆盛を誇ったのは、実のところ、一九五〇年から六〇年代の前半までだ。咲子が入社した当初の銀活は、大手というより、中小企業感の漂《ただよ》う雑然とした会社だった。

一枚の写真に納まっている六人を、咲子はじっと見つめた。

背が高く、がっしりとした体型をしているのは、学生時代山岳部だった仙道和也《せんどうかずや》だ。ミリタリーコートを羽織《はお》った和也は、編み上げ式のブーツを履いている。それがお洒落《しゃれ》か否かはともかく、和也自身は満足げに胸を張っている。

その隣の猫背が、今回の同期会の発起人となった水島栄太郎。

和也とは対照的に、痩《や》せた身体に没個性な灰色のスーツを着ている栄太郎は、口角を少しだけ上げてカメラを見ている。

写真の真ん中でピースサインをしている茶髪は、葉山学《はやままなぶ》だ。

額《ひたい》にふわりと垂らした前髪や、整った目鼻立ちは、今ならイケメンと呼ばれるだろう。だが、その口元に浮かんだ笑みは、どことなく軽薄だ。

学の隣で、やはり両手でピースサインをしている華奢《きやしゃ》なワンピース姿は小林留美《こばやしるみ》。

短大卒の留美は同期の中では最年少で、自らもそれを意識しているのが写真からもよく分かる。アイボリーのワンピースの上に、フェイクファーつきのふわふわとしたコートを纏《まと》っている様は、縫《ぬ》いぐるみのようだ。

黒いコートを着た咲子は、留美の後ろでなにやら眩しそうな顔をしている。

そして、自分の隣に飄々《ひょうひょう》と立っているのが、小笠原麗羅《おがさわられいら》だ。

入社当初、他の五人がそろって営業部に配属された中で、帰国子女の麗羅だけは国際部に配属された。百七十センチを超える長身の上、高いピンヒールを履いている麗羅の頭は、大柄な和也に負けない位置にあった。

新入社員の半分が女性というのは、当時としては画期的なことだった。その比率は、男女雇用機会均等法がようやく浸透し始めた時代の趨勢《すうせい》を反映している。

六人中、今でも銀活に残っているのは咲子を含めて三人だけだ。

残りの半数は、随分前に会社を去っている。同業界に転職した者もいれば、もう映画とはまったく関係のない世界で生きている者もいる。

咲子は改めて、六人の顔を順番に眺めてみた。

五十歳を過ぎた咲子の眼に、全員の姿はあどけなさを帯びているようにさえ映る。

それでも、二十代最後の年に差しかかっていた当時の自分は、己の若さに気づけずにいた。

いずれ、今の自分のことも「若かった」と思う日がくるのだろうか。

車窓に映る自分の顔と、写真の中の面々を、咲子はそっと見比べた。

ふいにチャイムが鳴り、到着のアナウンスが流れる。

車窓の先に、小高い山から突き出した桂田観音《かんのん》の白い姿が見え始めていた。

改札を抜けると、駅前にはスカイウォークと呼ばれる広大なデッキが広がっていた。吹きつけてくる北風に、咲子はショールを巻きなおす。空《から》っ風で知られる北関東は、四月に入っても風が冷たい。

菓子折りの入った紙袋を手に、咲子は商業施設と歩道橋につながる広いデッキを歩き始めた。前回訪れたときと今では駅前に変化があるのかないのか、今一つ判然としなかった。綺麗になった気もするし、元々こんな感じだった気もする。

スーパーを併設した駅ビル、ビジネスホテル、銀行、大型立体駐車場。

デッキがつないでいるのは、東京近郊の中核都市にありがちの光景だ。

だが、当時と幾分違うように感じるのは、駅前の人の往来《おうらい》だった。以前は閑散《かんさん》としていたデッキに、随分と若い人たちの姿が見える。

歩道橋を降りたとき、咲子はその理由に気がついた。

町案内の掲示板に、「桜祭り」と書かれた大きなポスターが貼ってある。ここから近い人造湖で、今晩、花火大会があるらしい。夜桜と花火を楽しむという趣向のようだ。

コートの襟《えり》を掻き合わせ、大通りの桜並木に眼をやる。

花は五分咲きといったところだが、頭上の鈍色《にびいろ》の曇《くも》り空はなんとも寒々しい。

今年は比較的暖冬だったが、春分の日を過ぎてから、真冬に戻ったような強い寒気が日本列島に居座り続け、東京の桜の開花も遅かった。

今でさえこんなに風が冷たいのだ。日が落ちた吹きさらしの湖岸で花火を見るのは、苦行に近いのではないだろうか。

咲子の心配をよそに、制服姿の女子高生たちが、ポスターの前で楽しげに話し込んでいる。一緒に桜祭りへ向かう、他の仲間を待っているらしい。にぎやかに笑い合う彼女たちからは、寒さを気にする以上に、行事を楽しもうとする活力が溢《あふ》れていた。

女子高生たちの前を通り過ぎ、裏路地に足を踏み入れたとき、ふいに鳩尾《みぞおち》の辺りでなにかが弾ける気配がした。

あ、くる——。

そう思った瞬間、かあっと全身が熱くなる。

途端に息苦しくなり、咲子は首に巻いたショールをむしり取って、コートの襟をはだけた。

火照《ホットフラッシュ》りだ。

どんなに寒くても、これがやってくると、なにもかもを脱ぎ捨ててしまいたくなる。

額に滲《にじ》んだ汗をぬぐい、咲子は少し歩を緩めた。

薬が必要なほど酷《ひど》いわけではない。しばらく我慢していれば胸苦しい火照《ほて》りはやがて治まる。

ホットフラッシュは、脳が促す女性ホルモンの分泌に、身体が応えられなくなったことによって起きるエラー現象だと聞く。

結婚後も職場では旧姓の北野で通し、第一線で映画制作を続けている咲子は、普段、それほど自分の実年齢を気にしていない。四十代で経験した高齢出産も、実家の母に助けられながら、比較的つつがなく乗り越えてきた。

しかし、最近現れ始めたこうした身体の変化には、不意打ちを食らった気分になる。もう自分が若くないことは充分に自覚しているつもりだが、それと、衰《おとろ》えを実感することはまた別だ。

咲子は溜め息をついて、周囲を見回した。

この界隈《かいわい》は見覚えがある。もう随分近くまできているはずだ。コートのポケットからスマートフォンを取り出し、地図アプリを起動させた。

広い駐車場のあるコンビニ。中層の雑居ビル。置き忘れられたような中華料理店。夜はスナックになるらしい喫茶店。

どこにでもある裏路地の風景だが、その背後の山の近さが東京とは違う。細い路地を進んでいくと、急に視界が開けた。

硝子《ガラス》の陳列ケースの奥に連貼りされた、映画のポスター。

三階建ての壁全面に施された、映写機のレリーフ。

写真の背景になっていた、あの劇場だ。

堂々たる造りは、封切《ロードショー》館として栄えた当時の名残だと聞く。

大型ショッピングセンターに併設された複合映画館《シネコン》が主流の地方において、これだけ劇場然とした映画館は珍しい。

桂田市最古の劇場は、しかしこの日、七十年に亙《わた》る歴史に幕を下ろすことになる。

「あ、支配人から聞いています。どうぞ、こちらへ」

閉館挨拶の張り紙が貼られた受付で、桂田オデオンのロゴ入りトレーナーを着たショートカットの若い女性スタッフが感じのよい笑みを浮かべる。

咲子は名乗るまでもなく、中へ招き入れられた。

恐縮しながら天井の高いロビーに足を踏み入れると、喧騒に包まれる。次の上映時間まで間があるらしく、大勢の人たちが立ったまま談笑していた。

「今、支配人、取材を受けてる最中だと思うんですけど……」

もう一人のスタッフに受付を任せた女性が、人混みを縫うようにして、咲子を先導してくれた。

「すみません。お忙しいときに」

「いえいえ、こんなの今日だけですよ。普段もこれだけの人がきてくれていたら、閉館しなくて済んだんでしょうけど」

そう苦笑してから、女性が改まったように咲子を見る。

「北野咲子さん……ですよね。『サザンクロス』のプロデューサーの」

二十年近く前に制作した映画のタイトルを口に出されて驚いた。

イギリスの若手監督を招聘《しょうへい》して制作した、咲子が初めて手掛けた合作作品だ。元々作風が好きだった監督を、国際部の小笠原麗羅を通して口説《くど》き落としてもらった。

ミーティングを重ね、一から題材を決め、監督自らに脚本を書き起こしてもらった、当時の咲子の入魂の企画だ。

咲子にとって、初のロングランを記録した作品でもある。

「よくご存じですね。かなり前の作品なのに」

思わず呟いてしまう。

『サザンクロス』――。

子連れの英国人女性と結婚した日本人男性が、結婚直後に事故で妻を失い、残された十代の連れ子の少女と共に、新婚旅行で訪れるはずだった日本最南端の有人島に、南十字星《サザンクロス》を見にいくというロードムービーだ。

文化も生活習慣も違う多感な少女に戸惑いつつ、亡き女性の思い出を交換しながら、少しずつ互いの心の傷を埋めていく姿を描き、「新しい家族映画」として、映画評論家からも好評を得た。

もっともロングランといっても東京のミニシアターの上映で、公開の規模は小さかった。

当時とて、知る人ぞ知るという作品だったのに、先導してくれている女性はどう見ても二十代後半だ。

「あの作品、私が高校生のときに、桂田オデオンでリバイバル上映されたことがあるんです」

そんなこともあったのかと、咲子は眼を瞬《しばたた》かせる。

懐かしさと同時に、喪失感のようなものが込み上げた。

あれほど丁寧に、一から企画を立ち上げ、時間をかけて映画を制作することは、利潤追求が厳しくなった今の体制の会社ではとてもできない。

長い不景気の中で、映画制作の状況も随分と不自由になっていた。

「それに、この間、雑誌のインタビュー記事も読みました」

女性が明るく咲子を見やる。

「十歳になる息子さんがいらっしゃるんですよね。すごいなぁ、ママさんプロデューサーって。子育てとお仕事を両立させるのって、きっと大変ですよね」

また、それか。

最近発売になった週刊誌のインタビュー記事の件を持ち出され、胸が塞ぐのを感じた。

〝ママさんプロデューサー〟なんて、とても自分のこととは思えないのに。

「本当に尊敬しちゃいます」

若い女性スタッフの屈託《くったく》のない称賛に、咲子は居心地が悪くなった。

「あ、いました」

女性スタッフが、一際《ひときわ》人だかりのしているロビーの一角を指し示す。

人垣に囲まれた中央で、水色のジャケットを羽織った栄太郎が地方局の取材に応じていた。

ライトで照らされた額が、すっかり後退している。新幹線の中で若かりし日の写真を見たばかりのせいか、あっという間だとばかり思っていた二十数年を、咲子は急に重たく感じた。考えてみれば、東京にいる他の同期たちと違い、桂田市に移り住んだ栄太郎の姿を直接見るのは実に久しぶりだ。

「それじゃ、私はここで」

女性が頭を下げて立ち去ろうとする。

「お仕事中、ありがとうございました」

その若々しい後ろ姿を見送ってから、咲子は再び栄太郎に向き直った。

「今まで地元の劇場としてお客様に愛していただいたことに、心から感謝しています」

両手を前で組んだ栄太郎は、記者の問いかけに淡々と答えている。穏やかに語る栄太郎の姿に、かつての痛々しいほど神経質な様子はない。その口調や振舞いは、既に彼がこの土地に溶け込んでいることを雄弁に物語っている。

栄太郎が銀活を辞めたのは、〝心の病〟が原因だった。

当時は、周囲も本人もそれを明らかにしなかったが、長きに亙った無断欠勤は、抑鬱《よくうつ》状態によるものだったらしい。

会社を辞めてからしばらくの間、栄太郎から音沙汰はなかった。咲子たちも、敢えて連絡を取ることはしなかった。

ところがそれから二年後、栄太郎は突如、同期全員を桂田市に呼び出した。

二年の間になにが起きたのかは知らないが、栄太郎は取引先だった興行会社の社長の娘と結婚し、桂田オデオンの支配人に納まっていた。

同期の中で、一番早く家庭を持つのが栄太郎になるとは、正直咲子も意外だった。結婚に一番乗りするのは、入社当初から〝腰掛け〟を公言してはばからなかった、短大卒の留美だとばかり考えていたからだ。

果たしてどうなるものかと思ったが、地方劇場の支配人という仕事は、意外にも栄太郎に馴染《なじ》んだようだった。

「今後は常設館という形ではないですが、残ったスタッフと一緒に、新しい方向性を探っていきたいと考えております」

インタビューに答えている栄太郎は、すっかり地方文化人の顔をしている。

だが残念なことに、シネコン隆盛の時代の流れには逆らえず、桂田オデオンは今日で長い歴史に一旦終止符を打つ。

結局、咲子が桂田オデオンを訪ねたのは、栄太郎が支配人に就任した日と、その職務を果たす最後の日という、二極的な節目の日となった。

感慨に耽っていると、突然、背後から肩を叩かれた。

「北野、お疲れさん。今、きたんだ」

背広姿の仙道和也が笑みを浮かべている。

「ああ、仙道。お疲れさま」

上背《うわぜい》のある和也を見上げ、咲子は口癖のようになっているねぎらいの言葉を返した。入社当時と同じく営業部に所属する和也は、この日、れっきとした出張だ。

若い頃にはインポートの古着を着たり、ブーツを履いたりと、独特のお洒落をしていた和也だが、今ではすっかりどこにでもいる中年サラリーマンになっていた。

「どうしたんだよ。浮かない顔して」

指摘され、咲子は思わずハッとした。

「別にそんなことないけど」

慌てて言いつくろうと、和也は軽く片眉を上げる。

「いや、なんだか憂鬱《ゆううつ》そうな顔してたよ。どうした？　敏腕制作プロデューサーとしては、地方劇場の消滅に憂《うれ》いでも覚えたか」

「だから、そんなことないってば」

「あ、それともあれか。せっかくの休日なのに、俺らに会うんで、旦那と子供にごねられたとか？　なんだかんだ言って、北野、お母さんだもんなぁ。全然、見えないけど」

咲子の全身を眺めまわし、和也が含み笑いした。

いつもパンツスーツで、化粧もほとんどしない咲子は、清楚《せいそ》で可愛らしい服装の母親ばかりが集まる小学校の保護者会では確かに浮いている。

〝お母さん、なんで、スカート穿《は》かないの？〟

一年生のとき、授業参観が終わった途端、息子の拓《たく》が不満そうに頰を膨らませていたことを思い出した。

「そんなこと言ったら、仙道だってお父さんじゃない」

「俺はまあ、今も営業だからさ。これも一応仕事だもの」

それに、〝お母さん〟じゃないもの――。

言外の声が聞こえた気がした。

「他の皆は？」

段々うっとうしくなってきて、咲子はさりげなく話題を変える。

「葉山と留美ちゃんは、もう上の事務所階にいってる。小笠原はまだだ。例によって、連絡もない」

「ああ、レイなら、少し遅れるってさっき連絡があったよ」

スマホを取り出すと、和也は眉間にしわを寄せた。

「は？　なんだよ、それ。俺が送ったメッセージは未読なのに」

「私に連絡したから、伝わると思ったんじゃないの」

咲子はそうとりなしたが、和也は腑《ふ》に落ちない表情をしている。

留年をしているために同期の中で最年長のせいか、和也は未だにリーダー風を吹かそうとするところが抜けていない。

それにしても――。

咲子はそっと下を向いた。

自分は、そんなに浮かない顔をしていたのか。

できるだけ意識しないよう、努めていたつもりだったのに。

本音を言うと、咲子はこの日の同期会にあまり気乗りがしていなかった。

栄太郎をはじめとする、かつての同期たちと会うのが嫌なわけではない。ただ、その場所が桂田オデオンであることに、正直気後《きおく》れを感じてしまう。

しかも、最終日のこのプログラム。

咲子は壁を飾るポスターに眼をやった。

日本映画黄金期を支えた早世の大スター、〝蓮さま〟こと橋口蓮之助《はしぐちれんのすけ》が、市女笠《いちめがさ》をかぶった姫君を背後に刀を構えている。

一九五〇年代から六〇年代にかけて、銀都活劇を代表し続けた蓮之助主演の作品は、今尚若い世代に人気があった。

現代にも通じる端整な美貌の蓮之助の魅力はもちろん、それを十二分に生かし切った当時の銀活スタッフたちの底力が、繰り返しリバイバルされるだけのポテンシャルを作品に与えている。

老舗映画館の最終日にふさわしいプログラムなのかもしれないが、その実、栄太郎がこの作品を選んだのは、明らかに自分たちのためだ。

なぜならこの映画は、自分たち同期にとって、忘れえぬ経験を共有する作品だから。

今日はこの最終プログラムを肴《さかな》に、思う存分思い出話に花を咲かせるつもりなのだろう。

そう考えると、咲子はなぜか懐かしさより、億劫《おっくう》さが先に立った。

「それより、よく見つけたね。こんな古い宣材《せんざい》。仙道が発送したんでしょう？」

気分を変えたくて、咲子はあちこちに貼られたロビーカードを指さしてみる。

ロビーカードは、スチール写真に着色を施した、写真と絵画の中間のようなものだ。〝人着《じんちゃく》〟と呼ばれる着色を施された旧作《クラシック》映画のロビーカードは、今では貴重品だ。

写真の上に着色するのは、今でいう修整《レタッチ》のようなものだろう。俳優も女優も、光沢のある真珠色の美しい肌に、ほのかな頬紅を載せている。

「最近は、宣材もデータ管理されてるからね。番号打ち込めば、すぐに場所が分かるようになってるんだよ。昔みたいに、一日中倉庫にこもって探すようなことはなくなったな」

学生時代、山岳部に所属し、今も一人で山に登ることがあるという和也は、筋肉質な胸板をそらして淡々と頷《うなず》く。

だが咲子が知る限り、旧作のポスターやロビーカードが倉庫に雑然と詰め込まれていた時代から、和也はそれを劇場に貸し出す労をいとわなかった。

「北野、久しぶり。今日は遠くからありがとう」

インタビューを終えた栄太郎が、背後からやってきた。

思い入れたっぷりの表情を向けられ、咲子は少し戸惑う。

「こちらこそ。でもこんな忙しい日に押しかけちゃって、本当によかったの？」

軽く会釈し、すぐに手土産《てみやげ》の紙袋を差し出した。

「これ、スタッフの皆さんで」

白金《しろかね》の専門店のスイートポテト。個包装で、賞味期限が比較的長く、腹持ちがいい。劇場への手土産の鉄則だ。

「いや、呼び出したのはこっちだからさ。それに、もう取材も終わったし、後は楽なもんだよ。上にちょっとした食事を用意してるから、今日はゆっくりしていってくれよ」

紙袋を受け取り、栄太郎は笑みを浮かべた。目尻や口元に深いしわが刻まれる。

元々痩せ型だったが、一層細くなっている。上背だけではなく、段々と横にも広がっていく和也とは対照的だ。

「さ、とりあえず、上にいこう」

咲子からの手土産を受付の女性スタッフに渡し、栄太郎は「STAFF　ONLY」と書かれた扉をあけた。

栄太郎の後に続いて細い通路をたどっていくと、スクリーンの上手《かみて》に出た。たっぷりとドレープの寄ったカーテンの裾《すそ》が、空調の風圧でゆらゆらと揺れている。

スクリーン数で勝負のシネコンが主流になり、カーテンが開いてから上映が始まる凝った造りの映画館も今や少ない。

カーテンとスクリーンの間には、大きな舞台がある。監督や主演俳優たちによる初日舞台挨拶だけではなく、かつては劇場の支配人や映画会社の宣伝マンが、上映前に挨拶や口上を述べることもあったらしい。古い映画館が〝劇場〟と呼ばれる所以《ゆえん》だ。

咲子はカーテンの隙間から、素早く客席に眼を走らせた。

休憩中のため、着席している人はそれほど多くないが、ほとんどの席に荷物が置いてある。

「ここって、キャパどれくらいあるんだっけ？」

「三百六十席」

じゃあ、少なくても三百人——。

栄太郎の返答に、とっさにそう考えた。

劇場に入るたび、観客数を見積もってしまうのは、咲子が営業出身のためだ。

栄太郎が結婚して桂田オデオンの支配人になった翌年、咲子は入社八年目に、ようやく元元希望していた制作部に異動になった。

以来、咲子はずっと制作プロデューサーを続けているが、今も劇場に入ると最初にすることは、客席を見渡して観客数を見積もることだった。

「いつもはカーテンあけっ放しなんだけどさ、今日はわざとしめてみたんだ。別に、舞台挨拶があるわけでもないんだけどね。ほら、雰囲気が出るじゃない」

振り返った栄太郎が、照れたような笑みを浮かべる。

「キャパも三百超えると、でかいよなぁ」

咲子の傍らの和也が感嘆の声をあげた。

「最盛期には、五百席を超えるスクリーンもあったらしいから、これでも改装して小さくなったんだよ。でも今、地方で三百席なんて埋めようと思ったら本当に大変よ。シネコンの百席くらいが丁度いいのよ」

栄太郎と和也に続き、咲子はスクリーンの裏側に回った。薄暗い鉄階段を上っていくと、事務所階にたどり着く。

鉄扉を押しあければ、ようやく裏動線から解放されて、蛍光灯の下に出た。

「たいしたものはないけど、まあ、入ってよ」

栄太郎に案内されたのは、比較的大きな応接室だった。

中央のテーブルに、まだラップのかかった寿司桶と枝豆の盛られた大皿が置かれている。傍らには黒ラベルのビール瓶が、何本も並べられていた。

咲子たちが部屋に入った途端、部屋の隅で窓の外を眺めていた男女が振り返った。

「わあ、北野さん、久しぶり！」

この日のために気合を入れて髪をセットしてきたらしい額田《ぬかだ》留美が、甲高い声をあげる。

一瞬、ふわふわとしたフェイクファーつきのコートを纏った、縫いぐるみのような留美の姿が咲子の脳裏をよぎった。

栗色の巻き髪を肩に垂らした留美は、相変わらず、同期中最年少という意識をしっかり漂わせている。

「留美ちゃんは変わらないね」

咲子の言葉に、留美は心底嬉《うれ》しそうな顔をした。

二十九歳のときに結婚退職した留美と顔を合わせるのも、随分久しぶりだった。最後に会ったのは、十二年前の咲子の結婚式の二次会だったかもしれない。

「北野さんも変わらないよ……っていうか……」

留美は上目遣いに咲子を見た。

「北野さん、でいいんだよね」

「もちろん」

ずっと旧姓で通している咲子は、結婚後も姓が変わった意識は少ない。夫の姓である吉岡《よしおか》で呼ばれるのは、銀行や病院、或いは息子の学校でくらいだ。戸籍上の姓であると分かっていても、それが自分の本名だとは、正直今でも思えないところがある。

反対に、留美は旧姓の小林で呼ばれるのを極端に嫌がった。

〝だって、結婚してないみたいに思われたら嫌なんだもん〟

いつだったか留美は、そう吐露《とろ》していた。

入社当時、OL向けファッション誌から抜け出してきたような恰好をしていた留美は、今も薄桃色のカットソーに同系色のショールを合わせ、いささか若作りなコーディネートをしている。

〝結婚も出産も、昔から皆がやってきたことは、やっぱりいいことなんだと思う。私、そこから外れるのは絶対に嫌なの。だから、早く相手を見つけないと〟

口癖のようにそう言っていた留美は、三十を直前に、まるで終電に駆け込むような勢いで結婚を決めた。二歳年上とはいえ、同期の栄太郎に先を越されたのもショックだったのだろう。

結婚と同時に会社を辞めた留美は、なにもかもを振り切ったような、妙にさばけた表情をしていた。

結婚相手は、「友人の紹介」で知り合った、「堅い職業の人」だという。

それ以上のことを留美は話そうとしなかったし、咲子も追求しようとはしなかった。留美の場合、話したいことがあるなら、自分から口にすると思ったからだ。

一番婚期に敏感だった留美だが、その後、出産することはなかった。

二次会で会ったとき、ちらりと不妊治療の話をしていたような気もするが、結局うまくいかなかったのだろう。

一生独り身でも構わないと思っていた自分が四十になってから慌ただしく結婚し、子供まで授かったことを考えると、咲子はなんだか心苦しくなる。

今だって留美は、自分よりもずっと保護者会に似つかわしい、若奥様風の服装や雰囲気を纏わせていた。

「おいおい、そんなこと言ったら、俺だって、旧姓で通してんのよ。ねえ、北野ちゃん」

留美の背後から、一人の男が近づいてくる。

写真の中央で、留美と一緒にピースサインを突き出していた葉山学だ。

ウインドブレーカーにチノパン。ラフな恰好の学は、スーツ姿の男性陣に比べて一際若く見える。額の後退してしまった栄太郎と並ぶと、十歳は違いそうだ。

「え、だって、葉山さん、男性だから……」

「まあね、男が姓変わるのはおかしいもんな」

留美と学が話すのを聞きながら、それではどうして女性の姓が変わるのを、誰もおかしいと思わないのだろうと、小さく思う。

「葉山、お疲れ」

「疲れてないよ、別に。だって俺、営業の仙道と違って、単に遊びにきただけだもの」

咲子のただの挨拶に、学はへらへらと笑った。

現在、学は二次使用と呼ばれるビデオパッケージ部門に異動している。

人気アイドルと並び称されることもあった容貌は、今もそれほど衰えていない。もっとも、目元や口元に不真面目な色が滲んでいるのも二十代の頃のままだ。

現在、銀活に残っている同期は、咲子と和也、そしてこの葉山学だった。

九年前、銀都活劇創始者の御曹司《おんぞうし》だった社長の逝去《せいきょ》と共に、銀活が新体制になったとき、学は取締役の紹介で、取引先の社長の家の婿養子になった。

もう四十過ぎたし、女にもてすぎるのにも疲れた——。

そんな風に嘯《うそぶ》いていたのを、咲子も覚えている。

学の現在の本名は、確か荻野目《おぎのめ》だ。

「でも、これで、かつての地方営業《ローカルセールス》がそろい踏みじゃないの。さあさあ、北野ちゃん、入ってよ。狭いところだけどさ」

「おい、俺の会社の応接室だぞ」

学の軽口に、栄太郎が声を尖らせる。

「それに、小笠原もまだだしな」

スマホを取り出して着信をチェックしようとする和也に、留美がちらりと視線を走らせた。

「小笠原は元営業部じゃなくて、元国際部じゃないの。それに、あのねえさんは元々が別格よ。ぺえぺえ時代が長かった俺らに比べて、入社六年であっという間に課長だし。三十前で課長なんて、他にいなかったじゃん。元からいたオバハン課長は、押し出されて、フィルム倉庫の業務かなんかに飛ばされちゃってさ」

「ああ、そういや、国際部にいたよな。えらい厚化粧のオバハン課長……」

咲子は学と和也のやり取りを黙って聞いていた。

「それなのに、社長が死んだ途端、あっさり会社辞めちゃうしさぁ」

「正解だったかもしれないぞ。社長の死後、うちの会社も随分、変わったから」

「売上、売上、うるさくなったもんねぇ」

二人の応酬に、写真の隅に飄々と立っていた麗羅の長身が浮かんだ。

「自由すぎるねえさんは、確かに今のせちがらい銀活には向かないかもね。大体あのお方は、俺らのような雑兵《ぞうひょう》とはお生まれが違うのよ」

「そういうお前は、藁《わら》しべ長者だけどな、マナバヌ」

「マナバヌが最初に手にしたのは藁じゃなくて、太鼓だよな。この太鼓持ち」

聞きようによっては辛辣《しんらつ》な和也と栄太郎の突っ込みを、学は「またまた」と笑い飛ばしている。

マナバヌ——。入社当初の綽名《あだな》を、学は今でも地でいっていた。

一緒に仕事をしていると、学の軽佻浮薄《けいちょうふはく》さには苛立つことが多いのだが、こうした集まりでは潤滑油になる。

事実、組織が組織然とすればするほど、往々にしてこういう人物が重宝がられる。取締役の紹介に素直に応じたことも大きかったのだろうが、社長亡き後の新体制の中、学はたいした功績もないのに、異例の早さで部長になった。

もっともそれで偉ぶるほど、学は迂闊《うかつ》ではない。

「さ、さ、気まぐれなセレブねえさんは放っておいて、とりあえず、俺らで先に始めてようぜ」

早くも学は、同期会の雰囲気を盛り上げ始めた。

「銀都活劇、平成元年組、元ローカルセールスの再会を祝して。まあ、なんにもないけどさ」

「だから、用意したのは俺だって言ってんだろ」

老成した雰囲気を漂わせていた栄太郎も、学に引きずられ、いつしか当時の調子に戻っている。

傍らの留美がビールの栓を抜き始めたので、咲子も寿司桶のラップを取り外した。

学が言うように、もう一人の同期、小笠原麗羅はいつ現れるか分からない。

内定後、新入社員の顔合わせとして社長室に呼び出されたときにも、麗羅はいなかった。自分たちのように筆記試験や面接を突破してきたのではなく、麗羅が縁故《えんこ》入社であったことを知ったのは、比較的後のことだ。

「どう座る？　しょっぱなから王様ゲームでもやっちゃう？」

「うるせえ野郎だなぁ。五十路《いそじ》の男女が王様ゲームなんかやってどうすんだ。席順なんて、どうでもいいよ」

学の向かいにどっかりと腰を下ろした和也の隣に、留美がさりげなく寄っていく。

ホストの面目を保つように、栄太郎がすべての席を見渡せる〝誕生日席〟の椅子を引いた。必然的に、咲子は学の隣に腰を下ろす。

全員が同じテーブルについた瞬間、時が飛んだ。

今から三十年近く昔、自分たちはこうして、一つテーブルを囲んで顔を突き合わせていたことがある。

「こういうの、あったよな」

まったく同じことを考えていたらしく、和也が呟くと、

「あった、あった。新入社員のときだろ」

と、すかさず学が掌《てのひら》を打った。

圧倒的な売り手市場だったとはいえ、学生たちに人気のあるマスコミはやはり競争率が高

かった。老舗の映画会社、銀都活劇の第一次入社試験も、某会館の大きな会議室を貸し切りにして行われた。

そんな高倍率をかいくぐって入社したにもかかわらず、咲子たちには入社当初、個別のデスクがなかった。社会に出たばかりの右も左も分からない新人であっても、そうした状態が一ヶ月近く続けば、自分たちがそれほど期待されて採用されたのではないことくらい、察しがつく。

会社は時代《バブル》の熱に浮かされて、後先考えずに、とりあえず新人を確保してしまったのだろう。

早々に国際部へ配属された麗羅と違い、とりたてて任務のない咲子たちは、研修期間という名目の下、所属部署も決まらぬまま、ダイレクトメールの宛名書きなどをやらされていた。

「ひでぇもんだよ。せっかく映画会社に入ったと思ったら、毎日、殺風景な会議室に押し込まれて宛名書きだもの」

スマホどころか、パソコンや携帯電話もまだ普及していない時代だ。

ワープロの使用も交代制だった。会社の業務連絡は、概《おおむ》ね固定電話とファックスが頼りだった。

「まだ制作現場でロケ弁配りでもさせられてたほうがましだったよ。女優も見れるしさ」

昨日のことのように、学が肩を竦《すく》める。

完全に余剰人員だった新人たちに、やがて与えられたのは、地方営業という職務だった。

ローカルセールス——。

文字通り、地方《ローカル》の劇場に映画を売りにいく仕事だ。

一九六〇年代後半から七〇年代にかけ、娯楽《ごらく》の多様化で観客動員数が右肩下がりになった映画衰退期に、銀都活劇は全国にあった系列劇場をすべて売却してしまっていた。

独自の興行網を失った銀活が映画を上映する場合、映画館と個別に契約を結ばなければならない。

宝映《ほうえい》や光映《こうえい》といった、大手映画会社の系列劇場は、特にそれが邦画上映館である場合、親会社の配給作品しか上映できないという縛《しば》りがある。こうしたチェーンと呼ばれる系列劇場に、銀活が割り込んでいくことは難しい。

しかし、当時はほとんどの地方都市に、飲食店、パチンコ店、ゲームセンターなどと一緒に映画館を経営している独立系の興行会社があった。

そうした独立系興行会社を一軒一軒訪ねて契約を交わし、全国での映画上映を実施するのがローカルセールスの職務だ。

当時は、北関東を栄太郎、東海を学、関西を和也、九州を咲子が担当していた。

「じゃあ、とりあえず、乾杯しようか」

栄太郎がビールのコップを手にする。

「再会を祝して」

栄太郎の音頭に合わせ、咲子たちはコップを突き上げた。

「桂田オデオンの長い歴史と、水島支配人のお疲れさまも兼ねてな」

一人ひとりコップを合わせ終えたところで、和也が営業らしく、栄太郎をねぎらった。

乾杯用のビールに口をつけた後、咲子はすぐにウーロン茶に切り替えた。

「あれ？　北野って、飲めないんだっけ」

目敏く、栄太郎が声をかけてくる。

「ああ、北野ちゃんはいつも飲まないよ」

枝豆をつまみながら、学が咲子に代わって頷いた。

「そうだっけ。なんか、昔は飲んでた印象があるけど。オレンジジュースとかもあると思うけど、持ってこようか」

「あ、いい、いい。ウーロン茶があれば充分」

腰を浮かしかけた栄太郎を、咲子は慌てて制した。

「で、これからどうすんの？　水島も飲食関係やるの？」

枝豆の莢《さや》を皿に積み上げ、学が栄太郎に問いかける。

「いや、飲食は義父《ちち》とかみさんの親族がやってるから、俺は劇場に残る」

驚くべきことに、八十三歳になる桂田興業の社長は未だに現役だという。

「でも、劇場は今日で閉めるんだろ？」

「一般興行はやめるけど、この先も上映設備だけは残して、イベント上映やフィルムコミッションの活動に主軸を移そうと思ってる。そのほうが行政の支援も受けられるし」

「ああ、それ、いいかもね。今、フィルムコミッション主導のご当地映画、盛んだもんな。アニメとかがヒットすると、〝聖地巡り〟とか言って、観光客がくるじゃない」

フィルムコミッションとは、地域ロケの実施手続きや、エキストラ手配を支援する非営利団体だ。フィルムコミッションの誘致によるご当地映画やドラマは、地域の活性化にも一役買っている。

アニメの背景のモデルになった場所を見つけ出し、名場面と同じ角度で撮った写真をSNSで披露するファンたちが増えているのは、咲子も知っていた。

「聖地巡りなんてなにが面白いのか、俺にはまったく分かんねえけど。だって、そこにいったって、お目当てのキャラに会えるわけじゃないじゃん。いるのは似ても似つかない、爺さん婆さんばっかりでさ……」

「とはいえ、地域振興にはなるからな」

栄太郎たちの話を聞きながら、咲子は麗羅の分の寿司を取り分け、ついでに自分の皿にサーモンを載せた。

栄太郎は奮発してくれたらしく、寿司はなかなか美味《おい》しかった。

向かいの席では留美が盛んに和也に話しかけては、そのたび、「そうだっけ?」「そうだっけ?」と首を傾げられている。

どうやら留美の持ち出す話題を、和也はことごとく覚えていないようだった。

「でもさ、なんだかんだで、桂田オデオン、今までよく頑張ったよな。外資や大手のシネコンが出てきた途端、地方の独立系劇場は軒並み潰れちゃったじゃない。ローカルセールス時代、俺が回っていた劇場なんて、もうほとんど残ってないよ」

早くも一杯目のビールを飲み干し、学が声をあげる。

「お前の担当劇場だけじゃないよ。デジタル化の波が押し寄せてきたとき、フィルムからデジタルへの切り替えができなかった独立系の劇場は、地方か都心かにかかわらず、生き残れていない。名画座なんかも壊滅状態だ」

和也が話題に入ってきた。

「それに比べると、桂田オデオンのデジタル化は早かったよな」

「ああ。うちは既存のプロジェクターを、DCPサーバーにつなぐ方法をとったから」

ビールを啜《すす》りながら、栄太郎が頷く。

「DCPって……?」

留美の疑問に、学がここぞとばかりに鼻息を荒くした。

「そう、そう、留美ちゃん。今や映画はフィルムじゃなくて、DCP。デジタルシネマパッケージなわけよ」

「え？ じゃあ、もう三十五ミリプリントとか使ってないの?」

留美が眼を丸くする。

「いや、うちは旧作《クラシック》もかけるから、今でもフィルムとデジタル、両方対応してる」

「そうね。旧作は今でもフィルムプリント使うけど、でも、最近の新作は全部デジタルだな」

栄太郎と和也が交互に説明するのを、咲子はウーロン茶を飲みながら聞いていた。

「いつからそんなことになったの？」

栗色の巻き髪をいじりながら、留美は和也に向かって問いかける。

「俺の実感からすると、三・一一の後だな」

和也が少し真面目な顔で留美を見た。

ハリウッドを中心に導入が進められたデジタルシネマが日本で本格化し始めたのは、テレビが地上デジタル放送へと完全移行した二〇一一年のことだ。

奇《く》しくも、未曾有《みぞう》の東日本大震災が起きた年に、映画興行界もまた、大きな転換期を迎えることになった。

「留美ちゃんは、かなり前にこの業界離れてるから、そういうの知らなかったでしょ。まあ、普通に映画見にくる人たちにとっては、スクリーンの映画がフィルムだろうがデジタルだろうが、そんなこと、知ったこっちゃないもんな」

学が気楽な笑い声をあげる。

「でも、あのときはどこの劇場も本当に大変だったよ」

当時を思い出したように、栄太郎は眉を寄せた。

「ただでさえ観客動員数が減ってる中で、デジタル化の設備投資に何百万ってかかるんだから。映画会社が親会社のチェーン劇場ならともかく、地方の独立系には土台無理な話だよ。それでもデジタル化はどんどん推し進められたわけだしな」

「どうして」

小首を傾げた留美に、再び学が身を乗り出してくる。

「そりゃあ、映画会社側からすれば、デジタルのほうがいいに決まってるじゃん。一本焼くのに何十万もかかるフィルムプリントと違って、デジタルなんてさくっとコピーすりゃいいんだし、フィルムは上映するたび摩耗するけど、デジタルはそういう劣化もないしさ。大体、フィルムプリントはでかいし、重いんだよ。営業部時代、か弱い俺がどんなに苦労をしたことか」

「お前は北野より、プリント運べなかったもんな」

捲《まく》し立てる学を、和也が冷たく遮《さえぎ》った。

劇場で上映される三十五ミリプリントは、通常三十キロ近い重さになる。それに比べ、サイズもコンパクトで発送費や倉庫代のかからないデジタルシネマは、配給側の映画会社にとってはいいことだらけだ。

「制作費だってフィルム時代に比べたら、デジタルのほうが断然安いし。ね、北野ちゃん」

学から急に話を振られ、咲子は一瞬言葉に詰まる。

「……そうだね」

かろうじて頷けば、

「というわけよ」

と学は留美を見やった。

「デジタル化が映画会社にとって便利なことは分かったけど、でも、それじゃ、桂田オデオンみたいな独立系の劇場は損ばっかり？」

留美の指摘に和也が腕を組む。

「だから、それじゃさすがにまずいだろうってんで、VPFって仕組みができたんだよ」

「VPF……？　なに、それ」

留美が段々面倒臭そうな顔になる。

「ヴァーチャルプリントフィー。興行側だけでなく、配給側も初期投資を負担するっていう仕組みだよ。デジタル化を進めるための苦肉の策だ」

「言ってみりゃ、みかじめ料？」

嬉しそうにひとさし指を立てる学を、栄太郎と和也が同時に睨《にら》んだ。

ハリウッドがデジタルシネマの国際基準を発表した翌年の二〇〇六年、日本国内映画館のデジタル化は総スクリーン数の三パーセント前後と言われたが、VPFの仕組みが固まってからは、一気に導入が進んだ。

地デジの完全移行が済んだ二〇一一年を転換期に、現在では三千を超える全国のスクリーンのほとんどがデジタル化されている。

初期費用の問題さえクリアすれば、デジタルシネマは制作側にとっても、配給側にとっても、興行側にとってもメリットのほうが圧倒的に大きいからだ。

「とは言え、これは全部、業界の裏側で起こった出来事でさ。さっき葉山も言ってたけど、一般の観客たちにとっては、映画がフィルムだろうがデジタルだろうが、どうでもいい話ではある」

和也の言葉に、栄太郎が頷く。

「テレビを買い替えなきゃいけなかった地上デジタル放送化に比べれば、映画のデジタル化は一般的にはあんまり関係ないからね」

しかしその裏側で、VPF制度があっても尚、デジタルに切り替えることのできなかった小さな劇場や名画座は、軒並み閉館に追い込まれた。

映画館だけではない。

フィルムを上映する映写技師もまた、姿を消すことになった。

あのカタカタと音を立てながらフィルムを回す映写機は、最早、ほとんどの映画館で使用されていない。

現在の映画館の映写室に置かれているのは、サーバーにつながったパソコンとプロジェクターだ。プログラミングをしてしまえば、映写室に誰もいなくても、映画は自動で上映される。

「なんか、私がいた時期と、全然違うんだね」

二十年以上前に映画業界を去っている留美は、単純に不思議そうな顔をしていた。

「まあ、これはここ十年くらいに急激に起きた変化だよ」

「十年一昔とも言うけどね」

栄太郎の言葉に、学はひっひと笑っている。

「それじゃあ、あれは？」

急に思いついたように、留美が大きな声をあげた。

「十六ミリフィルムって一体どうなってるの？　十六ミリの発送とか、今じゃ誰もやってないわけ？」

「十六ミリ！　留美ちゃん、それ、既に死語だよ。さすがに歳《とし》がばれるよ」

学が盛大に噴き出す。

「なによ、葉山さん、さっきから感じ悪い……」

「いや、古い設備しかない公民館とかでは、今でも十六ミリフィルムを使うところがあるよ」

留美が明らかに不機嫌になったのを見かね、和也が助け船を出した。同期のリーダー格を自任する和也は、気配り上手でもあった。

「でもさぁ、俺らが新人時代にやってたローカルセールスなんてのは、今や本当に死語だよな」

反して留美の不興など意にも介さない学は、トロとイクラとウニを次々と自分の皿に盛っている。

「そうだな。シネコン中心になってから、地方のラインナップ決めるのも、全部、東京本社と話すだけになったからね。だからうちの営業部も、今はローカルセールスは置いてない」

留美が注いでくれたビールをあおり、和也が頷いた。

外資によるシネコンが日本に初上陸したときのことは、咲子もよく覚えている。

今から丁度二十五年前――。一九九三年のことだ。

当時はまだ営業だった咲子も、神奈川県の市街地に初めてできたシネコンのオープニングセレモニーに足を運んでいる。

それまでは地方の劇場といえば、ただ大きいだけで、ロビーもスクリーンもどこか埃《ほこり》っぽく、薄汚れているのがお決まりだった。

美しい絨毯《じゅうたん》張りの広大なロビーに、いくつものスクリーンが小部屋のように配されているお洒落な空間を見たとき、咲子はまさしく〝黒船〟がやってきたと感じた。

以来、地方のあちこちに次々と誕生したシネコンは、十以上のスクリーンを備えた施設も多く、それは、上映されているたくさんの映画の中から、自分の好みに合ったものを選び出す、セレクトショップ的な楽しさも兼ね備えていた。

外資には系列による縛りがないため、シネコンにくれば、宝映や光映の大規模公開の作品から、独立系配給会社によるミニシアター系の作品まで、幅広く鑑賞することができたのだ。

一時期、千七百にまで落ち込んでいたスクリーン数は、シネコンの登場により爆発的に増え、現在では三千四百を超えるまでになる。

だがその勢いも長くは続かなかった。

「シネコンだって、最近はアニメのＤＶＤの販促上映とかが入らないと、ラインナップ埋まらないんだからな」

「シネコンも、増えすぎたんだよ」

完全に映画会社営業と劇場支配人の顔になって、和也と栄太郎が言葉を交わす。

地方の独立系劇場を呑み込みながら大いに発展してきたシネコンだが、やがては飽和《ほうわ》状態に陥り、二〇〇三年から外資の撤退が続き、代わりに大手商社や流通業が興行界に参入してくるようになった。二〇一三年、外資は完全に撤退し、現在、日本のシネコンはすべて国内資本に譲渡されている。

「今はなんでもかんでも東京が中心だ。こうやって、長年の取引先の閉館でもない限り、俺も滅多に出張に出られなくなった。情緒のない話だよ」

上唇についたビールの泡を舐め、和也は肩を竦めた。

栄太郎が転職し、留美が会社を辞め、咲子が制作部に、学がビデオ事業部に異動した後も、和也だけは営業部にとどまった。

入社以降、営業部から異動していない和也は、最も間近で映画興行界の変遷を見てきている。

「でもさ……」

栄太郎がコップを置き、おもむろに切り出した。

「地方の興行会社に転職した俺が言うのもなんだけど、ローカルセールスって、今思うと不思議な仕事だったよな」

実感のこもった呟きに、応接室の中がしんとする。

全員が黙ると、空調の音が低く響いた。

「だって、下手すりゃ十万いかないような売上のために出張とかしたじゃない。どう考えても、費用対効果が悪すぎるよ」

手酌でビールを注ぎ、栄太郎は苦笑交じりに全員の顔を見回す。

ビールを飲み干した和也が腕を組んだ。

「まあな、あの頃の地方回りっていうのは、仕事っていうより、興行界の古い〝しきたり〟だったんだろうな。雀の涙みたいな売上のために出張するなんて、今じゃありえない」

「しかも当時はうちの会社、邦画はビデオ向けのB級で、洋画は超マイナー路線だったし。ばりばりミニシアター向けのアート映画なんて、シネコンもない頃の地方で人が入るかっつーの」

ウニを口いっぱいに頰張った学が首を振る。

「仕方ねえよ。銀活は老舗ってだけで、元々、たいして儲かってない会社だったんだから。でも、お前は監督の名前もろくに覚えずに営業にいってたっけな」

「まったく問題なかったね。どうせ、アニエスなんちゃらだの、なんちゃらヘルツウォークだの言ったところで、七十過ぎの支配人に分かるわけないじゃん」

和也の突っ込みに、学は堂々と開き直ってみせた。

「それでも、出張にいきさえすれば、とりあえず映画は買ってもらえた」

栄太郎がぼそりと呟く。

「ある意味、いい時代だったんだよ」

「そりゃ、そうだ」

ウニの次に、学はイクラの軍艦巻きを口の中に放り込んだ。

「だって、宿代を、出張先の劇場が出してくれてたんだぜ。宿泊手当は別途出るから、出張するたび、ちょっとした臨時収入になったよな。あんないい時代なかったよ」

「え！　そんなことあったの？」

懐かしがる学に、留美が驚きの声をあげる。

「北野さん、本当？」

いきなり尋ねられ、咲子は一瞬口ごもった。

「……うん」

渋々頷くと、内勤だった留美は明らかに腑に落ちない顔をした。

当然だ。

普通なら、一介の若手セールスが、取引先からそんな接待を受けることなど考えられない。

だが、当時の興行界には、映画会社のセールスの〝顎《あご》〟――食事代と〝枕〟――宿代は劇場が持つという、映画黄金期に根づいた奇妙な風習が生きていた。

初めて出張にいった咲子自身、この慣例に大いに驚かされた。

上司や先輩セールスたちも、長年同じ恩恵に与《あずか》っていたらしく、この件についてはなに一つ教えてくれなかったのだ。

セールスが劇場から受ける接待は、営業部内でも暗黙の了解になっていた。

「今はもう、そんな慣例はどこにもないよ。俺が支配人になってからは、うちの劇場だって、そんなこと絶対やらないし」

留美の不満顔に、栄太郎が慌ててつけ加える。

慣例。しきたり——。

確かに、そうとしか言いようのない非合理的な側面が、ローカルセールスという仕事には付随していた。

シネコンなど、まだ日本のどこにもなかった時代だ。

現在のセントラルオペレーションと呼ばれる東京主体の興行体系と違い、当時の地方には、出かけていかない限り話ができない、古ぼけた、しかし歴史だけはある、地域密着のご当地興行会社が頑として踏ん張っていた。

在来線を乗り継ぎ、市街地の劇場まで出かけていき、映画のことを〝写真〟と呼ぶ年老いた館主の昔話を半日聞かされて帰ってくるような営業があったことを、シネコン登場以降に映画業界に入ってきた後輩たちは信じることができないだろう。

そこには、興行が堅気《かたぎ》の仕事ではないと言われていた前時代的雰囲気が、まだ濃密に残っていた。

男性セールスとはまた少し違った経験をしてきている咲子は、学のように単純に当時を懐かしむ気持ちにはなれない。

それでも、自分たちは、摩訶不思議な習慣の残っていた古い興行界を知っている最後の年代の営業だと、それだけは確かだと思うのだ。

「けど、水島もなかなか粋なことをするよな。今日の最終上映って、俺らが〝全国リレー〟した作品だろ」

ウニとイクラとトロをすっかり平らげた学が声を張り上げた。

「しかも、この桂田オデオンがスタート地点だったんだよ」

和也も懐かしそうに相槌《あいづち》を打つ。

やはりこの話題になるかと、咲子は無言でウーロン茶を飲んだ。

「あれって、入社四年目だったから、二十六年前だよな」

「げげえっ、マジかよ。もうそんなに経つ？」

和也と学のやり取りに、咲子を除く全員から風のような溜め息がもれる。

二十六年と言えば四半世紀以上。生まれたばかりの赤子が立派な大人にまで成長する。

「しかし、あれはそうそう忘れられない経験だったな。ケヌキに次ぐケヌキ……って、ケヌキなんてのも、もう死語か」

学がはしゃいだ声をあげた。

「ああ、ケヌキも、フィルムプリント時代の産物だ」

和也がビールを啜りながら頷く。

「だけど、俺たちもよくやったもんだよ」

「若かったしな」

栄太郎と和也が顔を見合わせた。

「若かった、若かった。皆、二十代だよ。仙道なんて、いつもモッズのコートで決めちゃってさ。今なんて単なるオッサンだけど」

「俺はお前みたいに、いつまでも浮ついていられないんだよ」

学の茶化しに、和也は面倒臭そうに眉を顰《ひそ》める。

「なんだろね、このつまんない分別は。昔はもっとアグレッシブだったのに。仙道ってよく酔っぱらうと〝俺はオヤジになりたくない、オヤジになるくらいなら、四十一歳で死んでやる！〟って叫んでたじゃん」

「そんなこと言うか、バカ」

「いや、言ってたって。なんでオヤジの線引きが四十じゃなくて、四十一なのか、俺はずっと謎だったんだよ。やっぱ、バカボンのパパ基準？」

「アホか」

和也は素っ気なくそっぽを向いた。

「今となっちゃ、俺はできるだけ長生きしたいね」

「枯れたねー、仙道も」

「お前がいい歳しておちゃらけすぎなんだよ」

言い合う和也と学を、栄太郎が「まあまあ」ととりなす。

「今日は席を用意してあるから、最終回は皆で見ていってくれよ」

しかし栄太郎のその言葉に、咲子は思わず顔を上げた。

「いいよ、そんな」

自分の声が意外に大きく響いたことに、咲子自身ハッとする。

気づくと、全員が自分を見ていた。

「なんで?」

すかさず、学が問いかけてくる。

「なんか、北野ちゃん、今日、ノリが悪いよね」

「そんなことないよ」

「じゃ、なんでさ。蓮さま、見たくない理由でもあるわけ?」

畳みかけられ、咲子は口ごもる。

「……だって、今日混んでるじゃない。お客さんを優先しないと……」

「いや、それは問題ない。映写室の隣の、普段使ってない桟敷《さじき》席を開放するから」

栄太郎からも告げられると、咲子は反論のしようがなくなった。

どことなく白けたムードが、応接室を満たしていく。咲子はいたたまれなくなって、うつむきかけた。

そのとき、和也がふいに思いついたように声をあげる。

「北野、もしかして、帰り時間気にしてんの?」

え――？

「ああ、成程ね」

学も栄太郎も、途端に合点した顔になった。

彼らが言わんとしていることを察し、咲子の胸に、もやもやとしたものが込み上げる。

違う。そうじゃない。

遮ろうとした瞬間、和也がなんでもないように口にした。

「お前んところ、小学生の子供いるもんね」

「北野、お母さんだもんな」

和也と学が放った言葉に、留美の頰がぴくっとひきつる。

「だから、そういうことじゃないってば！」

咲子はついに大声を出した。

どうして留美の前で、平気でこんな話題を持ち出すのだろう。

男性同期たちは、留美が不妊治療をしてきたことを知らないのかもしれない。

たとえそうだとしても、あまりに無神経だ。

産んでも産まなくても、それで悩んだり傷ついたりするのが圧倒的に産む側であることに、男たちは鈍感すぎる。

第一、小学生の子供なら、同じく結婚の遅かった、和也や学にだっている。

なのに、どうして自分だけが〝母親〟であることを、ことさら強調されるのだろう。

ふいに、子育てと仕事の両立は、としつこく問いかけてきた週刊誌の記者の顔が甦った。新聞社系週刊誌の男性記者は、制作した映画のこと以上に、プライベートのことを聞きたがった。

もし自分が男のプロデューサーだったら。

家事は育児はと、同じことを聞かれただろうか。

プロフィールに一々、一児の母とつけ加えられただろうか。

或いは自分が独身だったら、子供がいなかったら。

ママさんプロデューサーでなかったら、果たして取材は入っただろうか。

仕事と家庭を両立させていると誉めそやす彼らは、その実、それを強要している。

それができていないなら、ここへは出てくるなと、無言の圧力をかけてくる。

〝ねえ、お母さん、本当？ それ、本当？〟

先日、真剣な表情で問いかけてきた息子の拓の姿が脳裏に浮かび、咲子はたまらなくなった。

「私、それほどちゃんとした母親じゃないから」

咲子は吐き捨てるように言った。

応接室の中が、水を打ったようにしんとなる。

気まずい沈黙の中、誰も口を開こうとしない。咲子は、留美の顔を見る勇気が持てなかった。

そのとき、ふいに応接室の扉がノックされた。

扉が開いた瞬間、全員がハッとする。

突然現れた豊かな色彩に、ベルエポック調の華やかな画集がぱらりと開かれた気がした。

アイボリーのハーフコートに、たっぷりとしたオパールグリーンのロングスカート。

元々百七十センチを超える長身に加え、ピンヒールを履いているため、ショートボブの頭頂がドア枠につかえそうだ。

元国際部の小笠原麗羅が、大きな陶器の保温鍋を抱えて立っていた。

「どうしたの？ なんか随分静かだね」

深い石榴《ざくろ》色《いろ》に彩られた唇が、緩やかな弧《こ》を描く。

「ねえさん、これはまた、随分と非日常的なお召し物で」

学が大仰に敬礼すると、その場がどっと沸いた。

男性陣の表情に、先程までとは少し違った覇気が浮かんでいる。

概して、女性の華美すぎる名前は呪縛にもなりやすい。けれど、こと麗羅に関していうなら、そのきらびやかな響きはどこまでもふさわしかった。栄太郎を除けば、容姿にあまり変化がない同期の中でも、麗羅は格別だ。相変わらずとびぬけて若々しく、美しい。

もっとも麗羅は、英語ネイティブには少々いかつい男性名に聞こえる「レイ」と呼ばれることを好んでいた。

「あんたなんかにねえさん呼ばわりされる覚えはないんだけど。ほら、これ持ってよ、マナバヌ」

「なに、これ。うわ、重い！」

学がよろけながら、麗羅から押しつけられた鍋をテーブルの上に置く。蓋をあけると、焦げ目のついた黄金色のマッシュポテトが湯気を立てて現れた。

「わぁ、美味しそう！」

留美が感嘆の声をあげる。その表情に陰りがないことに、咲子はそっと胸を撫《な》で下ろした。

ふと、麗羅と眼が合った。切れ長の奥二重が、三日月のようにしなう。

咲子も思わず微笑《ほほえ》み返す。

自分が発した一言で、同期会の雰囲気に水を差してしまっていた咲子は、夏の日差しのように鮮やかにその場を塗り替えてくれた麗羅に、内心感謝した。

「コテージパイ焼いてきた。イギリスの伝統的な家庭料理だよ。中に、牛ひき肉と玉ねぎのミートローフがたっぷり詰まってるの。ミートローフにオリーブとミックスナッツを入れるのが、私のオリジナル」

麗羅がパイにナイフを入れると、黄金色のマッシュポテトの下から、こんがりと焼き上がったミートローフが顔を覗かせた。

再び全員から歓声があがる。

麗羅は昔から料理が得意で、同期で顔を合わせるたび、手製の焼き菓子やパンを持参した。

咲子は何度か、世田谷《せたがや》の豪邸に招かれてフルコースをご馳走《ちそう》になったことがある。

麗羅がよく作るのは、幼少期を過ごしたというイギリスの家庭料理だ。咲子は麗羅のおかげで、「イギリスは料理が不味《まず》い」という偏見を返上することになった。

「小笠原、お前、こんなのよく持ってこれたな」

「車できたから、別にどうってことなかったよ」

和也と麗羅のやり取りに、窓の外を見た学が「うわっ」と声をあげた。

「もしかして、駐車場にとまってる、あの場違いすぎるポルポルって……」

咲子もつられて視線をやれば、軽トラックの隣で象牙《ぞうげ》色のポルシェが、雲の合間から差し込む西日を浴びて鈍く輝いていた。

同期の中で唯一の縁故入社である麗羅は、なにもかもが桁違いだ。

銀都活劇の筆頭株主であるメインバンクの頭取が、麗羅の父親と懇意な間柄なのだと、噂で聞いたことがある。

「焼き菓子もいっぱい作ってきたよ。持ち切れなかったから、奥さんにお願いしちゃったけど」

麗羅の言葉が終わらぬうちに、背後でにぎやかな声が響いた。

「あ、奥さん、すみません、お手数をおかけして」

すぐさま麗羅が振り返り、手助けにいく。

扉の背後に、籐《とう》のバスケットを抱えた栄太郎の妻の水島夫人が立っていた。

「いいの、いいの。それよりこんなにいただいちゃって。店屋物しか用意してないうちが恥ずかしいわ」

「私のはただの趣味なんで」

「本当にすてきねぇ、美味しそうだし、お洒落だし、素晴らしいわぁ。ご本人も女優さんみたいにお綺麗だし」

きんきんとした声が響く。

水島夫人は、胸元に象の正面顔を編み込んだ、派手なセーターを着ている。白いものが交じった髪には、強いパーマがかかっていた。

痩せ型の栄太郎とは対照的に夫人は丸々と太っていて、満面の笑みを浮かべた両頰には、大きなえくぼが浮かんでいる。

「明日の朝食用にって、手作りのパンまでいただいたの。ええと、なんていうパンでしたっけ、サイダーじゃなくて……」

「ソーダブレッドです」

「そうそう。サイダーじゃなくてソーダだった。いやだわぁ、サイダーなんて」

自分の覚え違いに一頻《しき》り笑った後、夫人はひょいと応接室を覗き込んだ。

「スコーンもいただいたの。助かっちゃうわよ、ねえ、栄ちゃん」

同期の前で「栄ちゃん」と呼ばれ、栄太郎は眉を八の字にしたが、満更でもなさそうな顔をしている。

「群馬名物、かかあ天下に、空っ風……」

傍らの学が、本人たちには聞こえないように忍び笑いを漏らした。

初めて桂田オデオンを訪れ、夫人を紹介されたとき、咲子も少々意外な気持ちになった。率直に言って、あの神経の細い栄太郎がこういう人を選ぶとは、想像していなかったのだ。当時の夫人は、今とはまた少々違う迫力のある人だった。

加えて、当初から夫人には幼い子供がいた。

つまり、心を病んで会社を辞めた栄太郎は、その二年後に、群馬の地方都市で、八歳年上の子連れの女性と結婚していたのだ。

見違えるほど元気になった栄太郎は、呼び出した同期たちを前に、「家庭を持つことの大切さ」について、滔々《とうとう》と語ってみせた。まだ二十代で独身だった咲子たちは、いささか奇異なものを見る心持ちで、その豹変ぶりを見つめていた。

なんとなく釈然としなかったのは、夫人の後ろに隠れていた幼い女の子が、栄太郎本人が言うほど、新しい父親に懐いているように見えなかったことだ。

「奥さん、どうですか、ご一緒に」

学がビール瓶を掲げてみせる。

「あら、ハンサムに声かけられると嬉しいわね」

「どうぞ、どうぞ、僕の隣に」

「もうちょっといい服着てくればよかったかしら」

「そのままで充分すてきですよ、奥様」

「やだわぁ、奥様だなんて」

大げさに身をよじり、夫人は大口をあけて笑った。

「でも、今日はせっかくですから、皆さんで楽しんでくださいな。お邪魔致しました」

麗羅に籐のバスケットを手渡すと、夫人は朗らかな声をあげて応接室の扉を閉めた。

その瞬間、フッと微かな音がする。

「すっげえ、おばさんパーマ。大体どこで買うんだよ、あんなみょうちくりんなセーター……」

学が口の中で呟くのを、咲子は聞いてしまった。口元には、明らかな冷笑が浮かんでいる。

破れ鍋に、綴じ蓋——。

栄太郎が子連れの夫人を紹介した後、陰でそう囁いたのは葉山学だ。

この男は、おどけているようで、その実、結構辛辣だ。

けれど、冗談の最中にふと漏らされた一言を記憶していたのは、それが咲子自身が隠し持った内心《はら》を衝《つ》いていたからだ。

毒を孕んだ思いを胸の奥に溜めている自分に比べ、へらりと口に出す学のほうが、いっそ潔いのかもしれない。

「じゃあ、もう一度乾杯しなおそうか」

栄太郎の音頭で、再び杯を合わせる。

車を運転してきた麗羅は、咲子と同じくウーロン茶のコップを手にした。

「うめっ、これまじに美味《うま》いや！」

麗羅が切り分けたコテージパイを口にするなり、和也が感激する。咲子も焦げ目のついたマッシュポテトを口に運んだ。

バターの風味の効いたマッシュポテトは、口当たりは滑らかだがどっしりとした旨みがあり、舌の上でほろりと崩れるミートローフは、砕いたナッツが香ばしい。オリーブが残す独特の風味は、ビールにも合うはずだ。

「どう、咲ちゃん。まだ、ちゃんと温かい？」

隣に座った麗羅に覗き込まれる。

「熱々ですごく美味しい」

咲子の称賛に、麗羅は「よかった」と笑みをこぼした。

名字で呼ばれることの多い咲子を、なぜか麗羅だけは初めて会ったときからずっと、「咲ちゃん」と呼んでいる。

「これ、アイルランドで見つけた保温鍋なんだけど、日本でも売ってみようかと思ってるの。ちょっと重いけど、保温性は抜群なんだよね。ダッチオーブンみたいに、そのまま火にもかけられるし」

九年前、社長が亡くなった直後に行われた早期退職者の募集に、麗羅は自ら応じた。

国際部で大いに活躍していた麗羅の辞職は、会社にとっては大きな痛手だったはずだ。

退職後、麗羅は父が経営していたインポート雑貨を扱う専門商社のバイヤーになった。病気だった父が亡くなってからは、麗羅は実質上の社長を務めている。

「今って新作映画の撮影に入ってるんじゃないの？」

麗羅から尋ねられ、咲子は曖昧《あいまい》に頷いた。

「うん。でも地方ロケだし、私はもう、あんまり撮影現場に入ってないの」

出張が少なくなったのは、なにも営業の和也だけではない。

咲子は元々、映画制作に携わりたくて、銀都活劇の入社試験を受けた。三十歳になったとき、ようやく念願がかなって制作部に異動になったが、自ら企画を立ち上げることができていたのは産休に入るまでだ。

産休明けに職場に戻ってきたとき、メインバンクからやってきた新社長の下、機構改革が行われた銀都活劇は大きく変わっていた。外郭だけを残し、まったく別の会社になってしまったといってもいい。

早期退職者募集という名目のリストラを経て、上層部はすっかり入れ替わっていた。そこで咲子は、制作現場も、興行の仕組みも、銀活のライブラリーもなにも知らない人たちが上に立っても、会社の経営は成り立つのだと思い知らされた。むしろ数字面だけで判断すれば、銀活の経営は改善されてきている。

ただ、新人監督を起用するようなリスクのある企画は、ほとんど通らなくなった。

情緒のない話だよ——。

先刻の和也の一言を思い返し、咲子は内心苦い笑みを浮かべる。

「それより、レイは？　コペンハーゲン、いってきたんでしょう？」

「もう最悪。毎日雨か雪。地獄のように寒かった！」

麗羅は両腕で体を抱いてみせた。

お互い忙しいので、顔を合わせるのは久しぶりだが、咲子は麗羅とは頻繁にラインやメールでやり取りをしている。

はっきりとものをいう麗羅のことを、留美はどこかで敬遠しているようだが、共に銀活では初の女性総合職だったこともあり、咲子は麗羅と近しかった。

口調やファッションに時折驚かされることがあっても、それはすべて、単純に育った環境の違いからくるものだ。慣れてしまえば、裏表がなく、思ったことをすぐに行動に移す麗羅は、人の顔色を読みすぎて疲れてしまう咲子にとって、気楽な相手でもあった。

「で、最近、どうなの？　銀活」

咲子が取り分けておいた寿司をつまみながら、麗羅が向かいの和也を見やる。

「なんか、えらいシステマチックな感じになっちまったよ」

よくぞ聞いてくれたとばかりに、和也が身を乗り出した。

「最近も、あっちこっちから新しい資本が入ってきて、そのたびに、機構改革だなんだって、体制がころころ変わってさ。小笠原が辞めたときも、早期退職者の募集があったけど、銀活全盛期を知ってる爺さんたちは、ほとんど会社に残ってないよ」

「なんか、やりにくそうだね」

「今じゃ、上層部は、ほとんど映画畑出身じゃないからね。邦画にしろ洋画にしろ、昔みたいに、現場で一から作り上げたり、仕入れたりってことはなくなったな。制作だって、生え抜き《プロパー》は北野くらいなもんだし」

同意を求めるように視線を寄こされ、咲子はぎこちなく頷く。

和也の言う通り、最近は一プロデューサーがオリジナルの企画を立案することはまずなくなった。代わりに増えてきたのが、多くの企業が参画した製作委員会方式の作品だ。出版やテレビや流通業等の大手企業を巻き込んだマルチ展開型の企画のほうが、制作費はかさんでも、結果的にはリスクを減らせるからだ。

咲子たち制作プロデューサーも、実質的な制作は下請けプロダクションに丸投げで、資金集めや企業間の調整にばかり駆り出される。

『サザンクロス』――。

咲子はふと、先刻若い女性スタッフからタイトルを告げられた、初めて手がけた合作作品のことを思い出した。

企画段階から色々と協力してもらった麗羅には、時折ロケ現場に入ってもらうこともあった。思えば、麗羅と一緒に現場に立っていたあの頃が、仕事をしていて一番楽しかった。一から企画を立ち上げ、監督やキャストを招聘して作品をプロデュースするのは、肉体的にも精神的にもきつかったが、それでも物作りをしている充実感があった。

「ここのところ邦画はずっと、既に知名度のある漫画や小説の実写化ばっかりだよ。シネコン主流になってから、少しでも入らない映画は、あっという間に上映コマ数減らされるしな。昔みたいに、口コミでジワジワ広がる映画なんてのも滅多になくなった。会議で議題になるのもリスク回避の方法ばかりだ。皆でワイワイやってた、小笠原がいた頃の銀活の面影は、今や全然残ってない」

「寂しい話だね」

「まあ、あの頃の銀活はいろんな意味で緩かったからな。あのままじゃ、どの道生き残れなかったんだろうよ」

「でもさ」

鮪《まぐろ》を咀嚼《そしやく》しながら、麗羅は一番大きなコテージパイを頬張っている学を指さした。

「あんなのが安々と部長になってる時点で、今の銀活も相当緩いと思うよ」

マッシュポテトを噴き出す勢いで、学が顔を上げる。

「はあ⁉ なにそこで、ナチュラルに俺のけなし《ディスり》が入るのよ!」

学の大声に、応接室がどっと沸いた。

中でも和也は腹の底から大笑いしている。身体をゆすって笑っている和也の隣で、留美だけがつまらなそうな顔をしていた。

麗羅がきてから、和也は明らかに気分を上げている。

留美から和也へ、和也から麗羅へと流れる微妙な感情は、互いに深く踏み込むことがなかったせいか、却って新入社員の頃から変わっていない。

すべてを吹っ切るように留美が三十を間近に結婚退職した後、和也は四十半ばで見合い結婚した。

麗羅だけが同期の中で独身を貫いている。

「とにかく、今日は最後までゆっくりしていってくれよ。席のことなら、心配ないからさ」

栄太郎から目配せされ、咲子は我に返った。

かろうじて頷くと、麗羅の視線を感じた。麗羅は咲子をじっと見ていたが、結局なにも言わなかった。

それからしばらく、食べては笑い、飲んでは笑う時間が過ぎた。

籐のバスケットのスコーンやレモンクッキーをあらかた食べ終えた頃、内線が鳴った。

「よし、そろそろ劇場に戻ろう」

栄太郎が席を立つ。まだ支配人としての業務を残す栄太郎と、営業の和也はセーブしていたようだが、学は完全に酒臭い息を吐き、麗羅にどやされている。

辛辣に人を観察する学が酔っぱらっていることに、咲子は密かに安堵した。

再び裏動線を通って、劇場に降りる。一《いち》ベルが鳴り、ロビーにいた客たちが、三々五々場内に戻り始めていた。最終回は、ほぼ満席のようだ。

「普段、物置に使ってるところだから、あんまり綺麗じゃないんだけど」

栄太郎が咲子たちを案内してくれたのは、映写室の隣に設けられた、十席ほどの桟敷席だった。昔はここで、関係者が初日の様子を見ることもあったらしい。

「俺は映写室にいるから」

「おう、お疲れ」

和也に見送られ、栄太郎が桟敷席を出ていくと、学が早くも奥の席で背もたれに寄り掛かって目蓋《まぶた》を閉じた。どうやら、ひと眠りするつもりのようだ。

「懐かしいよね。蓮さま」

前列の席に座った和也に、留美が声をかけにいく。

「蓮之助の剣劇シリーズには毎度お世話になってるよ」

「一体、何回リバイバル上映するつもり？」

「お客が入る以上は、何回でもやるね」

「強気ぃ」

和也の隣の席を確保した留美は、はしゃいだ声をあげた。

留美が和也と楽しげに話し込んでいるのを見てか、麗羅は後列の席に腰を下ろす。その隣の席につこうとして、咲子はふと足をとめた。

まただ。

身体の奥底から、不快な熱が駆け上ってくる。途端に息苦しくなり、なにもかもを脱ぎ捨て、氷水に身を浸したい衝動に駆られる。

二《に》ベルが鳴る前に、咲子は一人、桟敷席を出た。

階段を降り、化粧室の扉を押す。ロビーの古さに比べると、化粧室はリフォームが施されているらしく、比較的新しかった。上映時間が迫っているためか、化粧室に人影はない。

洗面台に近づくと、甘ったるい芳香剤の匂いが鼻を衝いた。

蛇口をひねり、冷たい水で手を洗う。水に浸したハンカチを額や頬に当てると、ようやく気分が落ち着いてきた。すると、今度はぞくぞくするような寒気が背筋を這《は》ってくる。温度調節のバランスを崩した身体は、本当に厄介《やっかい》だ。

咲子は、水垢がこびりついた鏡に映る自分の顔を見つめた。

〝いいよ、そんな〟

どうしてあんなことを口にしてしまったのだろう。

桂田オデオンで同期会が開かれることになった以上、こうした流れになるのは端《はな》から予想できたはずなのに。

映画を見るのが嫌なわけではない。

ただ――。

咲子は、人気《ひとけ》のない個室を振り返った。

営業時代、咲子はトイレでよく吐いた。

セールスのくせに酒も飲めない。だから女は――。

そう言われるのが怖くて、飲めない酒を無理やり飲んでは、隠れてトイレに駆け込み、便器に顔を突っ込んで吐いた。

そのときの苦しさが、甦ってくるようだった。

あの頃自分は、一体、なんのためにそんなに必死になっていたのだろう。

男女雇用機会均等法が施行されてから四年目。咲子と麗羅は、銀都活劇が初めて女性総合職として採用した新入社員だった。今でこそ、映画業界は、営業も宣伝も制作も女性ばかりだが、当時は他の映画会社も含めて、女性の営業職は咲子一人しかいなかった。

業界初の女セールス――。

それが、入社当時の咲子に与えられた称号だ。

今思えば、そんなことにはなんの意味もなかった。会社はただ単に、時代の趨勢に従って女性総合職を採用し、咲子は数合わせ的に営業に配属されただけだ。

それなのに、咲子は懸命になって、そこに意味を見出そうとした。

〝女のほうが男より優秀だ〟

いく先々で気楽に言い放たれた台詞《せりふ》に振り回された。

なぜならそれは、咲子にとって〝男より優秀でなければここにはいるな〟と聞こえたからだ。

成人映画の傍ら、片手間に古い邦画を上映している劇場にまで、咲子はスーツで身を固めて乗り込んでいった。

だから女は――。

そう言われないようにと思い詰め、悪趣味なセクハラにも笑顔で耐えた。

滑稽《こっけい》だ。

なにもかもが、どうしようもなく滑稽でバカバカしい。地方営業なんて、元々が、余剰人員に与えられる職務のようなものだったのに。

だから、咲子はあの頃の自分に会いたくない。

桂田オデオンで開かれる同期会に、気乗りがしなかったのはそのせいだ。

咲子は当時の自分を思い出すのが嫌だった。

でも。

それでは、今の自分はどうなのだろう。

咲子は蒼褪《あおざ》めた頰に、指を這わす。

〝ママさんプロデューサー〟と呼ばれながら、トップダウン企画の制作管理にばかり追われている自分は、あの頃の自分を本当に笑えるだろうか。

広報から、取材を受けてほしいという要請が入るたび、咲子は〝業界初の女セールス〟と、無意味かつ無責任に持ち上げられていた二十代のときのことを思い出す。

彼らが取材対象としているのは、作品の内容如何ではなく、〝ママさんプロデューサー〟であるからだ。

ひょっとすると、自分は今でもたいして意味のないなにかに、踊らされ続けているのかもしれない。

〝ねえ、お母さん、本当？　それ、本当？〟

再び、先日の拓の声が耳朶《じだ》を打った。

息子のあんなに真剣な声を聞いたのは、初めてだ。

十歳になった拓は、先週、私立の中学を受験したいと言い出した。最近、拓がクラブ活動で夢中になっているバドミントンの強豪校なのだという。

それを聞いた直後、不用意に漏らしてしまった一言に、拓があんなにも反応するとは思わなかった。

どちらかというと、感情の薄い子供だと思っていた。その拓が、食い入るように自分を見上げてきたことを思い返すと、胸の奥がひりひりと痛くなる。

二ベルが鳴り、咲子は我に返った。

水垢に曇った鏡の中、心細そうな女の顔が自分を見ている。己の不安げな眼差しから逃げるように、咲子は化粧室を出た。

桟敷席に戻ると、丁度場内が暗くなるところだった。

「咲ちゃん」

麗羅に招かれ、隣の席に腰を下ろす。

少し硬めのシートに身を預けると、映画が始まる前の、不思議な緊張感に包まれた。

胸の奥の拘泥さえ振り払えば、こうして暗闇の中に身を沈めて映画を見るのはやはり嫌いではない。

前列では留美が和也に寄り添い、奥の席でシートにもたれている学も一応目蓋をあけている。

ふと、傍らの麗羅と眼が合った。

麗羅の石榴色の唇が緩やかな弧を描く。咲子もそっと微笑み返した。

やがて、重たい緋色のカーテンが左右に開き、場内が完全に暗くなる。

咲子も麗羅も前を向いた。

桟敷席に、しんとした空気が満ちる。

カーテンの奥から現れるスクリーンを見つめながら、それぞれが二十六年前の出来事に思いを馳せていく気配を、咲子は心のどこかで感じていた。

四　一九九二年　発端《スタート》　登録《ブック》担当　小林留美

厄介な十月がやってきた。

短大時代は、暑くも寒くもなく、着たい服が着られる秋が大好きだったのに、就職してからというもの、留美はこの季節が一年で一番嫌いになった。

全国各地の公民館や学校で、文化の秋にちなんだ「映画上映会」が頻繁に催《もよお》されるからだ。そのたび、普段ならたいして忙しくない留美の仕事は一気に煩雑《はんざつ》になる。

留美はデスクの上に雑然と積まれているファイルの中から、「登録表《ブック》」と呼ばれる緑色の背表紙のファイルを手に取った。そこには、縦軸に映画のタイトルが、横軸に日付が記された手書きの表が、何枚も綴じ込まれている。上映会の窓口となる業者から注文が入るたび、縦軸にタイトルを記し、横軸の日付期間を赤く塗り潰す。二重登録《ダブルブッキング》を起こさないためだ。

映画会社に入るまで、映画館以外で映画を上映する催しがこんなにあるとは知らなかった。

短大を卒業してすぐ、留美は老舗の映画会社、銀都活劇に入社した。二十歳になった途端に社会に出るのは怖かった。四年制の大学にいっていれば、後二年は遊べたのにという気持ちもあった。

女の子が四年制の大学なんて出たら、嫁の貰い手がなくなる。

しかし両親から口をそろえてそう言われたとき、留美は四年制大学へ願書を出すことを諦めた。それに、元々勉強はあまり好きではなかった。

会社に入って二、三年でいい男性を見つけて、結婚する。できれば子供は二人以上欲しい。

短大を卒業した当初、留美が漠然《ばくぜん》と抱いていた己の将来のイメージだ。

それなのに、あっという間に三年半が過ぎてしまった。

就職先が、ある程度名前の知られた老舗映画会社に決まったときは、単純に誇らしかった。

友人や親戚も、「マスコミなんて、すごい」「留美もこれで業界人だね」「女優や俳優に会えるの？」「映画に出るの？」と、勘違いの大騒ぎをした。だが当の留美を含め、現在の銀活がどんな映画を作っているのか、具体的に知っている人は誰一人としていなかった。

実際に働き始めてみると、当初マスコミに抱いていた華やかなイメージとは、かけ離れた現実が見えてきた。

第一に、古臭い。

オフィスも古ければ、上司たちの考え方も古い。

白髪頭の営業部の部長は、留美には完全に老人に見えた。会社の所在地は一応銀座《ぎんざ》だが、限りなく新橋《しんばし》に近い。

歴史のある会社なのだから、自社ビルの老朽《ろうきゅう》化は仕方がないのかもしれない。けれどトイレが今どき和式だなんて、信じられない。三台あるエレベーターは、動きが遅くて毎朝いくら待ってもこない。乗れば乗ったで、絶えずぎしぎしと不穏な音がする。

総務が封筒の重さを量るのに上皿天秤と分銅を使っているのを見たときは、本気で眼を疑った。

女子社員にだけ課せられる雑用もある。

毎朝、給湯室を清掃し、同期や後輩の男性社員にまでお茶を淹《い》れなければならない。

それでもマスコミには、高学歴で高収入の、恰好いい男たちが多少なりともいるはずだった。

確かに制作部や宣伝部には、業界ものドラマと同じように「○○ちゃーん」と相手の名字を「ちゃん」づけで呼ぶプロデューサーもいる。だが、その容姿がドラマとはまるで違う。脇役並みの男すらいない。

「○○ちゃーん」が様になるのは、容貌が伴っている場合のみで、それ以外はむしろ滑稽だった。

ブック表をデスクに伏せ、留美はそっと社内を見回した。

今日は新作映画の完成披露試写会があり、同期のセールスたちは全員駆り出されている。昼下がりのオフィスに残っているのは、いつも陰気な表情をしている係長をはじめとする暇そうなおじさんばかりだ。

思わず溜め息を吐くと、営業部の電話が鳴った。

スポーツ新聞を読んでいる係長が電話に出るわけもない。部長に至ってはまだ午後三時になったばかりだというのに、ホワイトボードには「ＮＲ《ノーリターン》」と書いてある。

「はい、銀都活劇です」

受話器を取り上げ、留美は努めて明るい声を出した。もしかしたら、外出先の同期かもしれない。同期の中には、ほんの少しだけ気になる人もいる。

しかし響いてきたお馴染みの業者の声に、正直、うんざりした。またしても、「映画上映会」の申し込みだ。

「はーい、『巨大怪獣バトリオ』ですねー。少々お待ちくださーい」

間延びした声をあげ、伏せていたブック表を開いた。

銀活全盛時代に作られた特撮シリーズの人気は根強い。巨大蝙蝠《こうもり》と蜥蜴《とかげ》の化け物の対決のなにが面白いのかは知らないが、三十年以上も前の作品なのに、未だにあちこちで上映会が催される。

留美はブック表をめくり、『バトリオ』の欄を確認する。残念ながら、指定された日付に登録はない。

「お取りできまーす。それではこれから申し込み用紙をファックスしますので、いつものように必要事項をご記入の上、ご返送くださーい」

嫌気を悟《さと》られまいと、留美はことさら高い声で答えて電話を切った。

申し込み用紙が送信されてきたら、バインダーにファイルし、ブック表の日付を赤く塗り潰す。無論、留美の仕事はそれだけで終わりではない。

総合職の同期たちと違い、留美は端から事務職として会社に入った。後に知ったのだが、留美だけが実は新卒採用ではなく、欠員補充だった。

前任の女性社員が五月に退職してしまうために、後釜が必要とされていたのだ。

「難しいことは一つもないから」

引き継ぎの際、前任の女性は開口一番にそう言った。

「ただね、これは必需品」

手渡された絆創膏《ばんそうこう》の意味を、留美は追い追い知ることになる。

登録《ブック》――。それが留美が引き継いだ仕事だ。

映画業界では、ブック、もしくはブッキングと呼ばれるその職務は、簡単に言ってしまうと、映画のフィルムプリントの出し入れの管理だった。

たまたま見つけた求人で、ちょっと面白そう、という興味を持っただけで銀活の入社試験を受けた留美は、他の同期たちのように、映画学科を卒業していたり、映研に入ったりしていたわけではない。正直に言えば、映画館で映画を見ることすら稀《まれ》だった。

そんな留美にとって、映画が物理的にどんな形をしているかなど、入社前は想像も及ばなかった。

実際、映画会社が扱う映画には大きく二種類がある。

三十五ミリフィルムプリントと、十六ミリフィルムプリントだ。二つの違いは、文字通りフィルムの幅にある。フィルムの幅が大きければ大きいほど、映写される映像の精度は高くなる。

映画全盛期には三十五ミリの上をいく、七十ミリという巨大なフィルムプリントが存在したと聞くが、留美は実物を見たことがない。

入社後、初めて三十五ミリプリントと十六ミリプリントを見た留美の所感は、黄色い小型のドラム缶と、アタッシェケースのような四角い平らな箱、というものだった。

フィルムプリントは、基本、リールに巻かれて保存される。十六ミリならほとんどの映画は一つ、ないしは二つのリールに巻かれ、正方形のケースの中に収められる。

三十五ミリの場合、一つのリールに巻けるのは千五百フィート――約四百五十メートルほどだ。千五百フィートは、大体十五分の長さだ。九十分の映画なら、六巻のリールに分けられる。

プリントを一リールずつ丸いフィルム缶に詰め、それを積み重ね、更に黄色い革製のコンテナでくるんだものが、三十五ミリの一本の映画ということになる。

三十五ミリプリントは九十分前後の映画でも、フィルム缶の重さも加わって三十キロ近くになる。

留美が四角い箱と黄色いドラム缶と思ったのは、それぞれがケースとコンテナに詰め込まれた状態を見てのことだった。

三十五ミリプリントは、通常、劇場で、十六ミリプリントは、主に公民館や学校のホール等で上映される。重量もあり、扱いが難しい三十五ミリプリントに比べ、重さも半分以下で、コンパクトな十六ミリプリントは、映写設備も簡略なもので済むからだ。

封切館《ロードショー》での公開の後、二番館と呼ばれる名画座での上映を終えると、公民館や学校での上映が見込める作品は、十六ミリプリントを作成し、自主上映会の窓口となる業者に営業を委託《いたく》する。名作の誉れ高い映画黄金期のクラシック作品を多数所有している銀都活劇は、こうした自主上映会に積極的に作品を貸し出していた。

劇場用の三十五ミリプリントは郊外にあるフィルム倉庫から出し入れするので、営業が劇場との上映契約を決めてきたら、留美はそれをブック表に記入し、そのコピーを倉庫の担当者にファックス送信するだけでいい。

問題なのは十六ミリプリントを使用する、「映画上映会」だ。

十六ミリプリントは本社の物置に置かれているため、注文が入るたびに、留美が自ら梱包《こんぽう》して発送しなければならないのだ。

盛んに「映画上映会」が催される秋になると、この梱包発送作業が一気に増える。特に全国で学園祭が始まる十月から十一月は最悪だ。

日がな一日、鋏《はさみ》で紙をバリバリと切り裂いて十六ミリケースを梱包し、宅配便の送り状の宛名を書いていると、学生時代、お中元やお歳暮《せいぼ》の時期に百貨店で同じようなアルバイトをしていたことを思い出す。

しかも、綺麗な包装紙を使っていた百貨店と違い、ここで使うのは、お徳用大判の味気ないクラフト紙だ。用紙を切り分ける際、留美はたびたび手を滑らせて指を切った。

「必需品」と、絆創膏を渡されたのは、そういうわけだったのだ。

これが〝マスコミ〟の仕事の実態だとは――。

採用通知を受けたときの宝くじにでも当たったような高揚感は、入社四年目の今、ものの見事に潰《つい》えていた。

再び電話の呼び出し音が鳴った。

隣のビデオ事業部の電話だ。呼び出し音がしつこく鳴り続けていることに、留美は段々苛《いら》苛《いら》してきた。見れば、〝永遠の若手〟と綽名されている二期下の男性社員が、ビデオカタログの校正作業に没頭している。

「ちょっと、電話出てよ！」

留美の怒鳴り声に、後輩社員はびくりと肩を竦めた。慌てて受話器を取り、「ぎ、ぎぎぎ、銀都活劇でございます」と、社名を噛みまくっている。

まったく――。

溜め息交じりにファックス送信の準備をしていると、ふと視線を感じた。斜め向かいのデスクの係長が、陰気な眼差しで自分を見ている。

「怖っ……」

スポーツ紙に視線を戻す直前に呟かれた一言を、留美は聞き逃さなかった。

途端に、頬に血が上る。

既に社内の先輩男性たちに、なんの希望も抱いていない留美であっても、周囲の男性評はやはり気になる。なぜなら留美は、入社から今に至るまで、社内のアイドルは間違いなく自分だと自負しているからだ。

同期の女性二人を初めて見たときは、正直、分《ぶ》が悪いと思った。

当初から〝別格〟扱いで国際部に配属された小笠原麗羅は、群を抜いて美しい容姿の持ち主だった。幼少期をロンドンで過ごしていたという帰国子女で、遠い先祖に西洋の血が混じっているらしく、髪は明るい栗色で、肌は透けるように白い。

だが、高すぎる背や鼻梁《びりょう》は、見ようによっては少し怖く映った。

おまけに性格がものすごくきつい。

〝Rubbish《くだらない》〟

総務部長から朝のお茶汲みについての説明がなされたときに英語でそう吐き捨てた瞬間、麗羅は社内の同期以外の全男性と、総務や経理のおばさん社員を敵に回した。もっとも筆頭株主の縁故入社とあってか、役員ですら麗羅に直接苦言を呈《てい》することはなかったが。

銀都活劇で初の女性セールスになった北野咲子も、清楚な美貌の持ち主だった。

咲子が今どきのファッションやメイクに敏感なタイプだったら、同じ部署にいる留美は内心穏やかではいられなかったと思う。

だが、セールスという職務故か、咲子は常に地味な色のパンツスーツばかり着ていた。長い黒髪も、無造作に後ろで一つに結ぶだけで、バレッタの一つもつけていない。

しかも、毎晩深夜まで残業をしている。その甲斐《かい》あって、セールスとしての成績は優秀だが、先輩男性たちの評判は芳《かんば》しくなかった。

〝女の子なのにガリガリ働いちゃって〟

周囲の男性たちが、その姿を陰で冷ややかに評していることを留美は知っていた。

そうとなれば、俄然《がぜん》彼らの視線は自分に集まる。

留美とて、幼い頃から可愛らしいと評されてきた己の容姿に自信がないわけではない。

それに、麗羅と咲子は男性同期たちと同様の総合職。職場の花と呼ばれる事務職は、同期の中で一番若い自分だけなのだ。

フロアの違う総務や経理にいけば、他にも女性社員はいるが、四十過ぎのおばさんばかりだ。国際部に一人だけ、女性の課長がいるけれど、こちらは問題外の五十代。

そういえば、経理に三十代の独身女性がいるが、それだって充分におばさんだ。

入社数年後に、バブル景気はあっさりと弾け、自分たちの代には六人も同期がいた新卒採用も、徐々に下火となった。自分たちの代以降、特に女子社員の採用はない。今後は新卒採用そのものがなくなるという噂だ。

つまり、この会社で留美は今でも最も若い女性社員だった。

たとえつまらない仕事でも、皆から「留美ちゃん」と下の名前で呼ばれてにっこりと微笑み返し、アイドル扱いされているのが得策だ。

ところが十月がやってくると、ついつい〝アイドル〟をする余裕をなくしてしまう。

人づき合いは悪そうなのに、しっかり噂話だけはする係長に、声を荒らげたところを見咎められたのは、失敗だった。

早くも〝お局《つぼね》様化〟なんて陰口を叩かれたら、たまらない。

留美は申し込み用紙を手に、逃げるように席を立った。

総務や経理のように、本物のお局おばさんがいないだけ、完全な後釜として配属された自分は気楽なのかもしれない。

業者にファックス送信しながら、留美は前任者の女性のことをぼんやりと思い返した。

彼女もまた可愛らしい人で、留美がくる以前は、営業フロアのアイドル的存在だったことが見て取れた。口元に艶《つや》っぽい黒子《ほくろ》のあるその人は、決して悪い人ではなかったが、時折酷く醒《さ》めたことを口にした。

〝いい加減なおじさんたちから、いいように使われるのが嫌になったの〟

退職の理由を尋ねたとき、彼女は吐き捨てるように言った。

その言葉は、彼女の仕事を引き継ぐことになる留美の耳に、いささか意地悪く響いた。

前任の女性の送別会のことを、留美は今でもよく覚えている。

六本木《ろっぽんぎ》のディスコを貸し切りにした盛大な送別会で、色とりどりの大きな花束を両腕一杯に抱えた彼女は、感極まったような表情でこう述べた。

〝女性にとって、二十歳から二十五歳までが一番楽しい時期だと言われています。その最高の時期を、銀活で皆さんに可愛がっていただけて、本当に幸せでした〟

思い返してみれば、あれは完全に、アイドルの引退宣言だった。

今ではまったくつき合いのないその女性は、退職後、すぐに結婚したと聞いている。

「女性にとって、二十歳から二十五歳までが一番楽しい時期、か……」

無意識のうちに呟いてしまい、留美は口元を押さえた。誰にも聞かれていなかったことを確認し、密かに胸を撫で下ろす。

でも、二十五歳なんて、もうすぐだ。それまでに、自分も〝引退〟できるのだろうか。

女性はクリスマスケーキ。二十五を過ぎたら、売れ残りが確定する。

最近流行《はや》ったトレンディドラマで、何度も繰り返されていたフレーズだ。

母からも、二十八歳までに第一子を産むようにと散々プレッシャーをかけられている。母曰《いわ》く、二十八までに第一子、三十までに第二子を産んでおくことが、女性にとって最も理想的なのだそうだ。母自身、二十七歳のときに留美を、三十歳で弟を出産している。

〝皆が昔からやってきたことは、いいことに決まっているでしょう〟

そんな風に言われると、皆がやってきたことを、自分ができなかったらどうしようという不安でいっぱいになる。

ふと、経理にいる三十過ぎの独身女性の顔が浮かんだ。丸顔に、切り込みを入れたような一重目蓋の地味な顔立ちの人だった。質《たち》の悪い男性社員たちは彼女のことを陰で「こけし」と呼んでいる。彼らは彼女を見ると「もう、無理」「手遅れ」と囁き合ったりする。

引退に失敗すれば、自分も「こけし」さんと同列になるのかと思うと、留美はいたたまれなくなる。それなのに、どれだけ周囲を見回してみても、ろくな男性がいない。

これでは、〝嫁の貰い手〟を探すために、遊び時間を返上し、二十歳で社会に出てきた甲斐がない。

「クリスマスケーキ説」のプレッシャーからか、このところ、短大の同級生の間でも第一次結婚ブームが起きている。

先月、留美は二回、友人の結婚式の二次会に顔を出した。

そのとき名刺交換をした同世代の男性たちの何人かからは、自宅の電話番号を聞かれたのに、未だに誰からも連絡がない。

〝へえー、映画会社に勤めてるんだ〟〝マスコミなんて、すごいねー〟

口々にそう感嘆していたが、その実彼らは、マスコミ勤めの女性を好意的には受けとめていなかったのかもしれない。メイクもろくにせずに、深夜まで働いている咲子と同列に思われているとしたら、留美は心外だった。

席に戻ると、係長の姿が消えていた。ホワイトボードに眼をやれば、お得意の「ＮＲ」だ。

この日何度目かの大きな溜め息が漏れる。

それからしばらく、梱包や発送や電話応対に追われていると、いつしか窓の外が暗くなった。

帰り支度を始めたところ、ふいにがやがやと声がする。同期のセールスたちが戻ってきたのだ。

「女性週刊誌のカメラマンって、なんで毎回毎回、あんなにイチャモンつけてくるわけ？」

葉山学が憤懣《ふんまん》やるかたない調子で声をあげている。

「ライティングが悪いだの、仕切りが悪いだのって、散々怒鳴りちらして、何枚も写真撮るくせに、結局いっつも一コマくらいしか誌面に出ないじゃん」

初めて主演を務めたアイドルの記者会見を兼ねた完成披露試写会で、週刊誌のスチールカメラの仕切りを任されていたらしい。

ポスターやチラシの入った紙袋を手にした同期たちは、疲れ切った様子でそれぞれのデスクにつき始めた。昼間は試写会の手伝いや、外回りにいくことの多い彼らは、夕刻から本格的にデスクワークに入る。

「お疲れさま」

留美はさりげなく、一番上背のあるセールスを見やった。

仙道和也——。身長百八十センチ。顔、それなり。一応一流大学卒。元山岳部。部活に夢中になりすぎて留年したという迂闊さはあるが、唯一、この会社の中で気になる人。

この日、和也は少し変わったシルエットのコートを着ていた。いかにも大雑把で単純そうな体育会系に見えて、和也の服装は常に独特だった。以前、ちらりとインポートの古着が好きなのだと聞いたことがある。

他にも趣味がたくさんあるのだと、和也は屈託のない表情で語っていた。そんなこだわりの強そうなところも含めて、留美は和也に密かな憧憬《しょうけい》を寄せていた。

「あー、留美ちゃん、疲れた、疲れた。俺、可愛い女の子が淹れてくれたお茶で癒されたいな」

ところが当の和也はまったく気づかず、代わりに学が迫ってくる。

「ちょっと」

いつものグレーのパンツスーツに身を包んだ咲子が、声を荒らげた。

「そんなの自分でやりなよ。留美ちゃん、真に受けなくていいからね」

咲子に言われるまでもなく、留美は習慣化している朝以外のお茶汲みは極力拒否していた。来客ならいざ知らず、なぜ、同期の男にお茶を淹れなければならないのか。

でも――。

それで、和也の気を引けるなら、我慢して淹れてやったっていい。

留美は再び、和也に視線を流した。

しかし和也は留美を一顧《いっこ》だにせず、不在中に溜まったメモを片手に電話をかけ始めていた。

「ちぇ、なんだよ。自分で淹れたお茶なんて美味しくないんだよ。俺は、可愛い女の子が淹れてくれたお茶が飲みたいんだよ」

学がまだとやかく言っている。

留美は無視して、帰り支度を進めた。

葉山学は、一見、同期男性の中で一番整った顔立ちをしている。初めて顔を合わせたときは少しだけ心引かれたが、すぐに学は留美のリストからはじかれることになった。

とにかく学は、恐ろしくいい加減だ。遅刻は日常茶飯事だし、内部試写は寝倒し、上映契約を結ぶ営業職にもかかわらず、監督やキャストの名前を覚えようともしない。

入社早々、ついた綽名はマナバヌだ。

しかも学はそのいい加減さを、調子のよさだけで埋めようとしていた。誰が見てもたいして仕事をしているとは思えないおじさんセールスにさえ、「先輩、先輩」と腰を低くしておもねっている姿を見てしまえば、いくら面食いの留美でもいっぺんに眼が覚めた。

「でもさ……」

最後に席についた水島栄太郎が、おもむろに口を開く。

「今日みたいな映画ばっかりで、うち、本当にいいのかな」

栄太郎は尖った顎に指を当て、周囲を見回した。鉢の開いた頭や、こめかみに浮き出た静脈は、いかにも神経の細さを窺わせる。

まただ――。

長くなると察して、留美はファイルを片づける手を速めた。

芸術学部の映画学科を卒業し、映画通《シネフィル》を自任する栄太郎は、なにかと深刻な表情で持論を語りたがる。特に、銀活の行く末を憂えるのが大好きだ。

「せっかく制作部のある映画会社が、端からビデオレンタルショップの売上を当てにしたような企画ばっかりでさ」

帰り支度は済ませてしまったが、終業時刻まで後十分ある。留美は仕方なく、他の同期同様、栄太郎の話を聞くふりをした。

「今回の映画なんて、完全に、新人アイドルの人気一発勝負じゃない。しかも、演技は酷いもんだし……」

「いいんじゃないの。結衣子《ゆいこ》ちゃん、可愛かったし」

学が気楽な声をあげる。

「俺は、訳分かんねえ洋画より、よっぽど面白かったよ。ま、確かに演技は酷かったけど」

CMを中心に人気を集めているアイドル、竹下《たけした》結衣子が少しきわどいミニスカートを穿いているポスターを、学はデスクの上に広げた。

「でも、なんかうちのラインナップって、邦画と洋画の色が違いすぎるよな」

背後のキャビネットに貼ってあるフランス映画のアーティスティックなポスターと見比べ、学が苦笑する。

栄太郎の懸念にも、学の開き直りにも共感できないが、それだけは確かだと留美も思う。

銀都活劇は戦後は〝五社〟に名を連ねた歴史だけはある映画会社だが、最近の業績は今一つだ。制作する邦画は、全国一斉に華々しく公開する大作路線には振り切れず、中途半端なアイドル映画や、後のビデオ化を見越したB級アクション映画ばかりだ。

対して、国際部が買いつけてくる洋画は、妙にマニアックなヨーロッパ映画が多い。

どちらも、制作費や買いつけ費が潤沢でないことが原因だ。

たいして映画に詳しくなかった自分をはじめ、親戚や友人たちが、最近の銀活作品をまったく知らなかったのも仕方がない。

「今日の映画はともかく、俺は別にそれほど悲観してないけど」

電話を終えた和也が、栄太郎を見やった。

「邦画が入らないって言われ始めてから、ちっとも自社制作しなくなった宝映とかに比べると、銀活は頑張ってるほうだと思うよ。ちゃんと若手監督も起用してるし、それに、現場からの企画募集もしてるし」

「そうだよ。私たちだって企画会議や買いつけ会議に出てるじゃない。意見があるなら、そこで言うべきだよ」

不在中の伝言メモを整理しながら、咲子も同意する。

「でも、言ったところでなにか変わるのかな」

栄太郎は相変わらず浮かない顔をしていた。

「金がないのは、どっちにしろ変わらないもんね。ねえねえ、知ってる？　最近、うちって、〝先物買いの銀活〟って巷《ちまた》で言われてるらしいよ。銀活の作品でデビューした若手監督や俳優がブレイクすると、その後全部、大手に持っていかれてんの。薄情なもんで、ブレイクすると、もう二度と銀活の作品には関わらないんだな、これが」

学が他人事《ひとごと》のようにへらへらと笑う。

「そいでさぁ、俺、今日、何回も結衣子ちゃんと視線合っちゃって、結衣子ちゃんが今後大ブレイクして銀活と縁が切れても、俺との縁は切れなかったりして。だって、相手役の俳優全然イケてないじゃん。あれなら、まだ、俺のほうが恰好よくない？」

調子に乗った学が機関銃のように喋《しゃべ》り出すと、和也と咲子は再び電話をかけ始めた。栄太郎は蒼褪めた表情で、ぼんやり空《くう》を見ている。

ようやく終業時刻になり、留美はセリーヌのトートバッグを手に立ち上がった。

「お先に失礼しまーす」

まだ序の口といった様子でデスクに向かっている同期たちに声をかける。

「お疲れさまでしたー」

「お疲れちゃーん」

「おう、お疲れさん」

かろうじて、和也からも声があがった。

若い社員ばかりが残っている社内を歩きながら、留美はちらりと映画営業部の島を振り返る。

メモを手にした和也が、咲子になにか話しかけている姿が眼に入った。その後、ブック表を開き、セールス全員で額を突き合わせて話し込んでいる。

映画祭シーズンは、なにも公民館や学校の上映会にだけあるわけではない。劇場でも同様に特集上映が始まる。少ないプリントを、全国各地でどう回していくか、相談でもしているのだろう。

ブッキングの件なら、自分も加わったほうがいいのだろうか。

ちらりとそう思ったが、再びデスクに戻るのは真っ平だった。

この時期、十六ミリの管理だけで頭がいっぱいになる留美は、三十五ミリにまで気を回している余裕がなかった。劇場用の三十五ミリは、セールスたちが管理してくれればいいとさえ思っていた。留美は結局、そのままタイムカードを押した。

ふと、男ばかりのセールスの中の、咲子の姿が脳裏をよぎる。

紅一点、という言葉が浮かび、留美は少しだけ羨望《せんぼう》を覚えた。

紅一点は子供の頃からの憧れだ。

弟が好んで見ていたロボットものアニメの紅一点は、大抵主人公の恋人だった。どう見ても役立たずなのに、誰からも邪魔にされず嫉妬《しっと》もされず、主人公以外の男たちからも、なにやら大切に扱われている。

だが、咲子の姿を見ていると、現実の〝紅一点〟はそう甘いものではなさそうだった。

咲子はしばしば地方の劇場に出張に出かけるが、この大手系列に入っていない地方の独立系劇場というのが、なぜか酷く柄の悪いところが多かった。女だというだけで、咲子はよく電話口で怒鳴り散らされていた。

〝なんでうちの担当がいきなり女になったんだよ、前の担当は一体どこにいったんだ！　ふざけてんじゃねえよ！〟

電話の向こうの濁声《だみごえ》が、向かいの席にいてもはっきり聞こえてくることさえあった。あんな館主のいる劇場に営業にいくなんて、考えただけで寒気がする。

現実の紅一点は、誰からも大事にされやしないのだ。

しかし、それでは、職場のアイドルはどうだろう。

お茶汲み、雑用、梱包、発送作業。クラフト紙で切った傷口は、浅いくせにいつまでも痛い。

違う。

やっぱり違う。なにかが違う――。

割り切れない思いを振り払い、留美はようやくやってきたエレベーターに乗り込んだ。

翌週。外に出ていたセールスたちが三々五々戻り始めた終業時刻間際のオフィスで、騒動が持ち上がった。

「あ、そういや俺、〝蓮さま〟名古屋に入れたんだったわ」

きっかけは、学が呑気に言い放った一言だった。

「ちょっと!」

咲子が顔を引きつらせて、留美のデスクのファイル置き場からブック表をひったくった。

三十五ミリのブック表を確認する咲子の表情が、どんどん険しくなっていく。

どうやら、人気の〝蓮さま〟作品にダブルブッキングが起きたらしい。

留美は視線をそらし、宅配便の送り状を書き始めた。

映画祭シーズンは、三十五ミリプリントの管理も煩雑を極める。

ニュープリントを新たに焼きなおし、銀都活劇では、新作のほかに、映画黄金期の旧作《クラシック》のプリントを新たに焼きなおし、ニュープリントとして新作同様に扱っている。映画祭シーズンには鬼籍に入っている大御所監督や銀幕スターの特集上映が組まれ、むしろ新作以上の興行収入を叩き出す。

中でも早世の銀幕スター、蓮さまこと蓮之助の剣劇シリーズは、今尚根強い人気を誇っている。特に今年は蓮さま没後二十年とあって、全国の劇場で特集上映が組まれていた。

こうした特集上映は日替わりが多く、また、旧作のニュープリントは大抵一本しかないため、細心の注意を払ってブッキングを行わないと、すぐに二重登録が起きるのだ。

本来なら、そうしたところまでブック担当者が気を配らなければならないのだろうが、留美にはそこまでの熱意はなかった。

ただでさえこの時期は、朝から晩まで十六ミリプリントの梱包と発送に明け暮れるのだ。余裕があるときなら、セールスが契約を決めてくるたび、「お疲れさま」と愛嬌《あいきょう》たっぷりに微笑むくらいのことをしてみせるけれど、今はそれどころではない。別に、セールスの成績が上がったところで、それがブック担当者の評価に結びつくわけでもないのだ。

セールスには売上という眼に見える成果があるが、登録して管理するだけの自分には、別段なんの目標もない。営業部の売上が会社の業績につながり、ひいては己の給料に結びついていると言われても、留美には今一つぴんとこなかった。

映画祭シーズンで何本もの作品が頻繁に、しかも一斉に動くようになると、留美は極端に機嫌が悪くなる。フィルム倉庫にファックスする発注書も、どんどん殴り書きになっていく。

留美のそうした態度を重々承知しているセールスたちは、映画祭シーズンになると、自然と自分たちで三十五ミリプリントの管理をするようになっていた。留美はそれを自分に対する当然の気遣いだと信じていた。

己のあまりの投げやりさと杜撰《ずさん》さに、最終的にはセールスが責任を負うことになる発送ミスやダブルブッキングの被害を最小限に収めようと、彼らが防御策を講じているのではないかという可能性からは極力眼をそらした。

職場のアイドルは、余裕がなければ務まらない。

「一体、いつどこに名古屋を入れたっていうのよ。ブック表にはなにも書いてないけど」

端からアイドルを返上している咲子が、せっかくの清楚な容貌を鬼に変えている。

「えーと、えーと、えーとですねぇ……」

さすがに学も焦りながら、突きつけられたブック表をめくり出した。

「あ、大丈夫、大丈夫。ダブルブッキングじゃないよ。北野ちゃんの福岡、翌日からじゃない。午前着の指定便で出せば間に合うよ」

「バカ言わないで！」

学の軽佻な返答を、咲子が一喝する。

「福岡の上映、午前十一時からだからね。そこのところ、ちゃんと分かってるの？ しかもあそこの劇場の映写機〝大巻き〟だから、プリントつながなきゃいけないのよ。前日着じゃないと、とても間に合わないよ」

最近は、一リールごとに映写技師がフィルムプリントを掛け換えながら上映するのではなく、予《あらかじ》めすべてのプリントを一本につなぐ所謂〝大巻き〟で上映を行う、自動映写機を導入した劇場が増えてきていた。

「それに、こっちは二週間の興行だからね。そっちはどうせ一日上映でしょう？　もう、上映やめちゃいなさいよ！」

咲子の剣幕に、学は普段の饒舌《じょうぜつ》さを忘れて眼を白黒させている。

「待て待て。実は俺と水島のところも、蓮さま、結構きわどい感じに入ってるんだよ。北野と葉山はどこで予定してるの。こうなったら、うまいこと調整しようよ」

和也が二人の間に割って入った。

「無理だって。福岡は、事前にチラシも刷っちゃってるし、ラジオスポットも入れてるから、今からじゃ、絶対動かせない」

咲子が絶望的な表情で首を横に振る。

「いや、だから、今回、俺と水島のところは、ケヌキをやろうかと思ってるんだよ」

和也の言葉に、留美はちらりと視線を上げた。和也の隣のデスクでは、栄太郎がいつもの憂鬱そうな表情をしている。

「まじでぇ？」

学が素っ頓狂な声をあげた。和也が腕を組んで頷く。

「しょうがないだろ、稼ぎどきなんだから」

「げぇー、そんで俺にも、ケヌキしろってかぁ？」

面倒ごとが嫌いな学が、露骨に顔をしかめた。

ケヌキ――。元々は、二つのものが隙間もなくぴったりと合わさっていることを表す、「ケヌキ合わせ」という言葉からきているらしい。

その言葉がどういう経緯で用いられるようになったのかは定かではないが、映画業界では、楽日の翌日に別の劇場で上映を行う際に、セールスが自分でフィルムプリントを劇場に持ち込むことをケヌキという。複数の劇場で上映時期の前後がぴったりと重なってしまい、運送業者の配送手段では間に合わなくなったときの苦肉の策だ。

「名古屋から福岡まで、三十キロのプリント、手持ちで運ぶのぉ？ 俺がぁ？」

学はまだぐだぐだとごねている。

咲子に言われたように、いっそのこと上映を中止にしてしまうほうがまだましだと言いたげだった。

「いや、東海道《とうかいどう》新幹線なら、新幹線便があるだろう。あれを使えば、博多行きの新幹線にプリントを載せるだけでいい」

「ああ、新幹線便ね」

学がようやくほっとした顔になる。

「名古屋での上映後、手持ちで博多行きの新幹線にプリントを載せればその日の夜には博多に到着する。そこからまた手持ちでプリントを劇場に持ち込めば、ぎりぎり翌日の上映に間に合うだろ？」

「うん。それなら、いける」

和也の言葉に咲子も頷いた。

「じゃあ、とりあえず、この件は解決ってことで……」

学は鼻歌を歌いながら、ブック表に名古屋の予定を書き込み始めた。

「おい葉山、ちゃんと分かってるんだろうなぁ。新幹線便ってことは、お前が駅に持ち込むんだぞ」

「えっ」

「当たり前だろ！」「当たり前でしょ！」

和也と咲子がまったく同時に怒鳴り声をあげる。

「一体、誰が劇場からプリントを新幹線に載せると思ってるのよ。新幹線便に集荷なんてないんだからね」

「お前、そんなこと、劇場のスタッフにさせたら駄目だぞ。絶対に駄目だからな」

留年のため他の同期より年上の和也は、自然と長兄口調になることが多かった。

それに和也は、相手がどんなに小さな興行会社であっても、取引先を大事にしている。たとえ数万円の売上の上映であっても、館主に要求されるまま、ポスターやロビーカード等の宣材物を惜しみなく提供する。そうした和也の態度は、たびたび、〝セールスの鑑《かがみ》〟と称賛されていた。

そこもまた、留美が和也に合格点を与えた理由の一つだった。男性の仕事における誠実さは、将来の安定につながると思えるのだ。

「分かった、分かった。もう、分かったから、そうステレオで怒鳴んないでよ。ね、留美ちゃん」

変なところで同意を求められ、留美は慌てて視線を伏せた。

書き終えた送り状を梱包済みの十六ミリプリントに貼りつけ、宅配便の集荷棚まで持っていく。これで今日の発送作業はお仕舞いだ。

営業部の島では、ブック表を片手にまだ同期たちが声高に言い合いをしていたが、留美はこの日も定時で退社するつもりでいた。

だって、私はセールスじゃないもの——。

集荷棚から立ち去ろうとすると、すぐ傍のエレベーターの扉が開いた。ふわっとシトラス系の爽やかな香りが立ちのぼる。甘すぎない、上品な香りだ。

ファイルを抱えた国際部の小笠原麗羅が、エレベーターから降りてきた。

アイボリーのジャケットとゆったりとしたフレアースカートを纏った姿は、大振りな百合を思わせる。ブレザータイプのジャケットはパターンが綺麗で、ベーシックなだけに質のよさを窺わせた。

途端に留美は、買ったばかりの自分の小花模様のブラウスがつまらなく思えた。

「お疲れさま」

棚の前に立っている留美に気づき、麗羅が形のよい唇に笑みを浮かべる。

麗羅はまた髪を切ったようだ。綺麗に刈り込まれたショートヘアは、モデル並みの八頭身の麗羅の顔をますます小さく見せている。

「皆、いる?」

会釈を返した留美に、麗羅は営業部の方向を指さした。次回の買いつけ会議の資料を届けにきたのだろう。

再び頷き返せば、麗羅はピンヒールの音を響かせてフロアに入っていった。

優雅な後ろ姿を見送りながら、留美は小さく息を吐いた。お金も美貌も才能も、最初からなにもかもを持っている人はいるものだ。

自分に自信がなければ、あんなに髪を切ることはできない。同時にそれは、未だに女性の長い髪に神話を見たがる男性たちの眼を、麗羅がまったく気にしていないことを物語る。麗羅ならば、「クリスマスケーキ説」に悩まされることなど絶対にないだろう。

お茶汲みの拒否や、物怖じせぬ態度で周囲の先輩たちを敵に回した麗羅だが、その語学力は国際部の中でも群を抜いているという。

毎朝、給湯室でお茶の準備をするとき、留美はたびたび咲子から、麗羅がいかに優秀かを聞かされた。

麗羅が配属される以前、国際部は社長直属のような部署で、買いつけ会議もほとんど密室で行われていたらしい。中心になっていたのは、ヘルメットをかぶったようなおかっぱ頭の、化粧の濃い五十がらみの中年女性社員だ。

銀活で唯一課長職にある女性社員が牛耳《ぎゅうじ》っていた国際部を、麗羅はどんどんこじあけていったという。実際に映画を売っている現場の意見が反映されないのはおかしいと、営業部や宣伝部の社員を買いつけ会議に参加させるよう、社長に談判したのも麗羅なのだそうだ。

そのおかげで、今では営業フロアで働く社員の全員が、事前に買いつけ会議の資料に眼を通すことができるようになった。

咲子はひたすら嬉しそうに語っていたが、留美は複雑だった。

どれだけ優秀でも、面倒な朝のお茶汲みを、自分たち二人だけに押しつける理由にはならないはずだ。

それに監督とキャストの名前と粗筋《プロット》しか書いていない資料なんて、映画に詳しくない留美が見ても、良し悪しはさっぱり分からない。

少し遅れて営業部に戻ると、麗羅も仲間に入れて、セールスたちが大いに盛り上がっていた。

「いや、これ、最終的にマジにすんごいことになったたって！」

先程まで散々ごねていた学が、頬を赤くして興奮している。

「留美ちゃん、これ見てよ。結局、ケヌキに次ぐケヌキだよ。これじゃ全国リレーだって」

戻ってきた留美にブック表を差し出し、学はさもおかしそうに大笑いした。

見れば、まさしくケヌキ合わせ。

蓮さまの剣劇シリーズの中でも、最も人気のある一本が、栄太郎の群馬に始まり、和也の大阪、そこから少し戻って学の名古屋から咲子の福岡まで、数珠つなぎでブッキングされている。

「でもこんな出張、認められるのかな」

咲子が少々心配そうに、この日も「NR」の部長席を見やった。

「どの道、劇場にご機嫌伺いしなきゃいけないんだし、だったら稼ぎどきに上映箇所稼いでおいたほうがいいよ」

和也の言葉に、珍しく栄太郎が「そうかもね」と尖った顎を引いて同意する。

「そのほうが、いつもの無駄な出張に、少しは意味も出るだろうし……」

「無駄ってことはないじゃん、無駄ってことは。俺らセールスなんだからさー」

面倒ごとは嫌いだが、お祭りごとは大好きな学は、この前代未聞のブッキングに、すっかりその気になっているようだった。

「でも、これって、なんか『ニュー・シネマ・パラダイス』みたいだね」

麗羅がふっと笑いを漏らす。

その瞬間、セールスたちが顔を見合わせた。

「あったなぁ、そういうの。隣村の上映に間に合わせるために、トトのライバルのボッチャが自転車の荷台にフィルム缶積んで運ぶんだよ」

和也の上機嫌な声に、留美はそっと視線を上げた。

「俺らもまだまだ原始的だな」

「自転車でないだけ、まだましなんじゃない？」

「そりゃ、そうだけどさ」

和也と麗羅が、楽しそうに笑い合っている。

留美は思わず、セリーヌのバッグを持って立ち上がった。

「お先に失礼しまーす！」

ことさら大きな声で言い放つ。

「あ、お疲れさまでしたー」

同期たちが虚を衝かれたようにこちらを見る気配が伝わってきたが、留美はもう真っ直ぐにタイムカードを押しにいった。

とうに定時を過ぎているのに、彼らはまだまだあそこで打ち合わせをするつもりでいるのだろう。さっさと退社するのは、不在がちの上司とおじさん社員と自分だけだ。

だからと言って、〝崖っぷち〟な営業同士のやり取りに参加したいとは、露ほども思わない。

でも――。『ニュー・シネマ・パラダイス』だって。

そのイタリア映画のことは、映画に詳しくない留美でも知っていた。自分たちが入社した年の冬から、銀座のミニシアターで、実に四十週間という記録的なロングランを達成した作品だ。単館上映であっても、全国一斉ロードショーの大作と遜色のない興行成績を叩き出せると、興行界の数少ない奇跡を証明してみせた作品だった。

映画に対する溢れんばかりの愛を描いた内容だったが、正直、留美はそれほど感動しなかった。皆が可愛いと誉めそやしていたイタリア人の子役を、ただのこまっしゃくれのようにしか思えなかったせいかもしれない。

栄太郎や咲子も、センチメンタリズムが過ぎると評していたが、それもまた、留美にはどうでもいい感想だった。

でも、あの人たち、本気で一本のプリントで、リレーをやるつもりなんだ。

なんか、なんか、よく分からないけど……。

いい、楽しそう。

ふと胸の奥に、笑い合っていた和也と麗羅の姿が浮かぶ。

いつになくはしゃいでいた和也の様子を思い返した途端、微かに胸に兆《きざ》した寂しさが、不快感に取って代わられた。

バカみたい――。

留美が不快を覚えた相手は、麗羅ではなく、和也のほうだ。

無理に決まってるのに。

誰もが内心では憧れつつも敬遠している麗羅に、和也だけは本気で思いを寄せているようだった。常日頃、和也をこっそり観察している自分だから、それが分かる。

けれど、麗羅にその気がないのは明らかだ。

和也の高揚した表情が、留美には滑稽にも、苛立たしくも思われる。自分に気のない異性を相手に独り相撲《ずもう》を取る虚しさは、己が一番よく知っている。それに真偽は定かではないが、和也は実は彼女持ちだという噂もある。確かめたことはない。そんなことを知ってしまい、却って自分の報われない思いが浮き彫りになるのは嫌だった。

留美は和也に踏み込まない。

だって私、そんな悠長なことしている暇なんてないから――。

来年で、留美は二十五歳になる。女性にとって一番楽しい時期を、こんな風に費やしてしまっていいはずがない。

その日、留美は帰りがけに、またしても新しい服を買ってしまった。見せたい男も、着ていく場所もないのに、服だけが増えていく。

値引き札のついたアイボリーのブレザーは、店で見たときは麗羅の着ていたジャケットに少し似ているような気がしたのだけれど、家に帰ってよく見てみると、やっぱり全然質が違った。

ネイルが剝げかかっていることに気づき、留美は化粧ポーチからマニキュアを取り出した。小瓶をあけると、揮発性《きはっせい》溶剤の強い匂いが鼻を衝く。爪を桜色に彩りながら、切り傷の絶えない指先を見つめた。

子供の頃は、綺麗なものがすぐ手に入った。

きらきら光るビーズや、硝子でできたおはじき、七色のチェーンリング……。

そうした小物を、留美は、祖母が折り紙で作ってくれた香箱に入れて大切にしていた。綺麗なものばかりを詰めた色とりどりの香箱をうっとり眺めているだけで、いつでも幸せな気分になれた。

だけど、大人になった途端、魔法はあっけなく解けてしまった。

シンデレラの馬車がカボチャに戻ったように、宝ものだと思っていたものは、全部他愛のないガラクタに変わってしまった。

魔法が解けた後にやってきてくれるはずの王子は、いつまでたっても現れない。

大人になればなるほど、簡単には幸せになれなくなっていく。

なんだか、本当に毎日がつまらない。

いっそのこと、転職しようかと思い、すぐに考えなおす。

バブルが弾けてから、世の中はなにもかもが変わったのだ。あれだけ青田買いや、学生の囲い込みが盛んだった売り手市場はすっかり影を潜め、早くも就職活動を始めている大学三年生の弟は、今から青い顔をしている。就職氷河期が始まっているのだそうだ。

部屋着に着替えてリビングに入ると、夕食の準備をしている母から「さっき、電話があったわよ」と告げられた。

「誰から?」

「さあ、私が出ると切れちゃうから。でも、あんた宛なんじゃないの?」

思わせぶりに目配せされ、留美はどきりと胸を波打たせた。

この間の結婚式の二次会で電話番号を交換した男だろうか。実家暮らしの女はこういうときに分が悪い。

夕食後、電話が鳴ったので、留美は勇んで受話器に飛びついた。

果たしてそれは、先日の二次会で出会った男からだった。素早く頭の中で名刺をめくり、銀行勤めの男だったことを思い出すと、留美の期待はいや増した。

一通りご機嫌伺いをした後、男は留美を個人的に食事に誘いたいようなことを口にし始めた。待ってましたとばかりに、胸の鼓動が高まる。しかし――。

「留美さんって、映画関係のお仕事なんだよね？」

「ええ」

「今日たまたまスポーツ紙で見たんだけど、竹下結衣子ちゃんが初主演する映画の制作って、確か留美さんの会社じゃなかったっけ」

「ええ……」

頷きながら、雲行きが怪しくなっていくのを感じる。

「わー、やっぱりそうなんだ！」

電話口の男がすっかり興奮した声をあげた。

「あの、そうしたら、もしかしたらだけど、留美さんに頼めば、結衣子ちゃんのサインとかもらえたりするのかな？」

留美は絶句した。

梱包ばかりしている自分に、役者との接点などない。たまたまオフィスにきているマネージャーに、お茶を出すのが関の山だ。否、それ以前の問題として。

こいつ、単なるアイドルオタクだ。

大体、相手の母親が出た途端、無言で電話を切るような男なのだ。

違う——。

やっぱり、違う。全然違う。

けれどどこへいけば、〝違わない〟ものに出会えるのか、それがさっぱり分からない。

留美はもう、男の言葉を本気で聞いていなかった。

上の空で適当に相槌を打ちながら、ネイルで綺麗に彩られた桜色の爪と、そのすぐ下にある小さな切り傷を、見るともなしにじっと見ていた。

八　一九九二年　リレーその1　北関東担当　水島栄太郎

うたた寝から目覚めると、車窓の向こうに円錐台《えんすいだい》の大きな山が見える。

富士山《ふじさん》だ。

栄太郎はシートにもたれていた身体を起こした。十一月半ばになってから急に寒くなったせいか、川向こうに見える大きな山は中腹まで白く染まっている。

富士山と言えば東海道新幹線からの眺めが有名だが、埼玉の大宮《おおみや》辺りでもその姿を比較的大きく望めることを、栄太郎は上越方面に出張にいくようになってから初めて知った。

正午近くの上越新幹線には、自分と同じようなスーツ姿のサラリーマンが、ちらほらと座っている。銀色のアタッシェケースを隣の座席に置いた彼らは、居眠りをしたり、週刊誌を読んだりと、束の間の休息に浸っているように見えた。

ふいに、ピーピーと耳障りな電子音が長閑《のどか》な空気を切り裂く。斜め前に座っていたサラリーマンが、ごそごそと背広のポケットを探り始めた。

また、ポケベルか――。

栄太郎は微かに眉を顰める。プラスチックの薄型カードのような受信機に、呼び出した側がプッシュ信号で知らせてくる電話番号が表示される。ここ数年、多くの外回りの営業が、呼び出しツールとしてこの小型受信機を携帯させられるようになった。

ポケベルを片手に公衆電話のボックスに飛び込んでいくサラリーマンを見るたび、栄太郎は虚しい気分になる。

あれではまるで、見えない鎖で会社につながれているみたいだ。

もっとも銀都活劇でポケベルを持ち歩いているのは、三十過ぎの係長だけだ。元々不在がちの係長は、それを免罪符にますます会社に寄りつかなくなった。

同期の葉山学によれば、彼はそれを業務連絡以上に、銀座や六本木の〝オネエチャン〟たちとの通信に活用しているらしい。

〝14106って読める？　0843って分かる？　アイシテルと、オヤスミでしたー〟

残業中にはしゃいでいた学の姿を思い出し、栄太郎は鼻から息を吐く。

くだらない。

そう思った瞬間、いつも高圧的な眼差しで自分を見ている係長の顔が浮かんだ。

新人だった自分たちの担当地域を決めたのは、一応現場の長である、その係長だった。

〝水島は、北関東でも回っとけよ〟

投げつけるように告げられた言葉を思い返すと、胃の縁がしくりと痙攣《けいれん》する。

お前はこっちくんな、あっちにいけよ――。

子供の頃、空き地で遊んでいた同級生たちから、何度もぶつけられた台詞が甦る。

元々痩せ型で力のない栄太郎は、野球やサッカーでは足手まといになることが多かった。年端のいかない少年たちは、体力の劣るものを露骨に差別する。

だから、家に閉じこもって、一人遊びをしていることが多かった。

母も父も一人っ子の自分に甘く、家から出ない限り、栄太郎は誰からも脅《おびや》かされることはなかった。

〝栄ちゃんは、内弁慶《うちべんけい》なのね〟

ただ、時折母がそんな風に言うのが気に障った。

内弁慶。

今でも嫌な言葉だと思う。

その響きは、学生時代に散々叩かれた〝根暗〟だとか〝オタク〟だとかいう陰口に重なる。

栄太郎は小さく首を横に振った。

もう、あんな屈辱の時代は終わったんだ。

遊びの野球やサッカーなんて、社会に出ればなんの役にも立たない。

運動音痴だろうと、根暗だろうと、オタクだろうと、大人になりさえすれば、それが致命的な瑕疵《かし》になるわけでもない。

社会人に求められるのは、比類なき教養であるはずだ。

それなのに——。

どうして自分は、〝オネエチャン〟にうつつを抜かしているような輩《やから》から、未だに高圧的に出られなければならないのだろう。

本格的に胃が痛み出し、栄太郎は慌てて黒革のショルダーバッグから整腸剤を取り出した。最近、頓《とみ》に胃痛が下痢《げり》に直結しやすくなっている。

ビフィズス菌を増やしてくれるという整腸剤を奥歯で嚙み潰しながら、栄太郎は車窓の向こうに視線を戻した。

秩父《ちちぶ》連峰が眼の前に迫り、いつの間にか富士山の姿が消えている。その先には上毛《じょうもう》の山並みが見え始めていた。ここまでくると、群馬県桂田市はすぐそこだ。

再び胃の縁がしくしくと痛んだ。

到着地が近づくにつれ、一層憂鬱さが増してくる。

だが今日はいつものような、単なるご機嫌伺いのための出張ではない。今回は三十五ミリプリントの引き上げという重要なミッションがある。

栄太郎は背広のポケットから手帳を取り出し、先週、同期のセールスたちと綿密に組み立てた〝リレー〟の内容をおさらいした。

まず、自分が担当する群馬の桂田オデオンがリレーのスタート地点となる。

昨日まで上映していた〝蓮さま〟のプリントを携え、夕刻の新幹線で東京に戻る。東京駅では、関西担当の仙道和也が待機している。

新幹線待合室で和也にプリントを引き渡せば、自分の業務は終了だ。後はゆっくり帰途につくことができる。

バトンを受けた和也はプリントを携えて大阪に向かい、その日のうちに劇場に持ち込み、翌日の上映後、名古屋行きの新幹線便にプリントを載せる。

夕刻、東海担当の葉山学が名古屋駅でそれを受け取って劇場に持ち込み、翌日の上映後、再び博多行きの新幹線便にプリントを載せる。

九州担当の北野咲子が博多駅でそのプリントを引き取り、劇場に持ち込めばゴールとなる……。

ものすごい綱渡りだ。

まさに〝珍事〟ともいえる前代未聞のブッキングではあるが、無理をする価値はある。映画祭シーズンはそれなりに集客が見込めるし、特に今年は「蓮さま没後二十年」の後押しもあるので、そこそこの売上につながるだろう。

しかも咲子の担当する博多の劇場は、二週間の本格的な興行だ。告知も行き渡っているようだし、もしかすると、下手な新作以上の動員を見込めるかもしれない。

どの道自分たちローカルセールスは、数ヶ月に一度、興行側に顔を見せにいかなければならないのだ。だったら普段虚しいばかりの出張に、こうした〝活気〟が加わるのは別段悪いことではない。

〝いいじゃない、いってきなさいよ〟

代表で報告にいった和也に、白髪頭の営業部長も二つ返事で出張を快諾した。

元々この部長は、現場から上げた意見をほとんど無条件に承諾する。寛大なのか、なにも考えていないのかは、微妙なところではあるのだが。

自らも頻繁に出張にいく係長も、異議を唱えようとはしなかった。若手セールスたちに面倒な地方都市を押しつけた係長をはじめとする中年セールスたちは、北海道や沖縄といった娯楽性の高い地域だけを未だに担当し続けている。

栄太郎は手帳をポケットに仕舞い、片手で胃の辺りを撫でさすった。

大丈夫、大丈夫と自らに言い聞かせる。

今回は、いつものように無理やり引き留められて、明け方までスナックを引き回されるようなことはない。プリントの引き上げを理由に、確実に日帰りすることができる。それに、ここで興行側にご機嫌伺いしておけば、後しばらくは出張しなくて済む。

大体において、新幹線で小一時間で到着してしまう桂田市に出張にくるたび、宿をとられること自体が異常なのだ。

なんで、こんなことしてるんだろう。

栄太郎は、徐々に迫ってくる上毛の山々を見つめた。

自分は、夢をかなえたはずなのに。

青い山の稜線から眼をそらし、栄太郎は目蓋を閉じる。

芸術学部の映画学科を卒業し、映画会社に就職を決めたときは、ようやくなりたい自分になれるのだと思った。

子供の頃から過度に自分を信頼している両親からも、順風満帆だと称賛された。

〝栄ちゃんは昔から映画が好きだったから〟

〝銀活なら老舗だろ。お父さんも鼻が高いよ〟

学生時代、映画ばかり見ていたのは、友達がいなかったから。

映画を選んだのは、テレビやアニメよりもなんとなく高尚な感じがしたから。

銀活に入ったのは、大手の宝映や光映を軒並み落ちたから。

喜ぶ両親の前では、本音は敢えて隠蔽した。

内弁慶と言われても仕方がないのかもしれないと、栄太郎は密かに苦笑する。

だが、映画が好きだったというのは本当だ。

最初こそ形から入ったが、高校時代に名画座で見たトリュフォーの瑞々しさや、フェリーニの迫力には、心の底から感嘆した。

名画の魅力が分かる、自分のことも好きだった。

ふと、内定が決まった当時のことが脳裏をよぎる。

新入社員の事前顔合わせで社長室に呼び出されたとき、栄太郎は本気で興奮した。

社長室の奥の硝子張りの棚には、かつて銀活が制作し、海外で高い評価を得た作品のトロフィーがずらりと並んでいたのだ。ヴェネチア国際映画祭の両翼の生えた金獅子像を間近にし、身体が震えそうになった。

いつかは自分も、カンヌ、ヴェネチア、ベルリンといった、世界三大映画祭に足を運ぶことになるのだろうかと、夢想した。

しかし、社長の面前で新入社員たちの自己紹介が始まると、栄太郎は同期となる彼らの映画知識の貧弱さに愕然《がくぜん》とした。

短大卒で事務職入社の小林留美は措《お》いておくとして、多少でも映画に詳しそうなのは、映研出身で、名画座でアルバイトをしていたという北野咲子くらいだ。

肝心の男二人ときたら。

山岳部の活動に夢中になって留年したという、見るからに体育会系の仙道和也にも、社長から最近見た映画を尋ねられ、「『ランボー3』と『危険な情事』です」と、ハリウッド娯楽大作のタイトルを堂々とのたまった、いかにも軽薄そうな葉山学にも、正直、がっかりした。

あれだけ高倍率な入社試験をかいくぐってきたのが、どうしてこんな連中なのだろうと、不思議で仕方がなかった。この部屋に、ジョルジュ・サドゥールや、蓮實《はすみ》重彦《しげひこ》の映画論を読んでいる人間は一人もいないだろう。

後に縁故入社と分かった国際部の小笠原麗羅も、語学力こそあれ、それ程映画に思い入れがあるようには見えなかった。

映画に対し、一番知識を持っているのは間違いなく自分だ。

自分は四年間、映画史を専門に勉強してきた。

映画の父と呼ばれるリュミエール兄弟が一八九五年に初めて上映した『工場の出口』や『ラ・シオタ駅への列車の到着』のフィルムももちろん見たし、メリエスの『月世界旅行』、ポーターの『大列車強盗』、グリフィスの『國民の創生』、エイゼンシュテインの『戦艦ポチョムキン』等、映画黎明期《れいめいき》の傑作もすべて見てきている。

アンドレ・ブルトンのシュルレアリスム宣言に始まり、ルイス・ブニュエルやジャン・コクトーを経て、ケネス・アンガーやデヴィッド・リンチに受け継がれるシュルレアリスム映画について研究した栄太郎の卒論は、その年の学部長賞を受賞した。

自己紹介の番が回ってくると、栄太郎は最近興味を持っている映画に中国新潮派《チャイニーズニューウェーブ》の旗手である陳凱歌《チェンカイコー》や田　壮　壮《ティエンチュアンチュアン》の作品名を挙げた。彼らの映画が、それまでのプロパガンダ的な中国映画に比べてどれだけ革新的かを、熱く語ってみせた。

社長が喜んでいるように見えたので、ついでにオーストラリアニューウェーブについてまで言及した。

あのとき、この中で真っ先に出世するのは確実に自分だと思った。

男二人は問題外だし、咲子は所詮《しょせん》女性だ。女性総合職なんて、なんだかんだいって男女雇用機会均等法のお飾りにすぎない。本人とて、一生この会社で働くつもりなどないだろう。ならばこの先、制作に、買いつけにと、今まで培《つちか》ってきた己の映画の知識が、大いに発揮されるに違いない。

本当に、そう思ったのだ。

栄太郎は目蓋を閉じたまま、短く息をついた。

いざ業務がスタートした途端、デスクも与えられずに会議室に詰め込まれた段階で、眼を覚ますべきだった。

それなのに、社長室で見た金獅子像が頭を離れなかった。

オフィスが古いだの、エレベーターがこないだの、トイレが和式だのと文句を言っている連中に、この会社の本当の価値は分かるはずがない。

すべてを分かっているのは自分だけ。いずれ、この会社の中核に立つのも自分だと、和気《わき》藹々《あいあい》と談笑している同期たちを見下していた。

栄太郎は目蓋をあけて、屏風《びょうぶ》のようにそびえている山並みを眺めた。その麓《ふもと》に、田園風景に代わって、ビルが立ち並ぶ地方都市が見え始めている。

口元に自嘲めいた笑みが浮かんだ。結局のところ、一番バカなのは己自身だ。

少し考えれば、分かることだったのに。

あのとき自分がぶち上げた映画論を、社長がどういう気持ちで聞いていたのかは、今となっては知るよしもない。だが少なくとも、本気で喜んではいなかっただろう。

銀活の映画が、ヴェネチア国際映画祭の金獅子賞を受賞したのは、今から四十年前。既に他界している創業者の初代社長を含め、当時のスタッフは、今ではほとんど銀活に残っていない。

後に知ったのだが、映画斜陽期を経て、優秀な制作スタッフたちは、ほとんどがテレビ業界に流れてしまったのだそうだ。

そのせいか、銀都活劇という会社はどこかいびつだった。

役職もまちまちで、部長の次が次長も課長も飛ばして係長だったりする。会社の根幹であるはずの営業部門の上司たちもよく言えばおおらか、悪く言えばそれほど仕事熱心には見えなかった。

そして、それに輪をかけてやる気のない、係長をはじめとする先輩セールスたち。

栄太郎には、彼らがなにを目指して映画会社にいるのかが、よく分からなかった。

ふいに下腹部に鋭い痛みが走り、息を詰める。

耐え切れず、通路に出てトイレに向かった。昨夜からほとんど食べていないのに、どうしてこう腹が下るのだろう。会社に入ってから、栄太郎は五キロも痩せた。

胃痛とも腹痛とも区別のつかない痛みと闘い、席に戻ってくると、桂田への到着を告げるアナウンスが響き渡った。

いつしか手前の小高い山から、白衣を纏った桂田観音の巨大な後ろ姿がのぞいている。山頂からぬっと姿を現す真っ白な観音像を初めて見たときは、なんだか不気味な気分に囚《とら》われた。

山口から進学のために上京してきた栄太郎にとって、東京から北は、馴染みのない土地だった。群馬と栃木の区別もつかずにやってきた自分を、巨大な観音が切れ上がった一重の半眼で冷たく睥睨《へいげい》しているように思えた。

ほとんど効き目のなかった整腸剤をショルダーバッグに仕舞い、栄太郎は棚の上に載せておいた二つの紙袋を下ろした。一つは劇場への手土産。もう一つの紙袋の中には、もうすぐ公開される竹下結衣子主演のアイドル映画と、来年正月に公開予定のフランス映画のポスターやプレス等の宣材資料が入っている。

どちらも東京では単館公開の作品だ。系列劇場を持たない銀都活劇では、五大都市のみで同時期公開を行い、他の都市では順次上映を行う。経費節減のためだ。

三十五ミリプリントは、一本プリントを焼くのに数十万の費用がかかる。最近では東京以外の都市では、配給収入がプリント費に届かないことがある。

そのためプリントの本数を極力抑え、やりくりをしながら順次公開をすることが必要となる。プリントの取り合いで、セールス同士が衝突することもたびたびだ。

そうまでして会社が全国公開にこだわるのは、〝全国ロードショー〟という冠が、後のビデオレンタル事業の収益を大きく左右するためだ。映画の一次使用である劇場公開は、最早〝ショーウインドウ〟で、実際に会社の台所を支えているのは、二次使用であるビデオパッケージのほうだった。

つまり、自分たちローカルセールスは、ビデオレンタル問屋の査定をクリアするために、赤字覚悟で作品を売り歩いているようなものだ。そこに、高尚な映画論や映画の知識は、まったく必要ない。

ジョルジュ・サドゥールも、リュミエール兄弟も、なに一つ関係ない。

ショルダーバッグを肩にかけ、紙袋を持つと、栄太郎は足元に置いていた折り畳み式のカートを引いて通路に出た。

ホームに降りると、晩秋の冷たい風が頬を打つ。瀬戸内海に面した町で育った栄太郎には東京の寒さでさえこたえたが、北関東の空っ風の冷たさは比べものにならない。

かさばる荷物をカートに載せて、栄太郎は改札を抜けて駅前のデッキにやってきた。商業施設と歩道橋につながる真新しいデッキには、人っ子一人いない。

閑散とした広大なデッキは、バブル期のいき過ぎた建築ブームの名残を思わせた。

叩きつける風の中、栄太郎は背中を丸めて足を進めた。荷物を載せたカートがあるため、エレベーターを探して歩道橋を降りる。

大通りに出ても、人の気配がない。広い車道を、怖いほどのスピードで、乗用車がびゅんびゅんと行き交っているだけだ。

竹下結衣子のアイドル映画はともかく、こんなところで、こじゃれたフランス映画に興味を持つ人が、一体何人いるだろうか。だだっ広い劇場の中に、数えるほどの観客しかいない初日の様子を想像すれば、再び胃の縁がびくんと跳ねる。

大通りから一本裏の道に入ると、以前きたときにはなかったコンビニエンスストアが建っていた。ここ数年、郊外や地方でも、年中無休、二十四時間営業のコンビニが爆発的に増えている。

大学時代、まだコンビニがあちこちになかった頃、正月に帰省の切符を取り損ねると、すべての店が閉まっている都内の一人暮らしのアパートで餓死《がし》する危険性があったと、札幌出身の先輩が話していたことを思い出す。

栄太郎はここ数年、正月ですら故郷の山口に帰っていない。一人息子が夢をかなえたと固く信じ込んでいる両親や、噂好きの親戚に囲まれて正月を過ごすより、コンビニの弁当を食べて一人で過ごすほうが気楽だからかもしれない。

中層の雑居ビル、営業しているのか否かよく分からない中華料理店、夜はスナックになる喫茶店——。ごちゃごちゃした細い路地を進んでいくと、急に視界が開けた。

三階建ての壁全面に施された、映写機のレリーフ。ついに到着してしまった。

桂田オデオン。

寂れた裏路地に、異形ともいえる堂々たる造りの、しかしよく見れば相当古ぼけた劇場がそびえている。

区画整理で大通りが移される以前のこの場所は、かつて生糸《きいと》で栄えた古き良き桂田の面影を色濃く残す、街の目抜き通りだったという。

今から四十年前には、駅からこの通りにかけて、八館もの映画館が、大勢の人でにぎわうレストランやバーと軒を連ねていたらしい。

立ち見すらできない状況だと何度告げても、無理やり押し寄せてこようとする無謀な客に、桂田オデオンの支配人はホースで放水したことまであると聞く。

法螺《ほら》である可能性は極めて高いが、桂田オデオンの老齢の支配人がその手の昔話を喋り出すととまらない。映画が娯楽の王様だった時期の興行界には、今となっては信じられない奇奇怪々な逸話が山のようにある。

すべてを嘘だと割り切れないのは、栄太郎自身も、興行界の奇妙な風習の一端を、垣間見《かいま》ているからだ。

年季の入ったレリーフを見上げながら、栄太郎はカートから落ちそうになっている二つの紙袋を括《くく》りなおす。

銀都活劇に入社したとき、自分が営業職に就くとは思っていなかった。それ以前に、映画のセールスとはどういう職種なのかも想像が及ばなかった。

映画といえば、制作、宣伝、洋画の買いつけくらいしか思いつかない。会社である以上、そこに売上を上げるための部署が必要だということが、なぜか頭の中からすっぽり抜け落ちていた。

ましてや、ローカルセールスだなんて。

〝水島は、北関東でも回っとけよ〟

係長から投げやりに告げられた言葉が耳朶を打つ。

戸惑うばかりだった栄太郎に、引き継ぎに当たった先輩セールスは嬉々として、あることないことを吹き込んだ。

ローカルセールスが相手にする地方の独立系興行会社は、ほとんど堅気ではない。本職は風俗店、ゲームセンター、パチンコ店の経営で、行政対策の目くらましの〝文化事業〟として片手間に劇場をやっている。

特に栄太郎が担当する群馬の桂田興業は、かつて外資配給のハリウッド映画の興行収入を年間数千万円ごまかしていたことで有名な、筋金入りの極道興行会社だ、云々《うんぬん》。

「いいか、出張にいったら必ず客の数、数えろよ。あそこは平気で抜くからな」

先輩セールスに釘を刺され、新入社員だった栄太郎はそれを真に受けた。

出張時、まばらな観客を必死になって数え、いつの間にか後ろに迫ってきていた劇場の支配人に、「オメェんとこの〝写真〟が、数字ちょろまかせるほど、客が入ったためしがあるか！」と大声で怒鳴られて震え上がった。

しばらくすると栄太郎にも、地方の興行会社がそんなヤクザな世界でないことは分かってきたが、彼らが片手間で劇場を経営しているというのは、あながち嘘とも言い切れなかった。

今まで栄太郎が担当してきた興行を一つ一つ思い返してみても、地方の劇場はとにかく人が入らない。そうした状況は、邦画も洋画も小粒な銀活の配給作品に限られた話ではない。

ハリウッドの超大作ですら、三百を超えるキャパシティの劇場をいっぱいにすることはできなくなっていた。これが本業だったら、到底経営が成り立たない。

にもかかわらず、酷くおかしな習慣がある。

「宿は用意しておいたからよ」

どすの利いた声で支配人からそう告げられたとき、当然日帰りするつもりでいた栄太郎は面食らった。

顧客であるはずの興行会社が、東京からくるセールスの宿代を出す――。

それは映画会社がなによりも力を持っていた時代に生まれた、古いしきたりの名残だった。

ロードショーのたびにロビーにまで人が溢れ、劇場の扉を閉めることができなかった時代を知っている年季の入った興行主たちは、こうしたしきたりをなぜか伝統のように守り続けていた。

自分たちもその恩恵に与ってきた上司や先輩はこの件についてはなにも触れず、会社から支給される出張手当は、ローカルセールスたちの密かな臨時収入となっていた。

しかし、かつてのように本当に金の卵を産む鶏を携えてくるならいざ知らず、今の自分たちが売っている映画は、劇場の維持費を保つことすら怪しい観客動員数しか見込めないのだ。閑散とした初日の場内を前に、堂々としていられる神経の図太さを、栄太郎は元より持ち合わせていなかった。

既に料金が支払われているビジネスホテルを指定されるたび、栄太郎は萎縮《いしゅく》した。同期のように、浮かれて受け入れることなど到底できなかった。しかも、そうなれば自《おの》ずと日帰りは許されない。セールスがくることを口実に、朝まで飲もうとする支配人につき合わされ、宿に帰れないことすらある。

そもそも大作がそろっていた全盛期ならともかく、現在の銀活に、果たしてローカルセールスがこんなに何人も必要なのだろうか。

現在の銀活のラインナップは、本来全国公開に向いていない。

中途半端な規模の映画は、観客数の少ない地方にいけばいくほど埋没《まいぼつ》してしまう。むしろ地方の劇場で需要があるのは、会社が保有している日本映画黄金期のクラシック作品のほうだった。但《ただ》し、新作映画の穴埋めにしか上映されない旧作は、結局数万円の売上にしかならない。

「おいおい、なんだよ、この三万だの、五万だのっていう金額はさぁ」

栄太郎の売上報告を見るたび、係長は威圧的に嫌みを言う。

けれど栄太郎に言わせれば、費用対効果の伴わない出張を課してくる会社の方針のほうが大いに疑問だった。

デスクワークに精を出していても、「セールスがデスクにしがみついてんじゃねえよ」と、口の悪い先輩にどやされる。しかもその先輩は遊び半分に沖縄に出張するばかりで、ちっとも売上伝票を起こそうとしないのだ。堅実な栄太郎の眼に、それはもう〝異常〟としか映らなかった。こんなことが罷《まか》り通るこの会社に、前途があるとは思えなかった。

いつからだろう。

先のことを考えると、頭の上に、重たい石が載っているように感じ始めたのは。

必ず出世してみせる。そう力んでいたかつての自分に、栄太郎は自問する。

出世するって、一体どこで——。

営業はもちろん、制作にも、宣伝にも、買いつけにも、明るいものを見出せない。

そんな会社での出世に、そもそも意味があるだろうか。

やめよう。

これ以上憂鬱なことを考えても仕方がない。今はとにかく、目前の仕事をやっつけて、東京へ帰るのだ。

カートを引きずって劇場に近づくと、併設されている駐車場に、黒塗りのベンツがとまっていた。ふと、嫌な予感が胸をかすめる。

社長がきているのだろうか。

いつも身体にぴったりとしたオーダーメイドのスーツを身に纏った、桂田興業の社長の姿が脳裏に浮かんだ。

「おう、水島、きたか」

ロビーでポスターの貼り換えをしていた白髪の支配人が、劇場の入り口に立ち竦んでいる栄太郎に気づいて声をかけてくる。

「そんなところで、なにぼけっとしてるんだ、早く入れよ」

たいして観客の入らない劇場の支配人にとって、東京からやってくる若手セールスは、かっこうの暇潰しの相手だ。勇んで自分を招き入れようとする支配人に半ば臆しながらも、栄太郎は覚悟を決めて足を進めた。

ロビーに入ると、括りつけていた紙袋を取り外し、カートを受付の端に置かせてもらった。

「支配人、このたびは、お世話になりました」

東京土産の入った紙袋を差し出せば、しかし、そこに描かれた黄色いバナナの模様に、支配人は不機嫌そうに眉を寄せる。

「いいから、さっさと事務所にこいよ」

紙袋を受け取ろうともせずに先をいく支配人の後を、栄太郎は慌てて追いかけた。

確かこの支配人は、酒豪の割に、甘いものも好きだったはずだが。

土産に選んだ東京バナコは、昨年東京駅を中心に販売が開始された東京の新名物だ。それまで東京土産といえば雷おこしか人形焼くらいしかなかったところに、バナナピューレ入りのカスタードクリームをスポンジでくるんだ洋菓子風の新奇さが発売当初から人気を博し、今では土産売り場を席巻するまでになっている。

柔らかなスポンジ菓子は、老人にも受けがよいと思ったのだが。

新旧の映画ポスターがずらりと貼られたロビーを横切り、栄太郎は支配人と共に、事務所階に通じる階段を上った。三階の事務所階に到着すると、どこかからフィルムプリントの独特の匂いが漂ってくる。

支配人が応接室の扉をあけた瞬間、眼に飛び込んできた光景に、栄太郎はさすがにきまりが悪くなった。

映画祭シーズンで、他の会社からもセールスがきていたのだろう。テーブルには、東京バナコの黄色い紙袋が三つ置いてあった。

「まったく、お前ら東京のセールスは、バカの一つ覚えみたいに、同じ土産ばっかり買ってきやがってよ」

しかめ面をしている支配人を前に、栄太郎は四つ目になる東京バナコの紙袋を、そっとテーブルに置く。

「ま、とりあえず、座れよ」

支配人に促され、古びたソファに浅く腰を下ろした。ずらりと並んだバナコの紙袋からは眼をそらし、肝心の宣材物が入った紙袋を引き寄せる。

プリントの引き上げはもちろんだが、新作映画の営業もしなければならない。

「支配人、蓮之助はいかがでしたか」

ひとまず昨日までの興行の様子を尋ねると、支配人は顎をしゃくった。

「まあ、どうってこともねえが、いつもの新作よりはましだったよ。ここはジジババが多いからな。ああいう旧作は受けるんだ」

栄太郎には、支配人も同じく老人に見えるのだが、それには言及しないでおく。

「それで、今後のラインナップなんですが……」

テーブルの上に資料を広げ始めると、支配人は露骨に顔をそむけた。

「ああ、もういいから、いいから。お前んとこの最近の〝写真〟なんて、資料読んだところでまるっきり訳が分かんねえんだよ。いいよ、いいよ。年末はまた『忠臣蔵』買ってやるからよ」

「それはそれでありがたいんですが、旧作だけじゃなくて新作も買っていただかないとですね」

食い下がろうとする栄太郎を尻目に、支配人は立ち上がって内線電話を手にする。

「そんなことより、今日は社長がきてんだよ」

その言葉に、駐車場にとまっていた黒塗りのベンツが頭をよぎった。

嫌な予感が当たってしまった。

桂田興業の二代目社長——。

この一帯の地主一族の出身で、桂田オデオンの他に、駅前の飲食店とゲームセンターを経営する社長は、かつて相当〝やんちゃ〟な御仁であったらしい。

もっとも、呂律《ろれつ》が回らなくなるほど酔っぱらった支配人から聞かされた話なので、どこまでが本当かは分からない。

散々自分を脅かした、先輩セールスの与太話と大差はないのかもしれないが、法螺ばかりだと言い切れないのが、地方興行界の恐ろしいところだ。

「社長、水島君がきました」

支配人が内線電話に向かって告げていることに気づき、栄太郎は我に返る。

「支配人！」

思わず大声が出た。

「なんだよ」

受話器を置いて振り返る支配人に向かい、身を乗り出した。

「支配人、僕、今日はそんなにゆっくりしていられないんですよ」

社長を交えて繁華街に繰り出そうなどと言われたら、引き返すことができなくなる。

「お電話でもお話しした通り、今日は蓮之助のプリントを東京に引き上げなくちゃいけなくてですね」

「だから、そんなの夕方の新幹線に間に合えば問題ないだろ。まだ二時じゃねえか。ぎりぎりに劇場に戻ってくりゃいいんだよ」

やはり、どこかへ出かけるつもりか。

栄太郎は冷や汗が滲むのを感じた。

「いや、でもですね、今日は正月映画と来年の弊社のラインナップをご紹介しようと……」

「がたがたうるせえなぁ。社長がお前に用があるって言ってんだよ」

「は？」

なんでだ。

普段社長は、劇場のことは老齢の支配人に任せきりで、駅前の居酒屋の経営を本業にしている。その社長が、映画のセールスである自分になんの用があるのだろう。

「仕方ねえだろう。独身のセールスがお前しかいねえんだから」

「それって、一体……」

支配人の呟きに食いつこうとしたとき、扉の向こうから靴音が聞こえてきた。

おもむろに扉が開き、胡麻塩の髪を撫でつけ、明らかに高級そうなツイードのスーツを着こなした初老の紳士が現れる。

「水島君、元気そうだね」

声をかけられ、栄太郎はソファから立ち上がった。

「いつもお世話になっております」

深々と頭を下げた栄太郎を、「まあ、いいから」と、社長は鷹揚《おうよう》に制する。その手元の袖口に、金色のカフスボタンが光っていた。

紳士然とはしているが、いつ見ても眼光が鋭い。まるで猛禽《もうきん》類のようだ。口の悪い支配人以上に、栄太郎はこの社長が苦手だった。

「ところで、水島君は確かまだ、うちにきたことはなかったよね」

社長が立ったままなので、栄太郎も直立不動で首を横に振る。

「いえ、以前、連れていっていただいたことがあります」

駅前の居酒屋の話だろうが、つられるわけにはいかない。前回、地酒自慢というその店で、へべれけになるまで酒を飲まされた。こんな時間からまた酒を振る舞われたら、三十キロを超えるプリントを運ぶことができなくなる。

「それに、今日はプリントの引き上げがありまして……」

先手を打とうとした栄太郎を、社長はなぜか笑い声で遮った。

「なに言ってるんだい。店の話じゃなくて、うちだよ、うち」

「は？」

話がさっぱり見えない。

ぽかんと立ち尽くしている栄太郎に構わず、社長は支配人に向きなおった。

「支配人、商談はもう終わったのかな」

「ああ、もう、すっかり済んでますよ」

支配人はぞんざいに頷きながら、栄太郎がテーブルの上に広げた宣材資料をテーブルの隅に押しやろうとする。

「ちょっと、支配人！」

まだ新作のタイトルすら口に出せていない栄太郎は、焦りを隠すことができなかった。

「お話だけでも聞いていただかないと……」

近づいて囁くと、支配人も社長に背を向けて小声で返す。

「聞いたところで、お前んところの中途半端な〝写真〟なんざ、全部、同じだよ。いいから、お前は社長と一緒にいってこいよ」

「いくってどこへですか」

「だから、社長んちだよ」

「なんで僕が社長のお宅にいかなきゃいけないんですか」

「うるせえなぁ。これも接待だよ。とにかくいってこい」

「いや、でも……」

「分かった、分かった。正月映画はどっかの隙間で二、三週かけてやるから、安心しろ」

言うなり支配人は、背中をどしんとどやしつけてきた。

その後、訳も分からぬまま、栄太郎は黒塗りのベンツの後部座席へと押し込まれた。

連れていかれたのは、〝御殿〟として知られる社長の邸宅だった。色づき始めた雑木林に囲まれた重厚な和建築は、まるで豪勢な和風旅館のような佇《たたず》まいだ。うりざね顔の優しげな社長夫人の登場に、栄太郎は暫《しば》し茫然とした。

広い三和土《たたき》で靴を脱ぎ、磨き込まれた廊下をいくと、大きな囲炉裏《いろり》を切った居間に通された。

高い天井には、囲炉裏の煤でいぶされた黒光りのする太い梁が架け渡されている。部屋の中心にある囲炉裏では、炭が赤く燃えていた。

「立派なお宅ですね」

素直な感慨を口にすれば、「古いだけだがね」と社長は満足そうにネクタイを緩める。

「まあ、座りなさい」

促され、栄太郎は囲炉裏の隅に腰を下ろした。五徳の下、赤い炭がぱちりとはねる。

やがてそこへ、社長夫人がお茶を運んできてくれた。囲炉裏の鉄瓶で沸かしたお湯で淹れたというお茶は、今まで飲んだことがないほどまろやかだった。ゆっくりと飲み干していくうちに、囚われの〝浦島太郎〟の警戒心もゆるゆるとほぐれかける。

温められた胃袋を撫で、栄太郎はゆっくりと息を吐いた。

歴史のある地主の屋敷は、山口のただ古いだけの実家や、東京の狭くて殺風景なアパートとは、一線を画している。流れている時間そのものが違うようだ。

社長は単に、この〝自慢の我が家〟を、東京からきたセールスに見せたかっただけなのかもしれない。

いきなり「うちにこい」と言われたときにはさすがに驚いたが、無理やり朝まで酒を飲まされる接待に比べれば、天国のようなものだ。

だがこのとき栄太郎は、竜宮城や桃源郷に連れていかれた凡俗が、後に手酷いしっぺ返しを受けることをすっかり忘れていた。ましてや栄太郎には、亀や誰かを助けた覚えも正直者だった覚えもないのだ。

「あのう……そろそろ……」

窓から差し込む日が陰り始め、栄太郎が自ら現世に戻ろうと切り出したとき、居間の扉がすらりと開いた。

現れた人物に、完全に言葉を失った。

最近、日焼けサロンが注目され始めたことは知っている。しかし、今眼の前に立っているのは、それの間違った例だ。

テレビの情報だけを頼りに流行に追随するとこうなるという、完全なる失敗の見本だ。

湘南《しょうなん》に出没する陸《おか》サーファーだって、こんなに極端に焼いてはいない。

日焼けというより、最早焦げているとしか思えない不自然に黒い肌。チョークで描いたような真っ白のアイライン、爆発したようなアフロヘア……。

にいっと笑った瞬間、両の頰に大きなえくぼが浮かぶ。

純和風の部屋にはまったくそぐわない大迫力の女性が、ミニスカートからパンパンの太腿を剝き出しにして、立ちはだかっていた。

あまりの違和感に、栄太郎は茫然として、ただただその女性を見つめていた。

白いアイラインに縁取られた眼を栄太郎に走らせると、女性はずかずかと近づいてきてドサッと隣に腰を下ろす。

「娘だよ」

社長がなんでもないことのように告げた。

「銀活のセールスの水島栄太郎君だ。今日は東京からきてくれた」

社長の紹介を、娘も平然と聞いている。

「八重子《やえこ》でーす。趣味はヒップホップでーす」

呆気にとられている栄太郎に向かって、娘はいきなりそう言ってのけた。

紳士然とした社長と、うりざね顔の優しげな奥方から、どうすればこんな迫力のある娘が生まれるのだろう。

しかも八重子が実は三十過ぎの出戻りだと社長から知らされて、栄太郎は全身から血の気が引いていくのを感じた。

「こいつの元の旦那は、学校の先生だったんだが……」

栄太郎ににじり寄る八重子を横目に、社長はことさらゆっくりと言った。

「先生ってのは駄目だな。人に頭を下げることを知らない。やっぱりな、男はセールスぐらいのほうがいい」

含みありげに頷かれ、絶句する。

意味が分からない。

栄太郎は脂汗を流しながらなんとか頭を働かせ、とにかく嘘でいいから自分に決まった相手がいることをほのめかそうとした。

「社長……あの、僕にはもう……」

「なんだ」

身が竦むほど鋭い眼光を向けられ、次の言葉を呑み込む。まさしくそれは、獲物を狙う猛禽類のものだった。

「ねえ、お父ちゃん、カラオケやろうよ、カラオケ」

突然、八重子が掌を打って大声をあげる。

「おお、いいな」

社長が立ち上がると、栄太郎は八重子からむんずと腕をつかまれた。そのまま引きずられるようにして、隣の大広間に連れていかれる。

まるで旅館の宴会場のようなそこには、カラオケセットとちょっとした舞台までが設えられていた。優しげな笑顔はそのままに、夫人が今度は酒の準備を始めている。

「いえ、飲めません。僕は今日、東京までプリントを……」

栄太郎は抵抗を試みたが、腕をつかんでいる八重子に引き倒され、もう少しでその膝の上に座りそうになってしまう。

「ねぇねぇ、これ歌ってよ。スチャダラのオモロラップ」

八重子がいきなり、マイクを突きつけてきた。

「う、歌えませんよ！」

ラップなんて、聞いたこともない。

「大丈夫、大丈夫。リズムに合わせて喋るだけでいいんだから」

「無理ですってば」

「えー、つまんないなぁ。じゃあ、アタシが歌うよ」

八重子はマイクを握りなおし、舞台の上に立った。ドリカムの「決戦は金曜日」のイントロが流れ始める。

なんだ、ヒップホップじゃないのかよ――。

栄太郎は鼻白んだが、八重子は堂に入った様子でマイクを握りしめた。

なかなかの声量が、大広間に響き渡る。

上がったり下がったり、目まぐるしく転調する難しい曲を、八重子はソウルフルに歌い上げた。リズムを取りながら堂々と熱唱しているのを見ていると、あれほど奇異に思えた容貌も馴染んで見えてくるのが不思議だった。

「あれは、ずっと東京にいきたがってたんだがな」

その姿を満足げに眺めながら、社長は夫人が作った水割りを口に運ぶ。

「今なら、いかせてやってもいいと思うんだよ」

栄太郎は、夫人が差し出してきた水割りを無言で受け取った。ここで酔っぱらうわけにはいかないが、しらふでやり通せる自信もない。

だから……。

これだから、嫌なんだよ、ローカルセールスなんて！

栄太郎は自棄《やけ》になって、水割りをあおった。意外に濃い液体が、胃の中でかっと燃える。

八重子が歌い終えると、今度は社長がマイクを手に取った。井上陽水の「少年時代」のイントロが流れ出す。

「ねえ、ねえ、栄ちゃん」

馴れ馴れしく呼びかけられ、栄太郎は露骨に眉間にしわを寄せた。

自分を「栄ちゃん」と呼ぶのは、今では母親くらいだ。学生時代の同級生にだって、そんな風に親しげに呼ばれたことなどない。

栄太郎のしかめ面を見るなり、八重子はクスリと笑う。

「そんなに警戒しなくていいよ。アタシね、もう結婚する気、ないから」

「え？」

栄太郎はようやく正面から八重子を見た。丸々とした両頬に、大きなえくぼが浮かんでいる。

「アタシね、もうすぐ二歳になる可愛い娘がいるんだ。子供とヒップホップがあれば、旦那なんかいなくても、別に寂しくもなんともないわけよ」

栄太郎が思わず舞台を見やると、社長はビデオ画面を凝視し、気味が悪いほど甘い声で夢中になって歌っていた。

「でも、お父ちゃんが妙に心配してるからさ。親孝行の手助けと思って、もう少し協力してよ」

社長は間奏のハミングの部分を、画面に出たアルファベットの通りに、「エムエム、エムエム、エムエム……」と読み上げている。

「お父ちゃんはねぇ、アタシが東京の大学にいこうとしたとき猛反対したことを、なんだか今になって後悔してるみたいなんだよね。だから東京からきた栄ちゃんに、眼をつけたのかもね」

八重子は小さく笑い、水割りを豪快に飲み干した。つられて、栄太郎もグラスをあおる。

「でもさ、アタシ、本当に東京にいきたかったのかどうか、今となってはよく分からないんだよね。なんだかんだ言って、桂田は地方だから、一度は東京にいかなきゃみたいな〝ノリ〟があったわけよ。でもさ……」

八重子は水割りで濡れた唇を、拳でぎゅっとぬぐった。

「アタシみたいなおデブの田舎者が若いときに東京にいって、本当に楽しめたかどうかは謎だよね。皆は、ずっと地元にいるのなんて、面白くもなんともないとか言うんだけどさ」

栄太郎を見て、八重子は続ける。

「でも、それって他人が決めることじゃないもんね。別に他の人が見て面白くなくたって、アタシが楽しければ、それでいいんだし」

あっけらかんとした八重子の言葉に、なぜか栄太郎はどこかを強く突かれた気がした。

「……気楽なものですね」

気がつくと、言葉がこぼれてしまっていた。

「気楽？」

「それって、そうやって、自分をごまかしてるだけじゃないですか」

やめろ――。

そう思うのに、勝手に言葉がどんどん出てきてしまう。

「そんなの、自分はこれでいいんだって思い込んでるだけですよ。僕から言わせてもらうなら、実に羨《うらや》ましい」

水割りを更にあおりながら、栄太郎は自分の眼がどんどん据わってくるのを感じる。

だから、酒なんか飲みたくなかったんだ。

否、違う。酒のせいだけじゃない。

自分はいつも、こうやって言わなくてもいいことを言いすぎてしまうのだ。

本当は知っている。

自分が口にする映画論なんて、誰も聞いていない。会社に対する愚痴もそうだ。今の同期は基本的に仲が良いから、表面的に耳を傾けてくれているだけだ。

本当は、うっとうしい奴だと思われている。

子供の頃からそうだった。

お前はこっちくんな、あっちにいけよ――。

遠慮のない子供時代、自分はいつだってつまはじきにされた。栄太郎なんかと一緒にいたって、つまらない。あいつ、足は遅いし、力はないし、そのくせ屁理屈ばっかりこねてるし。

陰で皆からそう言われているのも知っていた。

映画だけを友達に、芸術系の大学に進学したとき、ようやく自分の居場所を得たような気がした。ここではどれだけ理屈を並べても、〝オタク〟と陰口を叩かれることはない。

映画理論なんて、そもそも関心のない人からすれば、屁理屈のようなものなのだ。

〝水島は、北関東でも回っとけよ〟

しかし、係長から投げつけるように言われたとき、栄太郎は再び自分がつまはじきにされているのを感じた。

所詮は全員ローカルセールス。

けれど他の同期たちに預けられたのは、五大都市だ。見ていないようでいて、あの係長は自分たちをちゃんと見ている。

社長室に集められたとき、この中で出世するのは間違いなく自分だと思った。

だが、現実的に必要とされるのは、和也の体育会系的礼儀正しさや、学のあざといお愛想や、咲子の〝女セールス〟という物珍しさのほうだ。

所詮、そんなものなのだ。

栄太郎のオタクな知識など、机上の空論以下でしかない。

「映画史を四年も勉強してきた僕が、一番、役立たずなわけですよ。なぜか分かりますか」

挑発的に八重子を見やる。

「映画は既に終わってるからですよ。映画史っていうのは、過渡期の、いいところばっかりを学ぶわけです」

ところが、現実はどうだ。

ハリウッドの超大作ですら、地方劇場の三百の席を埋めることができない。邦画が入らないとなれば、大手映画会社でさえ、自主制作を控える。

レンタルビデオの売上を当てにした現在の銀活のラインナップが、ヴェネチア国際映画祭の両翼の獅子像に届くわけもない。

映画史で学んだ輝かしいものは、最早、今の映画業界にはどこにもないのだ。

「もうね、やりようなんてないんですよ」

八つ当たりのように告げながら、それもまた違うと心で思う。

自分たちだって、企画会議や買いつけ会議に出ているではないか——。

先日、北野咲子はそう言った。

出会った当初、〝お飾り〟でしかないと思った女セールスの咲子は、その実、相当根性のある人物だった。

事実、咲子は国際部の小笠原麗羅から情報をもらいながら、買いつけ会議でも活発に意見を述べている。そのことで、国際部を牛耳っている中年の女性課長から露骨な攻撃を受けても、めげずに深夜まで企画書作りに励んでいる。

仙道和也も出張に行くたび、他の会社の営業たちと交流し、関西での人脈をどんどん増やしている。調子のよさだけが取り柄の葉山学でさえ、自分より営業成績は上だ。

やりようがないのではなく、自分にはやれないのだ。

研究や勉強はできても、根回しだとか、相談だとか、説得だとか、交流だとか、そういうことが、人好きのしない自分にはうまくできない。

社会では、知識以上に、打たれ強さと、ある種の腕っぷしがものをいう。

自分には、それがない。

〝オタク〟で〝内弁慶〟の自分は、人に好かれない。

本当は大学に残って、一人で研究を続けたほうがよかったのかもしれない。

或いは、もっと堅実な仕事に就いて、趣味として映画を極めるべきだったのかもしれない。

でも、夢をかなえた自分を捨てたくなかった。

同期の中で一番に昇進して、会社の中核になり、三大国際映画祭を訪れる夢想から醒めたくなかった。

なりたい自分と、現実の自分がかけ離れすぎていて、それに気づいたときには、とうに折り合いなんてつけられなくなっていた。

いつも頭の上に載っている重い石の正体に、栄太郎はようやく気づく。

それは、なんの使い道もない、高すぎるプライドだ。

「自分が楽しければそれでいいなんて、僕には思えない」

吐き捨てるように言ってしまい、栄太郎はハッと我に返る。

八重子がじっと自分を見つめていた。

終わったな——。

ぼんやりとそう思う。

取引先の社長の娘に、これだけ非礼な口をきいたのだ。出入り禁止は確実だろう。

でも、これでよかったのかもしれない。

これでやっと、絶対に食べられないニンジンを鼻先にぶら下げられたまま走り続けるような日々を、終わりにできるかもしれない。

八重子がおもむろに口を開く。

強い言葉を叩きつけられるのだろうと、栄太郎は覚悟した。

「……栄ちゃんは、偉いね」

「は?」

思ってもみなかった言葉に、栄太郎は眼を丸くする。

その口調には、皮肉や嫌みは微塵《みじん》もなかった。

八重子は心底感嘆したように、こちらを見ている。

「アタシなんて、自分さえよければそれでいいけど、栄ちゃんは違うんだね。厳しい状況の中でも、ちゃんと自分を客観的に見て、人と比べて頑張ってるんだ。さすがは営業さんだね」

その口元に、ふっと慈《いつく》しむような笑みが浮かんだ。

「でも、それって、つらいよねぇ……」

栄太郎は茫然と八重子を見返す。

こんなことを言われたのは初めてだ。

実行が伴わないのに、余計な理屈をこねずにはいられない自分に向けられるのは、常に煙《けむ》たげな視線や、冷笑だった。

〝オタク〟〝根暗〟〝内弁慶〟

突きつけられるのも、蔑《さげす》むような言葉ばかりだ。

それなのに――。

どぎつい化粧の向こうに、素朴でおおらかな優しい女性の顔が覗く。

「あんまり、無理しなくっても、いいんじゃないかい？」

そっとねぎらうような口調に、不覚にも、鼻の奥がじんとした。

そのとき、「少年時代」に続けて「夢芝居」を熱唱し終えた社長が舞台から降りてきた。

「水島君、君、今日、なにか用があるんじゃなかったっけ」

「えっ？　あっ！」

腕時計を見れば、もうぎりぎりの時間だ。

「社長、すみません！　劇場に戻らないと……」

慌てふためきながら、栄太郎は廊下に飛び出した。革靴を履き、表に出るなり汗をぬぐう。

なにはともあれ、助かった。

プリントの引き上げがなければ、この日の〝宿〟は、社長宅になっていたかもしれない。

ベンツの後部座席に乗り込み、ふと振り返ると、屋敷の前で八重子が手を振っていた。その姿は、やっぱり都会には実存しない間違った日サロ焼けだ。

軽く頭を下げ、栄太郎は振り切るように前を見る。サイドミラーに映る影が見えなくなると、溜め息が漏れた。

今回も、酷い目に遭った。出張なんてこりごりだ――。

その思いはいつもと変わらないはずなのに。

なぜだろう。

頭の上の石が、少しだけ軽くなっている気がした。

八　一九九二年　リレーその2　関西担当　仙道和也

驟雨《しゅうう》がコンクリートを叩くようなざわめきが、途切れることなくどこまでも響く。

コーヒースタンドのカウンターに腰かけて、和也は帰宅ラッシュでにぎわう東京駅の構内を眺めていた。

先程、公衆電話で会社に連絡を入れたところ、中継してくれている留美から、群馬の栄太郎が予定通り上越新幹線に乗ったという知らせを受けた。

後十五分ほどで、蓮さまの三十五ミリプリントを携えた栄太郎が、東京に到着するだろう。

上越新幹線が上野駅から東京駅にまで延びてくれたのは僥倖《ぎょうこう》だった。

すっかり冷めてしまったブラックコーヒーを啜り、和也は暇つぶしの週刊誌に眼を落とす。

春に、〝十代の教祖〟尾崎豊《おざきゆたか》が急逝した。享年二十六。

半年が経つ今でも、雑誌媒体は彼への追悼と、その若すぎる死の謎への憶測で溢れている。

洋楽一辺倒の和也はそれほど彼の音楽を熱心に聴いていたわけではなかったが、まるで咆哮《ほう》するように社会や権力への反発を歌い上げるカリスマ的なボーカルが、多くの十代の心をひきつけていた理由は分からなくもなかった。

過激な歌詞さながらに、周囲と自身を傷つけずにはいられなかった尾崎にとって、二十代というのは既に晩年だったのではないかと、記事は書きたてている。〝大人〟を嫌悪し続けた尾崎豊にとって、二十六歳の死は、早すぎるよりも、むしろ遅すぎたのではないかと。

二十六が晩年、か。

視線を上げれば、駅の構内は疲れ切った表情のサラリーマンで溢れ返っている。

灰色の背広に身を包み、セカンドバッグやアタッシェケースを手に同じような表情で行き交う髪の薄いオヤジたちは、まるでネズミの群れだ。

無個性に突き進んでいく、くたびれた流れを眺めていると、和也はにわかに憂鬱になった。

大学を卒業したとき、今後、自分も父親たちと同じように、定年まで四十年近くをノンストップで働き続けることになるのだと覚悟した。

働くのは構わない。

だが父のように、平々凡々としたつまらないオヤジになるのは嫌だ。

代わり映えのしない同じ顔の中に埋没していくのは、絶対にごめんだ。

和也は東京郊外のマンモス団地で育った。父は大手家電メーカーの営業職。母は専業主婦。四つ年下の妹が一人。典型的な中流家庭だ。

子供の頃、友人の家に遊びにいくと、玄関をあけただけで、どこにトイレや台所があるのかがすぐに分かった。誰の家にいっても、自分の家と間取りがまったく一緒だったからだ。

毎朝、暗い色のスーツを着た父親たちが、バスターミナルから赤と黄土色のツートンカラーのバスに乗って運ばれていくのも同じだ。幼い頃、和也はずっと、団地に住んでいる父親たちは全員、同じ会社で働いているのだと思い込んでいた。

こうした環境に違和感を抱くようになったのは、小学校中学年に上がった時期だ。その頃から、和也は団地内だけではなく、一戸建てに住む別地区の友人たちとも交流するようになった。中でも、庭に工房を構える職人の父親を持つ友人の家を訪ねたときは衝撃的だった。

平日の昼から、ジャージ姿の父親が、家と工房の間を行ったり来たりしていたのだ。

当時の和也にとって、父といえば、朝は早く出かけ、夜は遅くまで帰ってこず、休日は死んだように眠っているというイメージだった。和也にも気さくに声をかけてきた友人の父は、髪がふさふさと長く、いつも疲れ切った顔をしている自分の父よりもずっと若く見えた。

〝お父さんは、映画やテレビのセットも作ってるんだ〟

友人の言葉はとても新鮮に響いた。

大きなリビングの壁に、友人の父とテレビで見たことのある人たちが一緒に写っている写真が掛かっているのを見つけたときは、本当に驚いた。

その日、巨大な団地に戻ってきた和也は、突如、自分の家がどこにあるのか分からない感覚に襲われた。灰色のコンクリートの四角い箱は、どこを見ても同じだ。

高学年に上がってからは、ますます団地に嫌気がさした。誰々が変な恰好をしていた。誰某《だれそれ》が学校をさぼっていた。誰々がどこそこで誰某となにをしていた——。

集会所で井戸端会議ばかりしている母親たちは、常に子供たちの動向に眼を光らせている。幼い頃から顔見知りばかりの団地には、どこにも逃げ場がない。

皆同じ場所で、同じ顔をして、同じバスに乗って、同じスーパーで買い物をして、同じ話題を口にして暮らしている。なんてつまらないのだろう。

中学に入ると、和也は団地から出ることばかり考えて暮らした。

この世界にはたくさんの仕事がある。すべての父親たちが、毎朝ツートンカラーのバスに乗って同じように運ばれていくわけではない。

都心の大学への進学が決まったとき、実家から通えない距離ではなかったにもかかわらず、和也はすぐさま一人でアパートを借りた。そのために、きつい肉体労働のアルバイトをすることもいとわなかった。

たとえどんなに大変でも、周囲の眼を気にせずに済む解放感とは替えられない。隣人の顔も知らずに生きていける都心での暮らしは、快適で仕方がなかった。

以来、自分は、いつも少しだけ人とは違う道を目指してきた気がする。

新卒時に、テレビ局や映画会社を中心に就職活動をしたのも、あの友人の父親の影響があったせいかもしれない。

そこまで考えて、和也はふと我に返る。

社会人になった今でもこんな風につっぱっているから、自分は恋人の奈津美《なつみ》にたびたび謗《そし》られるのだろうか。

同期たちに話したことはないが、和也は大学時代からつき合っている恋人と同棲している。大学卒業と同時に仕送りがなくなるとこぼしていた奈津美を、それなら一緒に住まないかと誘ったのがきっかけだった。

互いに仕事が忙しいし、一緒に住めば家賃も半分になる。そうなれば奈津美が熱望していた車を買うこともできるだろう。なにより、好きな相手と一緒にいられる。

最初の頃こそ、互いの動機は単純だった。

しかし、最近は奈津美から無言の圧力を感じる。

なんの圧力かは言わずもがなだ。

奈津美がやたらと凝った料理を作り始めたり、部屋を隅々まで掃除したりするようになってから、和也は自分の部屋で無用の緊張を覚えるようになった。

女はクリスマスケーキ。二十五を過ぎると売れ残り。

昨今人気のトレンディドラマは、そんな台詞ばかり繰り返している。

留年をしている和也は今年で二十七。そして、奈津美は、尾崎豊の享年と同じ、二十六になる。

しかし、自分は生き急ぐ十代のカリスマではない。いくら好きな相手であっても、同棲ならともかく、結婚なんて、到底考えられない。

十八年間も団地の中に閉じ込められてきたのだ。まだまだやりたいことがたくさんある。

大学時代、和也は山の魅力に目覚めた。ワンダーフォーゲルも楽しいが、一人で山に登るのも大好きだ。

夜明け前、山頂から遙か彼方に街の灯を見下ろすとき、そこで暮らす同じ顔をした人たちから、ようやく抜け出せたような解放感を味わった。

登山以外にも、和也はたくさんの趣味に手を出した。

インポートの古着、ネオアコバンドのライブ、レアCD……。

少しでも琴線《きんせん》に触れるものがあると、それを手に入れずにはいられない衝動に駆られる。

そのために、バイトに追われ、食費を切りつめることになったとしても構わない。一人暮らしをするようになって、和也は自分の物欲の強さを改めて自覚した。

給料をもらうようになってからは、一層趣味のために大枚をはたくようになった。

今着ているインポートのミリタリーコートの値段を奈津美に知られたときは、散々に詰《なじ》られた。結婚なんてしてしまったら、それこそ財布の紐を握られそうな剣幕だった。

こうしたこともあり、圧力を適当にはぐらかし続けていたところ、今度は奈津美は急に投げやりになった。

最近は早く帰っても、食卓にはスーパーの冷め切った総菜しか並ばない。

以前は三日と置かずに身体を重ねていたのに、近頃はそれもご無沙汰だった。手を伸ばしても、「疲れてる」と、背中を向けられてしまう。

料理もセックスも、結婚への餌のつもりだったのかと、和也はいささか不愉快だった。

〝クリスマスには間に合わなかったんだから、大晦日《おおみそか》まではっきりしてもらわないとね〟

冗談とも思えない口調で詰め寄ってきた奈津美の様子を思い返すと、そこに、暗い表情で構内を歩いていくオヤジたちの行列が重なった。

クリスマスの二十五歳、大晦日の三十一歳と、共通の旗印をめがけて、同じ方向に流れていこうとする女性たちは全員同じ顔に見える。

女性には出産適齢期というものがあるのだから、ある程度は仕方がないのかもしれない。それにしても、〝クリスマス〟だの〝大晦日〟だのといった旗印を掲げて迫ってくるのは、あまりに画一的すぎるのではないか。

〝迫ってくるのは私じゃなくて、世間だから〟

いつだったか、言い合いをしているうちに奈津美はそんな風に開き直っていたが、それとて世間に流されているのと同じことだ。

快活でさっぱりした気性の奈津美までが、進んでのっぺらぼうの群れの中に埋没していこうとするのだからたまらない。

そう思った瞬間、国際部の小笠原麗羅の超然とした横顔が浮かんだ。

最近、ますます髪を短く切った麗羅は、ふわふわと長い髪をなびかせる、のっぺらぼうの女性たちの流れとは、まったく対極に突き進んでいくように思える。

奈津美からの圧力を感じるようになってから、和也は気づくと麗羅の身軽そうな姿を眼で追うようになっていた。

もちろん、初めて見たときからすごい美人だとは思っていたが、和也が魅かれるのは、日本人離れした容姿よりも、むしろ何物にも囚われない自由な姿勢そのものだった。

あんなに気が強そうなのに、料理がうまいというのも新鮮なギャップだ。いつだったか、イースターとかいう西洋のお祭りのお菓子を振る舞ってもらったことがある。卵をかたどったアイシングクッキーは色も綺麗なら、味も抜群だった。

もっともその自由さ故に、麗羅の社内での評判は今一つだ。

〝態度も背もデカすぎる〟〝縁故入社〟〝美人を鼻にかけている〟

陰で麗羅を「ビッチ」呼ばわりする先輩もいる。

陰口を聞くたび、結局、それでしか彼らは麗羅に触れられないのではないかと思うこともある。

確かに麗羅は高嶺《たかね》の花だ。上司を含め、たいして背の高くない社内の男たちは、ピンヒールを履いた麗羅に文字通り見下ろされている。

だが、自分なら。

事実、和也は麗羅と並んでも見下ろされることのない上背に恵まれた、社内では数少ない男性の一人だ。

それに、山岳部の自分は、元々高嶺が好きなのだ。

その思いつきに、和也は苦笑した。

ない、ない——。

一瞬浮かんだ麗羅への妄想を振り払うように、冷めたコーヒーを一気に飲み干す。

でも、自分はどうしても嫌なのだ。

世間に流され、没個性のくたびれたオヤジの一員になるのだけは絶対にごめんだ。

それと結婚は関係ないと奈津美は言うかもしれないけれど、今はまだ、家庭とか将来への備えとか、余計な責任を背負い込みたくない。

奈津美が掲げる次の旗印の三十一歳までは、まだ五年ある。それまでに、なんとか気持ちを落ち着かせてくれるといいのだが。

そんなことをぼんやり考えながら週刊誌のページをめくっていくと、「未曾有の大地震、日本沈没‼」という大見出しが眼に飛び込んできて、和也はぷはっと息を吐いた。

どこかの地震研究者が、何度目かの大地震予告を出したのだという。

最も可能性の高い日時が数日後に迫っていると煽《あお》りたてる記事に、和也は「おいおい」と眉を寄せる。

万一これが本当だとしたら、ケヌキなんてやっている場合じゃないだろう。

おどろおどろしい書体《フォント》の躍るページを睨んでいると、ふいに自分を呼ぶ声が聞こえた。

「仙道！」

人混みの中、カートを引きずりながら、水島栄太郎がよろよろとこちらに近づいてくる。

「おお、水島」

全ての考えごとを頭の隅に追いやり、和也は立ち上がった。

セールスたちの間で「コロコロ」という通称で重宝がられている折り畳み式カートを引い

ている栄太郎は、人混みの中でぎこちなくよろめいている。

映画会社のセールスは、まず、通常三十キロ近くになるフィルムプリントを持ち運ぶことに慣れなければならない。しかし栄太郎の痩せぎすの身体は、完全にプリントの重さに振り回されていた。

和也は栄太郎に近づき、カートの取っ手をつかんでプリントを引き寄せた。

「仙道、悪い……。新幹線、間に合う？」

ようやく重い荷物から解放された栄太郎が、額の汗をぬぐう。

「ああ、余裕。桂田オデオン、どうだった？　正月映画、うまいこと売れそう？」

「あそこはとりあえず、いけば買ってくれるから。でも、支配人、資料を読もうともしないんだから、本当に参るよ」

昼から飲まされてきたらしく、栄太郎の荒い息には、アルコール臭が混じっていた。

地方の劇場には、東京からくる若いセールスを、酒の肴だとしか思っていない古参の支配人が多かった。

「そりゃどこも同じだよ。だから、監督の名前もろくに覚えない葉山にセールスが務まるんじゃないの？」

「そうかもしれないけどさ……」

栄太郎は溜め息をつくと、尖った肩を竦める。

「あんなのにセールスが務まる時点で、映画は終わってるよね」

また、始まった。

映画通《シネフィル》を自任する栄太郎は理想が高すぎるせいか、業界を、会社を、そして現在の映画そのものを常に憂えている。

「だってあいつ、この間の健診で、担当医から〝どこか悪いところはありますか〟って聞かれて、〝竹下結衣子ちゃんのことを考えると動悸がします〟って、平然と答えてたよ」

だが栄太郎が急にらしからぬことを言い出したので、和也は思わず噴き出した。

「マジで?」

「俺あいつの次だったから、パーティションの向こうから聞こえてきた」

「バカじゃん」

一頻り笑い合った後、和也は取っ手を利き手に持ち替えて電光掲示板を見上げた。

「じゃあ、俺そろそろいくわ」

掲示板に流れる時刻表を見ながら、カートごとプリントをぐいっと抱え上げる。こう人が多いと、荷物を引きずって歩くより、持ち上げてしまったほうが早かった。

「気をつけてな」

栄太郎に見送られ、和也はミリタリーコートの裾をひるがえして大股で歩き始めた。

夜七時発のひかり号は混んでいた。

プリントを載せたカートを持った和也は、連結部分の扉のすぐ近くに立ち、車窓からの景色を眺めた。

今年の春から、東京大阪間を約二時間三十分で結ぶ最新型新幹線のぞみ号が運行を始めていたが、かさばる荷物を抱えている和也は、全席指定ののぞみを避けて、ひかりの自由席を選んだ。静岡と浜松《はままつ》で乗客がかなり降りるのは、度重なる出張で経験済みだ。乗客が減ったところで、二人がけの席に移動すればいい。

劇場への到着は、二十二時過ぎといったところだろうか。

取引先の心斎橋キネマは毎日レイトショーの上映があるので、プリントの搬入は充分に間に合う。

自由席の連結部分には、自分と同じように荷物を抱えた数人の旅行者やサラリーマンが、無言で宙を見つめていた。車窓の向こうはすっかり闇に沈み、硝子に映る自分の顔と、オフィス街の灯りしか見えない。

春に登場したのぞみ号のキャッチフレーズは、「大阪で朝9時の会議に間に合います」というものだ。これで、朝一の会議でも、東京から前日入りする必要はなくなった。のぞみに初めて乗ったとき、ご多分に漏れず、和也も「怖い」と感じた。車窓を流れ去る風景の速さが、ひかりとはまるで違うのだ。

特に雨が降っているときなど、カーブで遠心力がかかるたびにレールから飛び出すのではないかとひやひやした。先程読み捨ててきた週刊誌にも、のぞみは暴走特急で、運転士でさえ酔うことがあるという恐ろしい記事が載っていた。

今でもひかり号を使う乗客が多いのは、こうした不信感を完全には払拭し切れていないからかもしれない。

それにしても、ここまで移動時間の短縮を追求しつつ、第一目的が「会議」だというのは、いかにも日本人的だと感じてしまう。

バブルはとっくに弾け、一時はあれだけ高騰していた地価も株価も下落の一途をたどっている。このままでは戦後最大の不況が始まるという悲観的な見通しが公表される一方、未だにテレビでは「二十四時間戦えますか」と歌う栄養ドリンクのＣＭが、耳から離れないほど流れている。

ふと、大学時代、ワンダーフォーゲルの交流で、カナダからの大学生を空港まで迎えにいったときのことを思い出した。リムジンバスの車窓から、夜の八時を過ぎても煌々《こうこう》と灯りがついているオフィスビルを眺めた彼らは、「日本人は一体何時になったら仕事をやめるんだ」と、盛んに驚いていた。

あの頃は、自分が会社勤めをすることなど、おぼろげにしかイメージできなかった。けれど、誰もがいつまでも学生でいられるわけがない。

いざ社会人になってみると、終業時刻を過ぎても電話や用件が次々に飛び込み、定時帰宅など到底できないことを悟った。

毎晩遅くに帰ってくる和也に、マスコミなんて選ぶからと奈津美はこぼすが、そんなことは関係ない。会計事務所の事務職に就いた奈津美だって、決算の時期は連日残業になる。

爛々《らんらん》と輝いている品川のオフィスビルの窓灯りを眺めながら、和也は思う。

九時から五時までの仕事なんて、結局のところ、現在の東京にはどこにもない。

だったら、映画会社という、少し毛色の違った職場は悪くない。

今思えば、子供時代に知り合った友人の父親は、セットなどを作る〝美術さん〟だ。自分には職人の技術はないが、映画の初日舞台挨拶に立つ監督や役者の接待を受け持つことはある。

子供だった自分を大いに感嘆させたように、顔の知られた役者たちと一緒の写真に納まることだってある。

和也は栄太郎のように映画に詳しいわけではなかったが、営業という仕事に限って言えば、映画の知識はそれほど必要とされなかった。

和也の人当たりの良さや、礼儀正しさは、取引先の劇場の支配人たちからは好意的に受け入れられている。

仕事を経済活動と割り切るなら、今の職務に不満はない。

それに、自分が本当に求めているのは――。

ぼんやりと視線を漂わせていた和也は、学生風の若い男が床に置いている大きなザックから、ピッケルのシャフトが突き出していることに気がついた。

冬山か。

静岡からなら、南アルプスの南部方面だろうか。一瞬、山頂からの三百六十度の眺望が脳裏に広がり、陶然とする。この時期はもう紅葉は終わっているが、その分人が少なく、静かな初冬の風景を楽しめるだろう。

防寒効果の高そうなフライヤージャケットを着込んだ男の様子を、和也はじっと見つめた。和也自身が本格的な登山を楽しんだのは、夏の終わりの穂高岳《ほたかだけ》が最後だった。奈津美と休みを合わせられなかったのをこれ幸いとばかりに一人で出かけ、切り立った大キレットに挑戦した。急峻な岩場が連続する大キレットからの登山ルートは、奈津美が一緒では絶対に選択できない。

眼がくらむばかりの切り立った崖を克服し、山頂で飲んだコーヒーの味は未だに忘れられない。

あれこそが、本当に自分が求めている世界だ。

標高三千メートル近くにある山小屋で、眼下に広がる雲海や、手が届くほどに輝く満天の星を眺めるとき、和也は自分が世俗のすべてから切り離されている快感を覚える。

雲の下でせせこましく働くネズミたちとは隔絶された、仙人の境地に恍惚《こうこつ》となった。

あの時間のために、自分は生きているのだ。

誰の家にいっても同じ間取り、どこへいっても知った顔ばかりの窮屈な環境から、自分は完全に解放された。

和也は深く息を吐いて目蓋を閉じる。

そのまま車輛の揺れに身を任せていると、立っていても眠気が押し寄せてきた。

ここのところ残業続きで、さすがに疲れが溜まっているのかもしれない。しばらく壁にもたれていると、ふいにがくりと頭が垂れて我に返った。

一刹那、短い夢を見たようだ。

三百六十度を見渡せる峰の頂の風景が甦る。そこに、なぜか麗羅の姿があったような気がした。

雲海に囲まれた頂に二人きり。自分がガスストーブで淹れたコーヒーに、麗羅が卵形のアイシングクッキーを添えて微笑み返す。

いや、ない——。

妄想を振り切るように、和也は頭を左右に振った。

思いついて、コートのポケットから手帳を取り出す。立派な革の表紙のシステム手帳は、大学卒業時に、奈津美がプレゼントしてくれたものだ。社会人になってから三年半、和也はずっとこの手帳を愛用している。

明日の新幹線便の時刻を再確認しようと留め金を外した途端、見覚えのないピンク色の折り紙が挟み込まれていることに気がついた。

小さく畳まれている折り紙を開いたとき、和也は老眼の始まった中年男のように、矯《た》めつ眇《すが》めつそこに書かれている文字を見なおした。

ピンク色の紙に赤いボールペンで、たった一言殴り書きがされている。

「別れよう」

奈津美からの一方的なメッセージだった。

新大阪駅に到着すると、和也は公衆電話を目指して一目散に駆け出した。何度も人にぶつかりそうになり、そのたびに冷たい視線を注がれる。大きな荷物を引きずって駅構内を疾走する自分は、ただでさえ迷惑なのだ。

だがそんなことに、配慮している余裕などなかった。

新幹線内でメッセージに気づくや、和也は公衆電話がある車輛に向かったのだが、そこには、ポケベルを手にした中年サラリーマンたちの長蛇の列ができていた。

しばらく様子を見ていたものの、電話の取りつけられた連結部分には、ポケベルに呼び出されたオヤジたちが入れ替わり立ち替わりやってきて、いつまでたっても、列が途切れる気配がない。

自分の番が回ってきたところで、すぐ後ろに見知らぬオヤジの気配を感じたままでは、落ち着いて話をするどころではないだろう。そうでなくても、一方的に別れを告げてきた恋人との話し合いに、そうそう冷静に臨めるとも限らない。下手をすれば、修羅場に発展する可能性だってあるのだ。

そうこうしているうちにひかり号は静岡に到着し、自由席からはかなりの乗客がホームに降りていった。和也はカートに載せたプリントを二人掛けの席まで移動させ、一旦、やれやれとシートに腰を下ろした。

そこから先の記憶が見事にない。

気がついたときには、京都タワーの和蠟燭《わろうそく》を思わせる白い柱が、闇の中にぬうっと浮かび上がっているのが見えた。すっかり眠り込んでしまったことに慌てふためき、コートを着たり、荷物を下ろしたりと降車の準備をしているうちに、あっという間に新大阪駅に到着した。

劇場への手土産と、資料の詰まった紙袋に加え、重たいプリントを載せたカートを引き、ここにも大量に発生している灰色の背広のネズミたちを掻き分け、和也は走った。

ようやく見つけた公衆電話の前には、やはり人だかりができていた。

なんでこんなに電話をする人が多いのだ。

和也は八つ当たり気味に周囲を睨む。

もっとも車内と違い、コンコース沿いにずらりと並んだ公衆電話の回転は速かった。中には、受話器を持ち上げたまま、一言も喋らず盛んにプッシュ番号を打ち込んでいる大学生風の若者もいる。ポケベルに、8614106《ハローアイシテル》云々の〝暗号〟を送っているらしかった。

和也の前からどんどん人は減っていくが、同時に後ろからも続々と人がやってくる。和也は脇の下に、じわりと嫌な汗が湧くのを感じた。

これでは、車内電話のときと状況はまったく変わらない。

前のサラリーマンのくたびれた猫背を見つめているうちに、ようやく和也の順番が回ってきた。

受話器を持ち上げ、和也は暫《しば》し逡巡した。

せめて奈津美が、ポケベル所持者であってくれればよかった。そうであれば、5《ゴ》0《メ》0《ン》7《ナ》3《サ》1《イ》とプッシュ番号を打ち込むだけで、事足りるのに。

いや、それだけで、足りるわけがない。

大体、なにがゴメンなのか。

奈津美からの一方的なメッセージの原因は、たくさんあるようでいて、決定的な要因はどこにもないような気もする。

だって――。

〝大晦日〟までは、後五年猶予《ゆうよ》があるはずではなかったのか。

いつの間にか自分までが、世間の旗印を刷り込まれていることに、和也は天を仰ぎそうになる。

要するに、これは世間ではなく、奈津美個人の決断ということなのだろうか。

しかしこんな落ち着かない状況では、真意を問いただすこともできないだろう。

和也は大きく息をつき、結局、諳《そら》んじている自分たちのアパートへの連絡を諦め、手帳を開いて劇場の番号をプッシュした。

これからプリントを届ける心斎橋キネマの支配人に、新大阪駅に到着したことを知らせてから、地下街を通って表に出た。タクシー乗り場には、空車の赤いランプを光らせたタクシーがずらりと並んでいる。

和也はカートを引きずって個人タクシーに近づき、運転手に向かって後ろのトランクをあけるようにジェスチャーした。坊主頭の中年運転手は、わざわざ運転席を出て、プリントをトランクに入れるのを手伝ってくれた。

黄色いコンテナを「せえの」で持ち上げると、その重さに運転手は顔をしかめる。

「これ、なんですのん？」

映画のフィルムプリントだと説明すれば、運転手は色つき眼鏡の奥の小さな眼を丸くした。

「へえー、これが、映画。映画ってこんななんや。で、これ、なんの映画？『ダイ・ハード』？『ターミネーター2』？」

映画といえば、一般的にはそうしたハリウッド大作のイメージしかないのだろう。そもそも銀活のラインナップを口にして、「ああ、それね」と納得されたためしがない。

蓮之助の剣劇のタイトルを口にすると、やっぱり微妙な顔つきをされた。

ともあれプリントをトランクに収め、和也はタクシーに乗り込んだ。

「降りるときに領収書をください」

つい癖で言ってしまうが、一昨年からタクシーは領収書の自動発行が義務づけられるようになった。これで、領収書をもらおうとするたびに、舌打ちされるようなことはなくなった。

少し前まで、タクシーの運転手の態度は最悪だった。こんな重い荷物を持って近距離を乗ろうとすれば、往々にして乗車拒否されたものだ。

車窓から駅の方向を振り返ると、客待ちのタクシーが長い列を作っている。一万円札をかざさないとタクシーが捕まらなかったバブル最盛期は、既に都市伝説になりかけていた。

ほっとしたのも束の間、タクシーはすぐに心斎橋の繁華街の一角に立つ、年季の入った劇場に到着した。

大小三つのスクリーンを持つ心斎橋キネマは元々宝映の系列館だったが、宝映が梅田《うめだ》の駅前に直営館を展開するようになってから、百席と八十席の小さな劇場を独立系の配給会社に開放している。

カートを引いてロビーに入ると、おさげ髪の少女がじっと正面を見つめているポスターが貼られていた。上映中のレイトショーは、十五歳の少女が三十代の華僑《かきょう》青年と愛人関係を結ぶ、マルグリット・デュラスの自伝映画らしい。

アート映画ながら、スマッシュヒットになった作品だ。古くは『エマニエル夫人』に始まり、エロチシズムの入ったヨーロッパ映画は相変わらず強い。

遅い時間にもかかわらず、レイトショー上映中のロビーは明るく、中央のソファの前には、支配人を囲んで他の配給会社のセールスたちが何人か集まっていた。

「遅くなりました!」

和也が叫ぶと、支配人をはじめ、馴染みのセールスが振り返る。

「おう、仙道。ケヌキ、ご苦労だったな」

「すごいね、仙道先生、プリントと一緒にご登場」

「銀活さん、稼ぐねー」

プリントを運んできた和也を、彼らは口々に囃《はや》し立てた。もうどこかで軽く飲んできたらしく、その頬がそろって赤い。

初老の支配人を取り囲んでいるのは、和也と同じく系列劇場を持っていない中小映画配給会社のローカルセールスたちだ。

宣伝部であれば媒体の取り合いをすることもあるが、映画会社のセールスというのは、実は他業界が驚くほどに仲が良い。特に、ここに集まる「弱小映画配給会社連盟」を名乗る関西担当の面々は、出張時期を合わせて一緒に劇場回りをするくらい親しかった。

映画の集客が難しい今となっては、どこの会社の作品であっても、ヒットが出ればセールスはそれだけでありがたい。劇場が活気づけば、次の上映作品の知名度も、前売券の購買率も上がるからだ。

取引先の劇場がにぎわっていることこそが、セールスの仕事の大前提だった。

「さっすが、映画祭シーズン、皆さんお集まりですねー」

久々に会う同世代のセールスたちの顔を見ると、奈津美からの一方的なメッセージのことも忘れ、和也も華やいだ気分になった。

「なに言うとんの。皆、君のこと待っとったんやないかい」

飲み好きで社交好き。各社の若手セールスを集めては道頓堀《どうとんぼり》に繰り出し、時代遅れの業界いろはを延々と語り続ける浪速《なにわ》の名物支配人が、力いっぱい和也の背中を叩いた。

礼儀正しく明るい和也は、取引先からも同業者からも好感を持たれることが多い。その実、和也自身は相当の好き嫌いがあるのだが、周囲に悟られることは稀だった。

和也はまず、明日上映予定のプリントを映写室に搬入し、映写技師に差し入れを渡してから、再びロビーへと戻ってきた。

「今回は、ぎりぎりの搬入になってしまい、本当にすみません」

辛党の支配人には、毎回、酒の肴用に佃煮《つくだに》を持参している。

「お、いつもすまんな」

老舗の商標入りの紙袋を渡すと、支配人は相好を崩した。

「けど、悪いが、今日は俺は帰るからな。後は若い人たちで楽しみなさい」

いつもなら〝朝までコース〟の支配人が、しかしこの日は意外なことを言い出した。

「少ないけど、これ、小遣いや」

いきなり剝き出しの万札を差し出され、和也は仰天する。

「そんな、支配人、いけません!」

「なんや、変な遠慮するもんやない。若いうちは金がいくらあっても足りんやろが。道頓堀の夜は長いで」

「駄目ですってば。ただでさえ、宿代いただいてるじゃないですか」

尚も押しつけられる万札を、必死に押しとどめた。

「それより、うちの正月映画、買ってくださいよ。それで僕は充分ですから」

ところが和也がそう言うなり、支配人はコロッと表情を変えた。

「それは約束でけへん」

「なんでですか。せめて資料、読んでくださいよ。うちのも、英仏合作ですよ」

プレス資料を差し出しつつ、和也はレイトショーのポスターを指さす。支配人は、ちらりと資料に眼をやったが、すぐにぷいと顔をそむけた。

「バカたれ、なにが洒脱《しゃだつ》なコメディや。そんなものに客が入るか。売れるヨーロッパ映画は、コジャレを纏ったエロや。『ラマン』かて、そうや。女優が脱ぎまくって、やりまくって、R指定がついてなんぼや」

身も蓋もない言い方に、「名匠ジャン＝ジャック・アノーなのにぃ……」と背後のセールスが俯いたまま呟いている。

「お前んところは、旧作だけでええ。正月も、また蓮之助、買うてやる」

「そうはいきませんて。新作も買ってもらわないと、僕、この先、出張にこれませんよ」

「分かった。ほな、レイトでかけてやる」

「いえいえ、全日で、せめて三週はやっていただかないと。宣伝にも力入れますし……」

「ああ、やかましぃのう」

支配人はうるさそうに首を横に振った。

「資料はもろといてやる。その代わり、俺の小遣いも持ってけや」

万札を無理やり和也に握らせると、「ほな、また明日な」と、支配人は本当に立ち去っていってしまった。その後ろ姿を見送りながら、和也は少し気が抜けたようになる。

以前なら、へべれけになって尚、「次、いくぞ」と気勢を上げていた支配人だ。さすがに寄る年波には勝てないのだろうか。

すっかり白髪の増えた後頭部に、和也は一抹《いちまつ》の寂しさを覚えた。

「お疲れ、仙道ちゃん」

背後のセールスから声をかけられ、我に返る。

「ご無沙汰してます」

「さっき支配人から聞いたけど、〝蓮さま〟でリレーやってるんだって？」

「明日、ここでの上映終えたら、次は新幹線便で名古屋に送ります」

「まじで？　すごい綱渡りじゃん」

「旧作のニュープリント、一本しかないんで」

「やるねぇ、銀活」

セールスたちから冷やかし半分の歓声があがった。

「とりあえず、せっかく仙道ちゃんきたんだし、飲みなおそうよ」

一番年長の川園《かわぞの》というセールスが、支配人に代わって指揮を執り始める。

「仙道ちゃん、まだ食べてないんだろ？」

言われた途端、自分が猛烈に空腹であることに気づいた。昼にラーメンを食べたのは、もう十時間以上も前だ。

「串かつ？　お好み焼き？　どっちいく」

「串かつ！」

川園の提案に、和也は大声をあげた。

「オーケー、じゃあ、まずホテルに荷物置いて出かけよう」

セールスたちは全員、同じビジネスホテルに部屋をとってもらっている。三十分後にロビーで集合すると、和也たちは、心斎橋の繁華街に繰り出した。

支配人の言葉通り、この街の夜は長い。大抵の店は午前三時まであいているし、二十四時間営業の飲み屋も多い。

会社の規模や作品のカラーの違いこそあれ、営業の悩みはほぼ共通だ。苦楽を共にする同世代のセールスたちと肩を並べ、ネオンの滲む道頓堀の川沿いを歩いていると、和也は段々気分が浮き立ってきた。

川園が以前支配人に連れてきてもらったという串かつ屋は、アーケードの奥の奥の、いかにも通好みの店だった。

「二度漬け禁止」の札がついた秘伝のソースを前に、和也は東京とは比較にならないほど安くて美味しい串かつを次々と口に運んだ。パン粉が細かく、衣が薄く、からりと揚がった串かつは、いくらでも食べられた。

既に食事を終えたはずの他のセールスたちも、ざく切りのキャベツを齧《かじ》りながら、一本百円からの串かつに手を伸ばしている。

「今日、支配人が帰っちゃったの、あれって多分、うちのせいだよ」

和也の隣に座った川園が、おもむろに口を開いた。

「明日、うちの〝問題作〟の関西初上映だから」

「ああ」

言われて全員が、なんとなく思い当たる。

川園の所属する新進の洋画配給会社は時折ヒット作も生み出すが、同時に酷く〝アグレッシブ〟な作品を取り扱う傾向のある会社だった。

この秋も、第二次世界大戦時の日本兵による庶民の虐殺をリアルに描き、ヨーロッパの国際映画祭で賞を獲った中国映画を配給し、大きな話題を呼んだ。

もっともその話題の中には、東京での初日に、劇場に押し入ってきた右翼団体がスクリーンを切り裂くという惨事も含まれていた。

「もしかして、大阪にも脅迫とかきてるんですか」

和也が尋ねると、川園は首を横に振る。

「いや、今のところそれはないけど、まあ、なにが起こるか分からないからね。イデオロギーに関係なく、東京の事件を真似する愉快犯もいるかもしれないし。最近、こういう変な事件、多いじゃない」

今年の五月、暴力団の民事介入、所謂〝民暴〟を題材にした邦画の上映でも、スクリーンが切り裂かれる事件が起きた。

俳優としても有名な監督は、公開後に自宅前の駐車場で三人組の暴力団員に襲われて重傷を負っている。

「まったく、なんなんだろうね。こんなことされてたら、映画の表現の自由が守れないよ。映画で暴力を描くのは構わないと思うけど、劇場に暴力を持ち込むのは、勘弁してほしいよ」

向かいの席のセールスが、中ジョッキを傾けながら嘆いた。

「お客さんが怪我でもしたら大変だしね」

川園も淡々と頷く。

「今、映画祭期間でいつもよりお客さんも多いから、どうしますって、支配人に一応聞いてみたんだけど……。そんなの構わへん、絶対上映するって。あの支配人、そういうところは頑固だから。ま、営業としてはありがたい話だけど」

浪速の名物支配人らしい話だった。

そうでなくても、最近の心斎橋キネマの上映ラインナップは攻めている。

長年、宝映系列でやってきたのに、梅田の駅前に直営館ができた途端、二番館扱いにされたことが、よほど腹に据えかねているのだろう。

元々、独立系の配給会社の若いセールスたちを集めるのが好きな人だったが、今年は特にミニシアター系の作品を中心にラインナップを組んでいる。中でも渋谷系と呼ばれるサブカルチャー路線を牽引するジム・ジャームッシュや、レオス・カラックスや、ジャン゠ピエール・ジュネの作品は、興行的にも成功を収めていた。

なんとかその中に、銀活の新作も押し込まなくてはならないと、和也は営業の顔になる。

「警察に、通報とかしてんの？」

向かいのセールスの言葉に、ハッとした。

明日はその隣の劇場で、今持ち込んだばかりのプリントを上映することになっているのだ。なにかが起これば、〝蓮さま〟もとばっちりを受けることになる。

「一応、支配人と一緒に話しにいってきた。明日、劇場周りを巡回してもらうことになってる。それに……」

川園が少しだけ口ごもった。

「支配人のほうでも〝手は打ってある〟って」

「それって、なんの手？」

「よく分からないけど……」

なんとなく嫌な予感がして、全員が黙り込んだ。

それからしばらく、和也は食べたり飲んだりすることに集中した。時刻はとうに深夜を過ぎているはずなのに、次々と客がやってきて、店の活気は衰えることがない。

「ところで、多治見《たじみ》の売掛どうなった？」

夜が更けるにつれ、話題は地方の劇場の焦げつきに移っていった。

「ああ、全然、駄目。戻ってこない、御社のはどうなった？」

「同じく戻りまへーん」

「焦げつきなんぼ？」

「七十万くらい」

「うちは三十」

「じゃあ、いいじゃん」

「よくないわ！」

未収金問題は、〝水物〟である映画を売っているセールスたち共通の悩みだ。

地方の本当に小さな劇場は、ある日突然、連絡が取れなくなったりする。まずは支配人が捕まらなくなり、そのうちスタッフが電話に出なくなり、ついには電話そのものがつながらなくなる。

こうなってしまうと、大抵が手遅れだ。

和也もセールスになった当初驚いたが、映画の売買はほとんどが口約束で、映画会社と興行会社が事前に契約書を交わすことは滅多にない。

配給収入である映画料は、上映後にようやく決まる。たとえ興行収入の五十パーセントという歩合契約を事前にしていても、観客の入りに応じて歩率の調整《アジャスト》を行い、最終的には一定金額の売り切り《フラット》になってしまうことも少なくない。

数万円になることもあるフラットは、フィルムプリントを映写機にかけて擦《こす》っただけという意味で、擦り料ともいわれる。

だが擦り料であっても、映画料が取れれば良いほうだ。興行が目も当てられない結果に終わった場合、劇場はのらりくらりと支払いを遅らせ、セールスも次の作品を売りたいがために精算を先延ばしにしたりする。どこかでヒットが生まれたときに、ひっくるめて精算をしようという魂胆だ。

ところが、こうした馴れ合いの関係は、ときとしてのっぴきならない事態を生む。

和也は一度、同じ未収金に悩んでいる中小映画配給会社のセールスたちと、未収金回収に赴いたことがある。

今集まっているメンバーと、ほぼ同じ顔ぶれだった。

何回電話をかけてもつながらない劇場にいってみると、そこは既に人気《ひとけ》のない〝廃墟〟だった。灯りの消えた劇場には、和也が一ヶ月前に売った時代劇のポスターが貼られたままになっていた。

薄暗い劇場の中に入ってみると、受付に見たこともない中年男がたった一人で座っていた。髪はぴったりと七三に分け、メタルフレームの眼鏡をかけ、黒革のジャケットを着ている。

一見、どこにでもいそうな地味な男だった。

「あれって、一体なんだったんだろうな」

当時もその場にいた川園が、呟くように言う。

「そうそう、あの変な男！」

事情を知っているセールスたちが次々に呼応する。

「前代未聞のおかしな話だったよな。だって、瘤《こぶ》だよ、瘤」

「そうだそうだ、瘤だった」

興奮気味に言葉を交わすセールスたちの間で、和也もその珍妙な経験を頭の中で反芻《はんすう》した。

不審顔で近づいた和也たちに、中年男は柔和《にゅうわ》な笑みを浮かべて言ったのだ。

いやいや、お兄さんたち、おそろいで。わざわざこんな遠くまですみませんねぇ――。

男が受付を出て傍までくると、若いセールスたちは全員なんとなく後じさった。

満面の笑みを浮かべながらも、細いメタルフレームの奥の男の眼は、少しも笑っていなかったからだ。

近くで見れば、黒革のジャケットに包まれた胸板が異様に厚い。相当鍛え上げていることが分かる筋肉のつき方だった。

実は瘤ができましてね――。

東京から未収金の取り立てにやってきたセールスたちの前にたった一人で立ちはだかり、男は大真面目な表情で切り出した。

ですから瘤ができたんですよ。社長の背中にね。最初はたいして気にもしていなかったんですが、その瘤がどんどん大きくなりまして、さすがに入院させなあかん、ちゅうことになったんですわ。ですから今日は、社長も支配人もおりません。皆さんがいらした理由はこちらでもちゃんと分かっておりますから、まずは瘤が取れたところで、きちんとご連絡差し上げます。ほな、そういうことで――。

男が取り出した名刺には、たった一行が書きつけられていた。

鶴巻擢。

「私、鶴巻《つるまけ》です。鶴巻櫂《かい》と申します」

会社名も役職も連絡先もなにもない。

全員が狐に化かされたようにぽかんとした。

さっぱり意味が分からなかった。

ただなんとなく感じるのは、その男が相当〝やばい〟ということだけだ。

当然それ以降、劇場からも鶴巻からもなんの連絡も入らなかった。

「気味が悪かったよな……」

向かいのセールスが恐々と呟く。

「実は俺、あれから考えたんだよ。あの男、鶴巻櫂って名乗ったよな」

川園が、おもむろにメモを取り出した。

「当然、偽名でしょ？」

「でもさ、これって多分……」

メモに、川園はカタカナでツルマケカイと書く。

「アナグラムだよ」

川園が入れ替えた文字が〝カイケツマル〟になった瞬間、和也も「うわっ！」と声をあげた。

「なにこれ！　怖すぎるだろう、地方！」

向かいのセールスたちも絶叫する。

「俺、もう、ローカルセールスなんて嫌だよ。誰か助けて〜」

泣き上戸のセールスがテーブルに突っ伏したのを見て、酔いの回ってきた和也と川園は思わず噴き出した。

だが。

本当のところを言うと――。

「瘤」だけでは終わっていなかった。

和也には、他のセールスたちには決して伝えられない強烈な印象が、「鶴巻櫂」に対して残っている。

壁にかけてあるミリタリーコートをそっと眺めた。

あの日も、ボーナスをはたいて買ったこのコートを着ていたのだ。

「瘤」の説明を聞かされ、全員が途方もない脱力感を抱えたまま踵《きびす》を返したとき、和也だけがいきなり背後から肩をつかまれた。

ぎょっとして振り返ると、鶴巻がしげしげと自分を見ていた。

「兄ちゃん、ええコート着てるやん。年代物やな」

その言葉に、和也は思わず息を吞んだ。

鶴巻は、最初に見せた威圧的な作り笑いとは明らかに違う純粋な興味の眼差しで、アンティークを扱うインポートショップで買ったミリタリーコートを眺めていた。

それまで色々なところへこのコートを着ていって、年代物と気づかれたのは初めてだった。

嬉しいような恐ろしいような、なんともいえない気分で、和也は鶴巻を見返した。そのとき、自分の肩にかけられている男の手首に、ヴィンテージのロレックス・ミリタリーモデルがのぞいていることに気づいてしまった。

黒革のジャケットもシンプルなのにシルエットが綺麗で、胸に一本だけ入った細いストライプが洒落ている。よく見ると、かけているメタルフレームも手入れの行き届いたアンティークのようだ。

鶴巻は改めて和也を眺めまわし、しみじみと呟くように言った。

「モッズやな。若いから、よう似合うわ。ええ買い物したなぁ……」

あのときの衝撃を思い返すと、未だにじっとりと汗が出る。

〝ええ買い物したなぁ……〟

そんなことを言ってくれる人は、今まで周囲には一人もいなかった。値段を口にした途端、誰もが呆れたような顔をした。

なんでそんなボロ着に、大金を使うわけぇ？

奈津美にいたっては、火がついたように怒り出した。

けれど鶴巻は心底羨ましそうに言ったのだ。

〝ええ買い物したなぁ〟

頭の片隅のどこかで、今も鶴巻が感嘆の声を漏らしている。

思わず恍惚としそうになり、和也は慌てて頭を振った。

違う。

いくら不特定多数に埋もれるのが嫌だからと言って、さすがにあの男はない。

俺はあんなのとは違う。

真っ当に働いているし、彼女だっているし、いずれは家庭もちゃんと持って——。

そこではたと我に返った。

「ああああ‼」

店中の全員が振り返るような大声が出てしまう。

呆気にとられる川園たちに形だけ頭を下げて、和也は大慌てで店の外に飛び出した。

奈津美——！

なんてこった、わ、わ……忘れてた……。

公衆電話を探し出し、無我夢中で番号をプッシュする。

しかし。

出ない、誰も出ない。

腕時計を確認すると、午前二時。和也の脳裏に、電話線を引き抜く奈津美の怒りに蒼褪めた横顔が浮かんで消えた。

呼び出し音を聞きながら、じっと眼を閉じた。

目蓋の裏側に、新幹線で立ったまま見た一瞬の夢が甦る。

雲海に包まれた頂で、小笠原麗羅と二人きり。

けれど、麗羅は自分の淹れたコーヒーを手に、微笑んでいたのではなかった。花びらのような軽やかなロングスカートを纏った麗羅は、重装備でキレットを登ってきた自分を余裕の表情で見下ろしていた。

そして、岩場をつかんだ手の甲を、細いピンヒールで力いっぱい踏みつけた。

真っ逆さまに墜落していく瞬間に、がくりと頭が落ちて覚醒したのだ。

そうだ……。自分は、麗羅から突き落とされたのだった。

悟った瞬間、胸の底が冷たくなった。

ふいにどこかから、呻《うめ》き声が聞こえてきて、目蓋をあける。

アーケードの片隅で、酔っぱらったオヤジが呻き声をあげながら、したたかに嘔吐していた。

酸っぱい臭いが漂ってきて、和也は顔をしかめた。

くたびれた背広を着て、夜中の二時にアーケードで嘔吐している酔っぱらいオヤジは、眼をそむけたくなるほどみっともない。

チキショウ――。

胸の奥から、むらむらと不快感が湧いてくる。

「チキショウ！　俺はオヤジになりたくないっ。オヤジになるくらいなら、四十一歳で死んでやる！」

気がつくと、電話を叩き切って叫んでいた。

「お、俺も、死んでやるぅうう」

 こともあろうに、オヤジが一緒になってよろよろと拳を突き上げる。

「うるせぇ、バカオヤジ！　死んでやるーっ！」

「死んでやるぅ～」

深夜のアーケードで、和也はオヤジと交互に叫び続けた。


翌日。

ワイシャツ姿のままビジネスホテルのベッドに倒れ伏して寝込んでいた和也は、ベッドサイドの電話の内線音に叩き起こされた。

「仙道ちゃん！」

深夜まで一緒に飲んでいたセールスの切羽詰まった声が耳朶を打つ。それでもまだ朦朧《もうろう》としていたが、次に飛び込んできた言葉に、冷や水を浴びせられたようになった。

「心斎橋キネマ、スクリーン、切られたって……！」

「か、川園さんは？」

和也はベッドの上に跳ね起きる。

「今、劇場に飛んでった」

腕時計をひっつかむと、朝の八時。昼の興行は、まだ始まっていない。

スタッフが劇場のシャッターをあけて開場準備をしている間に、何者かに忍び込まれたらしい。

「分かった。俺もすぐにいく！」

和也は猛スピードでズボンを穿き、上着を羽織り、髭も寝癖もそのままに、部屋を飛び出した。同じビジネスホテルに泊まっていたセールスたちもロビーにきていて、一緒に大急ぎで劇場に向かう。

到着すると、劇場の前に数台のパトカーが停まっていた。

一体何事かと、周囲の飲食店からも、人がぞろぞろ出てきている。営業前か営業を終えたばかりかのどちらかで、飲食店の店員たちは皆精彩のない表情をしていた。

「おう！」

駆けつけてきた和也たちに、支配人の隣の川園が手を上げた。

「川園さん、大丈夫ですか！」

警察官と話し込んでいる支配人の傍を離れ、川園が近づいてくる。

「詳細はまだよく分からないけど、一応、大丈夫みたいだ……」

その言葉を聞いても、「ああよかった」と胸を撫で下ろしてよいのかどうか、すぐには判断できなかった。

「は、犯人は？」

和也の隣のセールスが声を震わせる。

「それが……」

川園が言い淀んでいると、背後から支配人がやってきた。

「おお、お前ら、朝からすまんかったな。大丈夫や、大丈夫や。ほんのちょっぴり切られただけや。上映に差し支えはない」

支配人は意外に落ち着いている。

「こんなこともあろうかと、こっちは昨夜から、張り込んでもろとったからな。忍び込んだアホはすぐに取り押さえてもろて、もう警察に引き渡したわ」

「えっ……」

和也は他のセールスたちと、顔を見合わせた。

昨夜から張り込み？

取り押さえた、って、一体、誰が……？

そのとき。

「あ！」

川園が大声をあげた。

劇場の裏口から、一台の大型バイクが発進する。

「なに、あのド派手なバイク！」

鮮やかな赤の下に、反対色の緑をあしらった装甲に、他のセールスたちも眼を丸くする。

フルヘルメットのシールド部分を上げて一瞬振り返ったその顔に、和也や川園をはじめ、その場にいた全員が大口をあけて固まった。

細いメタルフレームの眼鏡をかけた、その顔は――。

「あ、あ、あ、あいつだ！」

川園が金魚のように口をパクパクさせながら、指さした。

「カイケツマル！」

関西興行界の謎のトラブルシューター、「鶴巻櫂」ことカイケツマル。

燃えるような緋色のフューエルタンクのバイクが、重いエンジン音を立て、砂埃を巻き上げて疾走する。

ドキリと心臓が高鳴った。

すごい……。

とっさに和也の頭に浮かんだのは、この場にまったくそぐわない感慨だった。

あれは多分、イタリアメーカーのドゥカティだ。しかも恐らく、八〇年式のヴィンテージ。

そんなことまで一目で分かってしまう自分が、忌《い》まわしい。

鶴巻が果たしてどういう男なのかは、和也には知るよしもない。

ただ一つだけ分かるのは、この男と自分の嗜好《しこう》は、どこかに響き合うものがあるということだ。

思わず後を追うように、和也は足を進めてその車体を見送った。足の先から頭のてっぺんまで、一気に痺《しび》れが走り抜ける。

しかし、そのとき、和也は見てしまった。

タンデムシートに小笠原麗羅の幻が乗っている。鶴巻の腰に腕を回した麗羅は、和也に軽やかに手を振っていた。

麗羅の幻を乗せたまま、真っ赤なフューエルタンクのドゥカティが道頓堀川の向こうへ消えていく。

瞬間、和也は痛感した。

自分はあの川の向こうへはいけない。

いきたくないのではない。いきたくても、いけないのだ。

もし今、眼の前にドゥカティがあったとしても、自分は彼らの後には続けない。それよりも、見知った場所へ帰っていく赤と黄土色のツートンカラーのバスを待つだろう。

くたびれたオヤジたちを頑《かたく》なに忌避していたのは、最終的には自分が彼らの中に埋没していくことを、本当は知っていたからだ。

結局自分は小市民だ。

休日に山に登ったり、ボーナスをはたいてインポートのコートを買ったりするのが関の山。

色々なことを棚に上げられるだけ上げて、それでも最終的には、本当に世俗から切り離されるような生き方はできない。

ほんの少しだけ人と違った人生を演じていたい、ただのナルシスト。

いずれ、そんな好事家《こうずか》ぶっていた自分を、青かったと笑う日がくるかもしれない。

だがそれは、思ったほど絶望的なことでもないのだろう。

なぜなら、マンモス団地は悪いことばかりではなかった。

母がいないときに怪我をしても、隣の家の扉を叩けば手当てをしてもらえた。うざったいけれど、守ってもらえる安心感だってあった。

なにより、社会に出てから大いに役立った和也の社交性と礼儀正しさは、部活以前に団地の中で鍛え上げられてきたものだった。子供の頃から大きな声で挨拶することを厳しく教えたのは、自治会の老齢の会長だ。

凡人であることもまた然り。平凡な中流家庭を築いた父も母も、その両親のもとで育った自分も妹も、決して不幸なわけではなかった。

むしろのっぴきならないのは、切り立った山の頂に、たった一人で佇み続ける人たちだ。

彼らの行き先は、茫漠として、予測がつかず、恐ろしい。

重装備でキレットを登ってきた自分を、ピンヒールを履いて見下ろしていた麗羅の妖女の如《ごと》き姿が脳裏をよぎる。

でも。

ゴメン、奈津美……。

俺は結局君となにも変わらないのに、歩みを合わせることができない。

きっと俺は、いいオヤジになってから、見合い結婚でもするのだろう。そのときは、なにもかも観念して、女房の尻にでも敷かれるのだろう。

皆、そうやって年老いて朽ちていく。

それはそれで、安らかなことに違いない。

和也の心の奥底に、哀切交じりの諦観が広がった。

だけど、それまでは――。

蕭々《しょうしょう》としているはずの胸底から、どうしようもなく、込み上げてくる欲求に、我ながら呆れてしまう。

俺も買おう、バイク。

さすがにドゥカティは無理だけれど、国産の中古なら、今持っている車を手放せばなんとかなる。もう、隣に乗せる人のことを気にする必要もないのだ。しばらくは。

それは、とても悲しいことなのに、やっぱり和也を少しだけ解放的な気分にさせた。

「おーい、仙道！」

支配人と川園がそろって自分を呼んでいることに気づき、和也は我に返った。

自分には、取引先と同業者と、与えられた仕事がある。

その錘《おもり》を、心のどこかでありがたくも感じていた。

いずれ自分は、父によく似た平凡で穏やかなオヤジになる。

だから今は、束の間の自由をささやかに謳歌しよう。

「今、いきます！」

大声で答えると、和也はまだ人だかりのしている劇場に向かって歩き出した。

一九九二年　リレーその3　東海担当　葉山学

「マジでっ⁉」

葉山学は、劇場の事務所の電話を借りていることも忘れて大声をあげた。

名古屋の老舗劇場、オリオン座の事務所で、学は関西担当の仙道和也からの連絡を受けていた。明日、こちらで上映予定の〝蓮さま〟のプリントを、無事に新幹線便に載せたという報告はもとより、実に刺激的な情報が耳に入ってきた。

事務所にいる全員が、一体何事かと自分を注視している。その視線を一身に浴びながら、学はわくわくと胸が高鳴ってくるのを覚えた。

これは――。これは、いけるぞ。

舌なめずりする思いで受話器を置く。

販売用のポスターを筒状に巻く手をとめ、こちらを窺っている支配人を振り返り、ゆっくりと息を吸った。

一瞬の沈黙を置き、充分に注意を引きつけて。けれど一息に告げる。

「心斎橋キネマ、スクリーン切られたそうです」

「えええええっ！」

全員から一斉に声があがった。

「本当かっ」「どうして？」「なんで、なんで？」

支配人も、事務員も、狭い事務所の中にいる全員が口々に問いながら、学に迫ってくる。

学の心に、この上ない満足感が込み上げた。

実に――。実に、気持ちがいい。

歌舞伎に「聞いたか坊主」という役がある。幕あきに「聞いたか、聞いたか」「聞いたぞ、聞いたぞ」と吹聴しながら、物語の導入を引っ張っていく役どころだ。

この役の一番いいところは、脇役なのに、まず初めに観客の注目を浴びるところだ。

「聞いたか坊主」こそが、学が長年理想としている立ち位置だった。

「聞いたか、聞いたか」と触れ回る内容は、できるだけ衝撃的なほうがいい。より多くの人たちの注目と反応を得られるからだ。

だが、後味が悪いものはよくない。驚かれるのは大いに結構だが、その後、「こんな話を聞かせやがって」と怨《うら》まれたりするのでは面白くない。

それと大切なのは、その内容が基本的に自分と〝無関係〟ということだ。

注目は浴びたい。でも主役になるのは嫌だ。

主人公というのは一見気分がよさそうに見えて、その実、どの役柄よりも苦労が多い。学はそのことを、幼少期から本能的に見抜いていた。

学には八歳年上の、昇《のぼる》という兄がいる。

物心ついた頃から、両親は兄の教育に夢中だった。学がようやく幼稚園に通うようになったとき、兄は中学受験を控えて猛勉強をしていた。

兄の昇は、近所ではちょっとした有名人だった。

平塚《ひらつか》の神童——。それが、小学校時代から抜群に成績のよかった昇の綽名だ。

中学受験が終わっても、兄の挑戦は終わらなかった。

偏差値の高い中高一貫教育の私立に入った兄は、そこでも熾烈《しれつ》な競争にさらされた。

勉強、試験、勉強、試験……。最高学府、東大にたどり着くまでその繰り返しがずっと続くのだと、昇自身が言っていた。

対して学は、高校まで公立に通った。

父も母も、長男の受験戦争ですっかり疲れ果ててしまい、遅くに生まれた次男の教育にまでは手が回らなかったようだ。

〝お兄ちゃんがいるんだから、学ちゃんはそんなに頑張らなくていいのよ〟

母はそう言って学を甘やかしたが、長男に比べれば食事や世話に手を抜かれているのは、子供の眼にも明らかだった。

だが学は昇とは違った意味で、賢い子供だった。学は幼少期から、学習能力で対抗したところで、優秀すぎる兄にかなうわけがないことを知っていた。

だから、まったく違う方策を取った。

兄の昇にはなくて、自分だけに備わっているもの。愛嬌だ。

小学校では他愛もないいたずらを繰り返し、「お前は、本当にあの神童の弟か」と、担任を嘆かせてはクラスの笑いを取った。

父方の祖父母にも、母方の祖父母にも大いに甘え、双方から「お父さんやお母さんには内緒だからね」と、秘密のお小遣いをもらった。

兄の昇は、家でも近所でも学校でも主人公だ。主人公で居続けるため、毎日、必死に努力を続けている。

それに比べて、愛される脇役はらくちんだ。

別に、主役になりたいなんて思わない。

念願かなって昇はストレートで東大に合格し、現在は官僚になっているが、今もって激務と競争に追われて青い顔をしている。

昇とは正反対に、学は楽して生きていく方向に、全力で舵《かじ》を取ってきた。

大学は単位が取りやすい文学部。男子の文系は就職に不利という話もあったが、当時は売り手市場だったので、たいして気にも留めなかった。

映画会社に入ったのも、単純に面白そうだったからだ。小難しいアート映画に興味はないが、火薬と女優の肌露出の多い、展開が早くて単純明快な作品は好きだ。

兄が硬派な道をいくなら、自分はどこまでも軟派に娯楽を職業にするのも一興だという、密かな目論見もあった。

今までも、これから先も、自分は兄とは別世界で生きていく。

楽しく、明るく、らくちんに。

「本日、早朝、心斎橋キネマに怪しい賊が忍び込みまして……」

興味津々の支配人たちを前に、学は講談師も顔負けの弁舌を振るい始めた。

端をほんの少し切られただけのスクリーンは、中央からずたずたに切り裂かれたことにした。そして、犯人を取り押さえたらしい訳の分からない男のことは、身長百八十センチを超える銀活きっての体育会系セールス、仙道和也にすり替えておいた。

「ヤッパを振りかざす犯人を、うちの関西担当が、なぎ倒し、取り押さえ……」

調子に乗って喋れば喋るほど、パンチパーマをかけた事務員のおばちゃんまでが、瞳を輝かせて聞き入ってくれた。すだれ頭の支配人も、わはわは笑いながら聞いている。

この程度の脚色は、むしろ聞き手に対するサービスというものだ。

とかく噂には尾ひれがついて回るもの。

無論、いい意味で。

事務所にいる全員の驚愕と、充分すぎる反応をたっぷりと頂戴し、すっかり気分のよくなった学は、ピンクと紫の派手な腕時計に眼を走らせた。スイス製のファッションウォッチは、年二回発表される新作デザインの豊富さと、一シーズンのモデルは二度と生産しないという限定性が受けて、このところ大人気だ。

こだわりの強い和也などは、たとえデザインが豊富でも、これだけ大勢の人間がつけている時点で既に画一的だと白けたことを言うが、流行っているものにはとりあえず乗ってみるというのが学のスタンスだった。

新幹線便が到着するまで小一時間。まだ充分に時間はあったが、少し早めに駅へ向かおうと思い立つ。

「それじゃ、支配人、ちょっと駅までひとっ走り、明日上映用のプリントの受け取りにいってきます」

「おう。そこにある台車使っていいぞ」

支配人の言葉に甘え、学は事務所の隅にあった台車をガラガラと引きずりながらロビーに出た。

薄暗いロビーには、洋邦様々な映画のポスターが、所狭しと貼られている。

名古屋オリオン座は、三スクリーンの内の一つを名画座にしているので、映画祭期間でなくても、新旧取り合わせて色々な映画をほぼ毎日日替わりで上映している。上映作品の豊富さは、地元の映画ファンからも高い評価を受けていた。

だからと言って、支配人が相当の映画通《シネフィル》なのかというと、別段そういうわけでもなかった。

名古屋オリオン座の支配人は、セールスたちが持ってくるプレス資料やポスターを、そのまいきつけの寿司屋の大将にあげてしまうことで有名だった。

もっともそのほうが、学のように、監督やキャストの名前をろくに覚えていないセールスにはありがたい。映画の蘊蓄《うんちく》ばかり並べたて、昔の名匠の名前や、名画のタイトルを知らないと、散々にバカにしまくる嫌みなタイプに比べれば、ずっとつき合いやすかった。

中には苦労して作った宣材物をぞんざいに扱われることを嫌がるセールスもいるが、銀活の資料のほとんどは、映画に詳しい水島栄太郎と北野咲子が作っている。自分すらしっかり眼を通していないそれを、どんな風に扱われようと、学は痛くも痒《かゆ》くもなかった。

営業にきても、学はきちんとしたセールストークをしたためしがない。

どの道、支配人が早々に資料を大将に渡してしまうので、後はカウンターで寿司をつまみながら、世間話でもするしかないのだ。どうでもいい話なら、学はいくらでも面白おかしく喋ることができるので、そうした時間はちっとも苦ではない。学の無駄話を、支配人はいつもわはわは笑いながら聞いていた。

支配人は万事そんな調子だったが、この劇場のスタッフたちは、昔ながらの営業努力を律儀に守り続けていた。

リクエストボックスを設けてファン投票を行い、できるだけ要望に応えて作品を上映する。レンタルビデオが主流となり、名画座の経営が危うくなってきている中、こうした努力を怠らない劇場の存在は貴重だった。

言い換えるなら、オリオン座のラインナップを決めているのは、劇場に足しげく通っている映画ファンたちだということになる。

映画の決め手は、火薬の量と女優の肌の露出の多さだと思っている学にとって、旧作を含め、最近の銀活のラインナップはまったく食指を動かされるものではない。

ところが、名古屋の映画ファンたちからは、なぜか銀活作品のリクエストが多かった。おかげで、明日上映される〝蓮さま〟のほか、今現在も学の売った銀活配給の中国映画が上映中だ。そして来週、これまたマニアックなドイツ映画の上映が決まっている。

中国映画もドイツ映画も数年前に公開した作品だ。たかだか二、三日上映されるだけの、〝擦り料〟しか取れないアンコール興行ではあるが、塵《ちり》も積もれば山となる。

すごいよね。今月だけで三作品も売れたんだから。

学はロビーに貼られたポスターの中に、自社作品のポスターを三枚認めて満足した。

こんなマイナーな映画、一体誰が見るのか知らないけどね——。

ひとまず、自分におめでとうと言っておこう。

おまけに今日は、飛び切りのネタが入ったのだ。

受付に座っている切符切り《もぎり》のおばちゃんに愛想笑いし、学は空《から》の台車を引きずって鼻歌交じりに劇場の外へ出た。

上空は雲一つない、気持ちのいい晴天だ。

タクシーを拾ってもよいのだが、まだ時間に余裕がある。学は台車を押しながら、繁華街の裏路地に入った。

制服姿の飲食業者が、自分と同じような台車を引きずっている。台車の上には、業務用のコンテナに詰められたビールがぎっしりと載っていた。

映画のセールスも、飲食業も、たいして変わりはないのかもしれないと学は思う。たとえどこに勤めても、うるさい上司や先輩はいるし、つき合いづらい取引先はいる。だったら、いかにそれを避けて楽しく過ごすかを考えるのが得策だ。

楽して愉快に生きていく。

それがすべてにおいて優先される、学の信条だった。

まあ、それほど上手くいくことばかりではないけどね――。

台車を押しながら、学は軽く首をひねる。

第一に、映画の営業がこんなに泥臭いものだとは思わなかった。もっと華やかで、きらびやかで、お洒落なものだと想像していた。

表面的なイメージというのは、往々にして上澄みのようなものなのだろう。その下には、どろどろした灰汁《あく》や滓《かす》がたんまりと溜まっている。

中でもローカルセールスなんて、底辺の仕事だからな……。

でも、最終面接まで残ったテレビの制作会社に入っていたとしても、きっと同じようなものだったろう。

制作会社の面接には結局落ちてしまったが、銀活の面接は最後まで勝ち抜くことができた。銀活の人事部長が名古屋オリオン座の支配人と似たタイプで、歯の浮くような学のお世辞をわはわは笑いながら聞いてくれたせいかもしれない。

もっとも、「最近、弊社の作品ではなにを見ましたか」と尋ねられ、学は堂々と宝映の作品名を答えた。しかも、間違いに気づいたのは、採用通知を受け取った後だった。

結局、銀活の人事も、たいして新卒採用に心血を注いでいたわけではなかったのだろうと学は睨んでいる。

営業部に配属されローカルセールスという職務を与えられたときも、別段なんとも思わなかった。女優を直に見られる部署に興味がないわけではなかったが、制作現場に密着する制作部や宣伝部の仕事量の多さを見ていると、試写会を手伝うくらいが関の山だと考えるようになっていた。それに、そうした忙しい部署には、むやみに新人を威圧したがる、面倒臭そうな連中が多かった。

適度にやる気がなく、いい加減な先輩の多い営業部は、学にとっては居心地がよい。

係長は多少陰険なところがあるけれど、所詮は周囲を気にする小心者だ。小心者の嫌がらせなど、たかが知れている。

本当に怖いのは、周囲をまったく気にしない、小笠原麗羅のような人間だ。

一見美女だが、あの女は恐ろしいと、学のセンサーが告げている。彼女を本気で怒らせたら、恐らく完膚なきまでに叩き潰されるだろう。血統書付き《サラブレッド》とは、そういうものだ。

くわばら、くわばら――。触らぬ神に祟《たた》りなし。

あの女に比べたら、小市民の係長など、どうということもない。

加えて、栄太郎がくだくだと愚痴るほど、ローカルセールスは悪くはない。

出張に出ればそれなりに気晴らしになるし、宿代は興行会社が負担してくれるから、ちょっとした臨時収入も手に入る。中には気難しい社長や支配人もいるが、大抵は攻略できた。

楽しく生きていくためには、「聞いたか坊主」の他にも色々と方法がある。

長いものには巻かれればいいし、強いものには逆らわなければいいし、相容れないものとは関わらなければいい。

そしてそれ以上に、実はもっと有効な方策がある。

なぜ他の皆がそれを分かろうとしないのか、学は不思議で仕方がない。

同期の連中にしてもそうだ。サラブレッドの麗羅は措いておくとして、和也のように妙に色々なことにこだわって気取っていたり、咲子のように不器用なほど生真面目だったり、栄太郎のように痛々しいほど自意識が強くて神経質だったり——。そうしたことは学にとって、とことん無用の長物だった。

ときとして、〝プライド〟なんて言葉も聞くけれど、そんなものは兄のような人間に任せておけばいいのだ。

自分たちの如き凡俗に、プライドは必要ない。

だって、自分より優秀な人間を、本気で好きな人がいる?

もっと自分に正直になって、胸に聞いてみればいい。

本当に好きなのは、優秀な人ではなく、己をおだててくれる人のはずだ。

だったらそこを擽《くすぐ》ってやればいい。それが一番簡単で有効な、楽して生きていくための方策だ。

ずば抜けて優秀な人間が、生まれたときから身近にいた学だからこそ分かるのだ。

気がつくと学は、いつでも「すんごいですねー」と、おだてる側に回っていた。心底そう思っていなくても、いくらでも手を叩ける自分がそこにいた。

自分の言動で、人が笑ったり喜んだりするのを見るたび、陶然として思う。

嗚呼《ああ》。俺って、最高――。

これだけは、兄の昇にも逆立ちしたって真似できないに違いない。

〝マナバヌ〟で上等だ。

己の媚《こび》に、内心傷ついたりしているようでは本物とはいえない。

真の道化とは、自らが一番楽しんで然るべきなのだ。

「さて、と……」

空の台車をガラガラと押しながら、学は公衆電話を探した。ここは一つ、ネタが新鮮なうちにもう一リアクションもらっておこう。

お誂《あつら》え向きの電話ボックスを発見し、わくわくしながら台車を道路の端に寄せる。ボックスに入るなり106をプッシュすれば、回線はすぐに交換手につながった。

「東京へのコレクトコールをお願いします」

出張時の連絡は、込み入った話になると、テレホンカードがいくらあっても足りない。そこで、ローカルセールスたちは大抵コレクトコールを利用する。

時折、「お出になりました」という交換手の声の直後に、「出前はもう終わりだよ」という声が聞こえてきたりする。

コレクトコールは受けたときに、例えば今回なら「名古屋の葉山様からコレクトコールが入っています。お受けになりますか？」という交換手からの確認が入る。つまり、通話料を支払う受信者にとって、かけてきた相手が事前に分かるシステムだ。

相手が学と分かった途端、和也などは当たり前のように「はい、こちら来々軒《らいらいけん》」と、残業時にいつも出前を取っているラーメン店を名乗る。〝出前ごっこ〟は、セールスたち伝統の呑気なおふざけだった。

要するに、込み入った話など、それほどありはしないのだ。

「もしもし」

しかし、「お出になりました」と言う交換手の声の後で響いてきたのは、学がまったく予期していなかった声だった。

学は受話器を握ったまま一瞬固まった。

確かに営業部の直通番号を伝えたはずなのに……。

「もしもし？」

相手は不審そうに繰り返す。

この声は、経理の山崎《やまざき》里佳子《りかこ》だ。

三十代独身。〝こけし〟と男性社員から陰で揶揄《やゆ》されている地味な面立ちが、学の脳裏をよぎった。

「や、山崎さん……？」

「そうだけど」

かろうじて聞き返すと、素っ気ない返事が戻ってきた。

「営業にかけたつもりなんすけど」

なぜ、部署もフロアも違う里佳子が、いきなり営業部へのコレクトコールに出たのだろう。

「そうだけど、仙道君と北野さんは出張中だし、水島君と留美ちゃんは今他の電話に出てるの。なんでだか知らないけど、古参の営業さんたちは電話鳴ってても出ないから。だから伝票持ってきた私が、たまたま電話を受けただけ」

里佳子が淡々と語る。

営業部の島は、それほど大きくはない。里佳子の抑揚のない声音にはなんの感情もこもっていなかったが、この言葉は〝電話に出ない〟先輩セールスたちの耳にも届いているはずだ。

学はなぜか胸の奥がざわつくのを感じた。

自分たちの怠慢《たいまん》を棚に上げて、誰かが里佳子に舌打ちでもしそうな気がしたのだ。

「誰に替わる？」

そう尋ねられ、我に返る。

一番大騒ぎしてくれそうな留美あたりに話そうと思っていたのだが、この際、里佳子でもいい。

否、むしろ、これは自分にとって、小さな僥倖といえるかもしれない。

できるだけ厳《おごそ》かに、けれど一息に告げた。

「心斎橋キネマ、スクリーン切られたっす」

一瞬、受話器の向こうで息を呑む気配がする。

いつも黙々と伝票に向かっている里佳子がどんな表情をしているのかを想像すると、学はにわかに鼓動が速まってくるのを覚えた。

ところが次に聞こえてきたのは、まったくもって想定外の返しだった。

「それで、仙道君が大立ち回りで犯人捕まえたとか?」

今度は学が息を呑む番だった。

「な……、なんで、山崎さんがそれを知ってるんすかね?」

おずおずと聞き返す。

だって――。それは事実ではない。

自分の〝ちょっとした創作〟を、なぜ東京の、しかも里佳子が知っているのか。

「さっき、仙道君からもコレクトコールがあったから」

さっぱり感情の読めない声で、里佳子が続ける。

「葉山君がそういうデマを飛ばすかもしれないから、万一そんなことがあっても相手にしないでくれって、言われたばっかりだったたんだけど」

なんと、そういうことだったのか。

仙道、恐るべし――。

ただの気取った山バカだと思っていたが、こちらの行動を読まれていたとは侮《あなど》れない。

学が絶句していると、耳元で風のような溜め息が響いた。

「それだけだったら、切っていいかな。コレクトコールって、一応、会社の経費だから」

「え？　いや、あの……！」

慌てて声をあげたときには、既に通話は切れていた。耳に当てた受話器からは、ツー、ツーという不通音しか聞こえなかった。

学はしばらく茫然として無機質な音を聞いていたが、やがて項垂《うなだ》れて電話ボックスを出た。

再びガラガラと台車を押して歩き出す。

ここでもう一度、新鮮な反応が得られると期待していたのに、すっかり当てが外れてしまった。腕時計を確認すれば、プリント到着まではまだ相当の時間がある。

学は駅前のコーヒースタンドで、しばし時間を潰すことにした。

台車をたたんで壁に立てかけ、入り口に一番近いカウンター席に腰を下ろす。ホットコーヒーを注文すると、なぜかゆで卵が一つついてきた。

コーヒーを啜りながら、カウンターの上の週刊誌をぱらぱらとめくる。

〝十代の教祖〟の急逝、人気力士とトップアイドルの婚約、百歳の双子の姉妹……。とりとめもない情報や噂を見るともなしに追っていくと、急におどろおどろしい大見出しが現れた。

「未曾有の大地震、日本沈没!!」

学は飲んでいたコーヒーを噴きそうになる。

沈没の予測日は、なんと明日だ。

万一本当ならば、こんなところでプリントのケヌキなんてやっている場合ではないだろう。だが読み進めていくと、刺激的な脅し文句が並ぶばかりで、科学的な根拠への言及がほとんどない。段々と白けた気分になってきた。

よくもまあ、毎回、こういうことを抜け抜けと言い出す自称学者がいるものだ。

こんなの明日が無事に過ぎたら、ただのデマじゃん――。

中には多少の信憑性がある予測もあるのかもしれないが、過剰な煽りを伴うものは、大抵が注目と金銭欲しさの法螺話だ。それを記事にする記者や編集者や、喜んで読む読者がいるのがそもそもの問題なのかもしれないが。

これに比べれば、自分が触れ回る〝ちょっとした創作〟なんて可愛いものだ。

学は記事を読み飛ばしながら、ゆで卵をむき始めた。つるりと殻の取れた卵を口に入れようとして、ふと手をとめる。

傷一つない真っ白な卵に、爪で二つ切り込みを入れてみる。するとそこに、山崎里佳子の地味な顔立ちが重なった気がした。

仙道の奴、余計なこと言ってくれちゃって――。

我知らず、小さく舌を打っていた。

もう少しで、里佳子の驚く声を聞けたかもしれないのに。

そんなことを考えている自分に気づき、ハッとする。

急いで卵を口の中に押し込んだ。

なんの味もついていないゆで卵をむしゃむしゃ咀嚼していると、社員旅行で出かけた熱海《あたみ》の夜のことが頭に浮かんだ。

銀活では夏のボーナスの支給後、一泊二日で恒例の社員旅行が行われる。土日を利用した社員旅行は、若手女性社員の間ではすこぶる不評だった。土日にまで、男性社員たちのお酌をしたくないというのがその理由だ。

それが社長の耳に入り、今年は初めて夜の宴席にコンパニオンがついた。

おかげで咲子や留美は食事を終えると、さっさと女性部屋に引き上げたようだった。ちなみに麗羅は、社員旅行はもとより会社の行事には飲み会すら一度も参加したことがない。

だが実のところ、これに恩恵を受けたのは女性社員ばかりではなかった。質《たち》の悪い上司や先輩たちがコンパニオンに夢中になってくれたおかげで、学たち若手も、悪趣味な一気飲みや宴会芸の洗礼を受けずに済んだのだ。

栄太郎は早々に部屋に引きこもったが、和也が後輩を連れてラーメンを食べにいくというので、学も後を追って外に出た。

浴衣《ゆかた》姿の里佳子と出会ったのはそのときだ。風呂上がりらしい里佳子は、旅館のテラスの椅子に座って、一人でビールを飲んでいた。

声をかけてみようと思ったのは、単なる好奇心からだった。

経理の里佳子は、セールスたちが書いたいい加減な精算伝票を、たびたび突き返しに営業部へやってくる。

「これじゃ、経費落ちないから」

学も、里佳子から何度そう言われたか分からない。悪いのは、期を跨《また》ぐほど領収書をため込んだり、用途の曖昧な飲食費を経費計上しようとしたりするセールスたちなのに、そのたび、里佳子は舌打ちの嵐にさらされた。

「なに、あのこけし」

「あんな薹《とう》が立ったのが担当だから、伝票書くモチベが上がんないんだよ」

「まったくだね。もっと若くて可愛い子が担当なら、こちらから足しげく伝票持参するのに」

わざと聞こえる距離で、陰口が叩かれる。だが伝票を突き返しにやってくる里佳子は常に徹底的な無表情だった。

そんなところも癪《しゃく》に障るのだろう。陰険な係長などは、里佳子を「三十半ばのおぼこ」と決めつけて、存分に侮っていた。

男の前でガウン姿になるのは健康診断のときだけ――。そんな口さがないジョークが交わされているのを知ったとき、学は自分の胸の奥が泡立つのを感じた。

なぜだろう。

後味が悪い噂は、自分もあまり好きではない。だが人物評に関して言えば、的の射方が辛辣であればあるほど、その実、人の笑いを誘う。

所詮、人は他人の粗《あら》を好む生き物だ。真っ当な誉め言葉より、的を射た悪口のほうが、印象に残る。学自身、他人の見方は甘くない。"マナバヌ〟と綽名されながらも、わざわざ苦労を背負い込む同期たちのことを、心のどこかで軽く見下している。

それなのに里佳子のことだけは、先輩たちと一緒に嗤《わら》う気になれなかった。

ひょっとすると、あのとき自分は、好奇心の他に、己のそんな気持ちの有《あ》り様《よう》を探りたくて、里佳子に声をかけたのかもしれなかった。

「山崎さん」

里佳子が振り返ったとき、学はどきりと胸を弾ませた。酔って目元を赤く染めた里佳子は、普段とは少し違う顔をしていた。

月明かりのせいなのか、自分もそこそこ酔っていたせいなのか。

卵に切り込みを入れたような地味な顔が、どうしてあんなに妖艶に見えたのかは分からない。

味のないゆで卵を呑み込んで、学はじっと考え込む。

「山崎さんて、どういう男性が好みなんですか」

あのとき、どういう会話の流れであんなことを聞いたのか、今となってはさっぱり思い出せない。

はっきりと覚えているのは、それに対する里佳子の返答だった。

「今度は、ちゃんと添い遂げられる人がいいかな……」

里佳子は静かにそう呟いたのだ。

瞬間、地味で無表情な年上の女性の背後に、道ならぬ湿地帯が広がったようで、学は密かにたじろいだ。

浴衣姿の里佳子がかなり肉感的であることにも、初めて気づかされた。

今度は、ちゃんと添い遂げられる人――。

あれは、一体どういう意味だったのだろう。

今思い返してみても、学は妙な気分に囚われる。

里佳子は添い遂げられぬ相手とつき合っていたのだろうか。

聞くところによれば、銀活にくる以前、里佳子はかなり大手の信託銀行に勤めていたらしい。

かつての職場でなにがあり、どんな思いを胸に秘めて、彼女は銀活にやってきたのだろう。

以来、外見の地味さから里佳子を処女と決めつけて嘲笑《あざわら》う先輩たちとは違う場所から、学はその姿を窺い見るようになっていた。

あっさりと切られてしまった電話の不通音がまだ耳の奥に響いているようで、学は急に胸が塞いだようになる。

なんだ、これ。

これじゃ、まるで、まるで――。

その先を考えまいと、学は軽く頭《かぶり》を振る。

冗談じゃない。こんなのは、ごめんだね。

腕時計に眼を走らせれば、丁度いい時間だった。カウンター越しに勘定を済ませ、学はゆで卵の礼を言って椅子を降りた。

駅でプリントを引き取って劇場に搬入したら、今夜は支配人と一緒にまた寿司だ。

寿司屋の大将に〝ちょっとした創作〟を聞かせることを想像すると、学の胸のつかえは綺麗さっぱりと消えていった。


ところが、無事にプリントを受け取って劇場に戻ってきた学を、とんでもない事態が待ち受けていた。

まだ終映時刻はずっと先のはずなのに、中国映画の上映が中断され、不機嫌そうな観客たちがロビーに出てきている。一体なにが起きたのかと、学は軽く眼を見張った。

「葉山！　やっと戻ってきたな」

支配人が険しい表情で近づいてくるのを見て、さすがに不穏なものを感じ始める。

もっともこの時点では、それが自分の落ち度によるものだとは思ってもいなかった。

「おい葉山、今日アンコール上映したお前んとこの中国の〝写真〟、缶違いしてるらしいぞ」

学は言葉を失った。

缶違い――。

文字通り、フィルム缶の番号と、中身が間違っている状態だ。

なぜそんなことが起きたのか。

「葉山、このプリント、どっからきたんだ？　前の上映んときは問題なかったのか」

支配人に問いただされて記憶をたどるうちに、学は「あっ」と声をあげそうになった。

そう言えば……。

すっかり忘れ果てていた出来事が、走馬灯のように甦る。

この中国映画をブッキングしたとき、留美経由で、前回の上映後、プリントが油でべたべたになっているというフィルム倉庫からの報告を受けた。

古い映写機を使っている劇場では、上映の際、過剰に油を差すことがある。その油がプリントに付着してしまっているということだった。

そこで学はクリーニングのために、一旦プリントをラボに戻すことを決めた。

ラボから戻ってきたとき、滅多にそんなことをしない学が、わざわざ缶をあけて、一リールごとにプリントの状態をチェックしたのだった。

恐らくそのとき、プリントを違う缶に詰めてしまったのだ。

両脇に嫌な汗が滲む。

〝マナバヌ〟の自分が、今回に限って、なぜそんなマメなことをやったのだろう。

劇場ではフィルム缶に振ってある番号通りに、プリントをつないで上映する。缶の番号と中身の順番が間違っていたら、映画はまったく辻褄《つじつま》が合わない編集をされてしまう。

過去にこの映画を見ていた観客が途中で「缶違い」に気づき、場内から飛び出して支配人を捕まえたことで、上映は中断された。

プリントは大巻き状態になっているため、正しい順番に編集しなおすには相当の時間がかかる。結局、支配人が上映の中止を決断し、受付のおばちゃんにチケットの払い戻しと、お詫びとして招待券の配布を命じたというのが、学が戻ってくる直前までの騒動の顚末《てんまつ》らしかった。

「これで映画料が取れると思うなよ」

耳元で凄まれ、学は平身低頭で恐縮した。

幸か不幸か観客はあまり多くなかったが、自分たちのリクエストによるアンコール上映に水を差された形になり、ロビーに出てきている全員が不機嫌な顔をしている。

彼らこそが、名古屋オリオン座のラインナップを決定している、ひいては銀活作品を贔屓《ひいき》にしてくれている熱心な映画ファンたちだった。

その中から、一人の青年がずいと前に出た。もっさりとした髪、無精髭、浮腫《むく》んだ青白い顔に、牛乳瓶の底のような近視眼鏡をかけた、見るからにオタクっぽい青年だ。

「ちょっとあんた、映画会社の人？　こんな上映って、監督に対する冒瀆《ぼうとく》だと思わない？」

いきなり詰め寄られて、学は途端にしどろもどろになる。

どうでもよいことならいくらでも狡猾《こうかつ》に振る舞えるのに、こと責任が全面的に自分に降りかかってくる事態になると、学は一気に普段の饒舌さを失ってしまう。

所詮自分は、優秀な兄の陰で好き放題してきた、詰めの甘い次男坊だ。

「一体、どうしてくれるんだよ」

見たい映画がその日に見られないというアクシデントの発生に、青年は大いに憤慨《ふんがい》していた。

「俺はさ、この後オールナイトで、ミゾグチ見る予定なの。その前にこの映画見とくと、すごくコンディションがいいわけよ。そこんとこちゃんと理解してる?」

捲し立てられ、学は「誠に申し訳ございません」と、項垂れる。

内心、中国映画を見た後にミゾグチを見ると、どうしてコンディションがよくなるのか、さっぱり理解ができなかった。

散々に非難され、ひたすら「はあ、はあ」と頭を下げ続けていたが、その実、オールナイトという言葉から、そう言えば今日は金曜日だったかと、ぼんやり考えたりしていた。

名古屋オリオン座では、金曜、土曜とたまに祝日の前日に、オールナイト興行を実施している。

「つまりね、第六世代のこの監督は、世界のミゾグチの影響を多大に受けてるわけなのよ」

「はあ……」

確かにそんなことを、栄太郎も言っていた気がする。

今回上映が中止になった中国映画は、栄太郎と咲子の強い推しを受けて、国際部の麗羅が仕入れたヨーロッパ資本の入った作品だった。

入社時の顔合わせで、栄太郎が滔々と革新性を語ってみせた中国新潮派《チャイニーズニューウェーブ》の次世代に当たる、第六世代と呼ばれる中国の若手監督たちは、欧米や日本文化の薫陶を受けているらしい。

もっとも、「世界のミゾグチ」と連呼されたところで、学は溝口健二《みぞぐちけんじ》の映画を一本も見たことがなかった。

「だからさ、このタイムテーブルが崩れると、俺としては非常に困るのよ」

「本当に……申し訳ございません」

学はひたすらに頭を下げ続けるしかなかった。

受難はそれだけでは終わらなかった。いざ、プリントを正しい順番につなぎ合わせようと映写室に入るなり、学はじっとりと脂汗をかいた。

「で、どこの順番が、どう違ってたのよ」

不機嫌極まりない表情で、映写技師が睨みつけてくる。まるで蛇のようにとぐろを巻くプリントの渦を前に、学は途方に暮れた。

プリントをライトに透かしながら、必死になって内容を思い出そうと試みる。

しかし、封切りから二年も経った作品だ。しかもこの映画の社内試写時、学はその三分の二を夢の中で過ごした。栄太郎や咲子は、映像がどうの、音楽がどうのと、もっともらしい御託を並べていたが、正直、覚えているのは、退屈極まりなかったことだけだ。

とにかく、やたらと中国人の家族が円卓を囲んでご飯を食べているシーンが多い作品で、うつらうつらして眼が覚めても、やっぱり家族が円卓で、延々とご飯を食べているのだった。

火薬の量と女優の肌の露出度で映画の良し悪しが決まると思っている学には、〝中国人の円卓のご飯〟のどこに面白さがあるのか、これっぽっちも理解できなかった。

リールの最終部分のプリントを透かしてみても、似たようなシーンの連続で、どこをどうつなぎなおせば映画が正常な状態に戻るのか、皆目見当がつかない。

それでもしばらくは、一コマ一コマを矯《た》めつ眇《すが》めつしていたが、どうにも埒《らち》があかないと判断し、ついに覚悟を決めた。

「お客さん、お客さーん!」

映写室を出るなり、学は大声をあげた。

プライドなんて、とうの昔に溝《どぶ》の中に捨てている。忍ぶべき恥など、最初からどこにもない。目指すべきは、一番らくちんな方法だ。

学の思惑通り、オタク青年は上機嫌で映写室に入ってきた。

「なんだよ、あんた。自分の売ってる映画をちゃんと覚えてないのかよ。よくそんなんで映画会社で働けるよなぁ」

そう毒づきながらも、溢れんばかりの優越感を隠すことができずにいる。

映画通《シネフィル》であることを、なによりのアイデンティティとしているであろう青年が、映画会社で働く自分に歪《ゆが》んだ嫉妬心を抱いていることくらい、学は瞬時に見抜いていた。

だから、その自分が恥も外聞もなく頼ってみせればみせるほど、青年は大いに満足するはずだ。「世界のミゾグチ」も第六世代も知らないけれど、そういうことなら簡単に忖度《そんたく》できる。

オタク青年は散々嫌みと蘊蓄を並べながらも、最終的には正しい編集位置を、綺麗に探し出してくれた。

「いやぁ、すごい。さすがですねー！」

青年の御託の多さに、映写技師も支配人も途中で逃げ出したが、学にとっては相手を持ち上げることなど、一つも苦にならない。

「あんたもこれからミゾグチ見て、少しは勉強しなよ。一応映画会社に勤務してるんだからさ」

しかし、青年の誘いに勢いで頷いてしまってから、内心「しまった……」と臍《ほぞ》を嚙んだ。

「ミゾグチは、映画の神様なんだからさぁ」

学を完全に支配下に置いたと思い込んでいる青年は、すっかり陶然としている。

急に口数の少なくなった学の横で、青年はいかにミゾグチがヨーロッパで尊敬されている偉大な監督であるかを、滔々と語り始めた。

学は上の空で聞き流していたが、途中で青年が「テオ・アンゲロプロスが……」と言ったとき、なんだそりゃ、と思った。

アンゲロプロス――？　恐竜の名前かよ。

怪鳥ロプロスなら、聞いたことはあるけれど。

「じゃあさ、三時間後にまたロビーで。そのとき、見どころとかもたっぷり教えるから」

散々一人で喋った後、青年は上機嫌で立ち去っていった。

学は肩で息を吐く。

オタクの恐ろしいところは、相手が関心を示していようがいまいが、気が済むまで自分の興味を語り尽くそうとするところだ。栄太郎などにも、多少その傾向がある。

もっとも、これだけ致命的なミスを犯してしまうと、支配人と一緒に出かけるのもさすがに気が引ける。いつもの寿司屋にいったところで、今日ばかりは一晩中説教を食らいそうだ。

学は事務所に断りを入れ、お詫びの品を買いに外に出た。

支配人と映写技師には日本酒を、受付と事務員のおばちゃんには少し値の張る和菓子を買った。

ネオンが輝き始めた繁華街を歩きながら、コートの前を掻き合わせる。

やってられるか――。

歩いているうちに、段々開き直った気分になってきた。

明日は蓮さまのプリントを、再び新幹線便に載せなければならないのだ。オタクにつき合って、オールナイトを見ている余裕などない。

劇場に差し入れを届けたら、青年との約束をすっぽかしてホテルに直行することに決めた。

昼に立ち寄ったコーヒースタンドの前を通りかかる。ふいに、週刊誌のおどろおどろしい見出しが甦った。万一本当に明日、日本が沈没するなら、なんと最悪な最後の晩だろう。

そのとき、なぜか二つの切り込みを入れたゆで卵が脳裏に浮かんだ。

気づいたときには、学は真っ直ぐに電話ボックスに向かっていた。受話器を持ち上げ、テレホンカードを差し込む。腕時計を確認すれば、午後八時。

他の誰かが出たら、そのまま電話を切ってしまえばいい。

だけど、この時間に経理で一人で残業をしている人がいるとすれば、それは――。

「はい、銀都活劇でございます」

きっかり三コールで、電話はつながった。

思った通りの声が聞こえ、却って学は電話を切りそうになってしまう。

「もしもし？」

「山崎さん」

無機質な声に、微かに怪訝《けげん》な色が滲んだ。

学は思い切って呼びかける。

「ああ、葉山君か。どうしたの？」

コレクトコールでもないのに自分の声を分かってくれたことに、学は小さな感慨を覚える。

「今、オフィスに他に誰かいますか」

「このフロアには誰もいないけど」

経費節減のために、自分のデスクの上の電気だけをつけて、伝票と向き合っている里佳子の姿が浮かんだ。

「誰に用だったの？」

学が黙っていると、里佳子が淡々と尋ねてきた。

「……あの、もしよかったらなんですけど」

「うん」

「俺たち、つき合ってみませんか」

言ってしまってから、学は啞然《あぜん》とした。自分でも、意味が分からなかった。

それからしばらく、里佳子も学もどちらも口をきかなかった。

長い——。長い沈黙が流れる。

口の中が乾き、表情がこわばるのを感じた。

ふいに、風のような溜め息が響く。

昼間のように、里佳子がいきなり受話器を置くのではないかと、学はひやりとした。

「明日、日本沈没するらしいんすよ!」

焦って口を開けば、再び訳の分からない言葉が飛び出す。

「だから、今夜だけなら、俺たち添い遂げられると思うんですよ」

言いながら、頭を抱えそうになる。本当に、支離滅裂だった。

なぜ、こんなことになったのだろう。道化とおだてのスキルに長《た》けた自分は、人生、楽勝のはずなのに。

どうしてこんな、縋《すが》るような気持ちでいるのだろう。

そのとき、軽い破裂音が耳朶を打った。

「どうしたの？　葉山君、なにかあったの？」

里佳子が笑っていることに、学は新鮮な感動を覚える。

「ふーん、明日、日本沈没するんだ」

そう繰り返す里佳子の声は、もういつもの淡々とした調子に戻っていた。

「だったら、お互い、出張とか残業とかしてる場合じゃないよね」

無機質な口調のどこかに、温かみが滲んでいるように感じるのは、気のせいだろうか。学は里佳子の次の言葉を待って、受話器を耳に押し当てた。

「もし本当にそうだったら、私は恋愛はもういいや」

急に里佳子の声が肉薄する。

「最後の日には、私、両親と一緒に、庭で草むしりがしたい」

なぜ、沈没する庭の雑草をむしらなければいけないのか。突っ込みどころは充分にあったが、学は黙っていた。

「でも、マナバヌ君の冗談にしては、結構面白かったよ」

抑揚のない里佳子の言葉を、学は耳の深いところで聞いていた。

「葉山君、ありがとね――」

それから三時間後。

オールナイトを待つ劇場の中で、学はオタク青年の隣の座席に座っていた。

劇場はがらがらで、数少ない観客の半分は、アルコール臭のきついオッサンだった。

隣の席の青年は、まだ「ミゾグチ」「ミゾグチ」と連呼しているが、ここに本当に溝口健二の映画を鑑賞しにきている人はほとんどいないだろう。オールナイトは劇場を安宿代わりにしている酔っぱらいたちの溜まり場だ。

寝る気満々のオッサンの後頭部を眺めながら、溜め息をつく。

まったく、なんという、日本沈没前夜だろう。

それでも学は、たった一人でビジネスホテルの殺風景な部屋に泊まる気には、どうしてもなれなかった。

「いやぁ、本当にお詳しいですねえ。大変勉強になりますよ」

口先だけの言葉でも、青年は心底嬉しそうな顔になる。

楽して生きていくのなんて、簡単だ。

すべてを建前と冗談で済ませればいい。

里佳子に告げた言葉だって、もちろん本気じゃない。いつもの〝ちょっとした創作〟のうちの一つでしかない。

でも、だからこそ、学は里佳子の率直さに胸を打たれた。

無表情で無感動で、いつもなにを考えているのかさっぱり分からない風情なのに、なにかを問いかければ、里佳子は必ず本音で答えてくれた。

いつかは自分もあんな風に、素直に己の心を誰かに打ち明けられる日がくるのだろうか。

その自問に、「否」と、自分の中のジョーカーが嗤う。

幼い頃から、両親の前でさえ、愛嬌の奥に自分の本心を隠し続けてきたのだ。

らくちんに生きたかっただけじゃない。

本当は、絶対にかなわない兄への劣等感と正面から向き合うのが怖かった。

わざと違う道を選ばなければ、到底ここまでこられなかった。

分厚い道化の鎧《よろい》の奥に隠し続けてきた心は、どうしようもなく脆《もろ》い。

だから。

電話が切れる直前の里佳子の最後の言葉を、今もひりひりと感じてしまう。

場内が暗くなり、スポット広告が始まると、早くも場内のあちこちから、盛大ないびきが響き始めた。

葉山君、ありがとね――。

眠ろうと眼を閉じると、里佳子の優しい拒絶の声が鮮明に甦り、学は仕方なく目蓋をあける。

長い夜が、始まろうとしていた。

八　一九九二年　リレーその4　九州担当　北野咲子

背広姿のサラリーマンが行き交う新幹線ホームで、咲子は折りたたみ式のカートを手に、ひかり号の到着を待っていた。

数時間前、博多キネトピアの事務所で、名古屋駅から新幹線便にプリントを載せたという葉山学からの連絡を受けた。

「いやぁ、マジに参っちゃったよ」

こっちは劇場の電話を借りているというのに、学はお構いなしに昨夜からの〝惨状〟について一頻《ひとしき》り喋りまくった。

かいつまめば、己のミスから発生した中国映画の「缶違い」から、成り行きでシネフィル青年と一緒にオールナイト上映を見るはめになり、徹夜明けでフラフラになりながら駅にプリントを持ち込んだところ、駅員が規定の重量を超えているのではないかだの、きちんとボックスに収納しろだのと難癖をつけてきて、危うく大喧嘩になるところだった、という話だ。

どこをとっても同情の余地はない。もとはといえば、今回の名古屋、福岡間のケヌキだって、学のケアレスミスから発生したことだ。

プリントが新幹線便に載っていることだけを再確認して電話を切ろうとすると、学は妙なことを聞いてきた。

「ねえ、ねえ、北野ちゃん。アンゲロプロスって知ってる?」

当然だ。ギリシャを代表する名匠だ。映像詩という言葉があるが、その言葉をこれほど実感させてくれる監督もいない。

『旅芸人の記録』『シテール島への船出』『霧の中の風景』——。

どれをとっても素晴らしい作品だ。アンゲロプロスの映画の中では、人も自然も光も影も、すべてが静かにうつろい流れるときそのものに思える。その時間に浸っていると、心の奥底がしんと水を打ったようになる。

描かれる世界はつらく厳しいものばかりなのに、いつまでも見ていたくなる。

学が「こうのとりたち、杜撰《ずさん》で」と言い出したとき、咲子は取引先の事務所にいることも忘れて、「バカッ!」と大声で怒鳴っていた。

それを言うなら、『こうのとり、たちずさんで』だ。マルチェロ・マストロヤンニやジャンヌ・モローら名優が参加した最新傑作を、冒瀆しないでもらいたい。

どこでアンゲロプロス作品の情報を聞きかじってきたのかは知らないが、学が「ところで北野ちゃん、今日、日本、沈没するらしいよ」と言い始めたところで、咲子は電話を叩き切った。

〝マナバヌ〟とはよく言ったものだ。まさしく、人間どこまでも不真面目に生きられるという見本のような軽佻浮薄さだ。

それでも営業が務まってしまうのだから、男というのは羨ましい。

女の自分がそんなことをやったら――。

ふと、数日前、出張経費の仮払いをもらいに上のフロアに出向いたときのことを思い出す。経理の山崎里佳子から茶封筒に入った現金を受け取っていると、総務部長が「おや、北野君、出張かい」と声をかけてきた。

頷いた咲子に、総務部長は決まり文句のように続けた。

「今は、営業でも女性のほうが優秀だからねぇ」

茶封筒を受け取りながら、咲子は思わず背筋を硬くした。同じフロアの国際部から、鋭い視線が飛んでくるのを感じたからだ。

ヘルメットのようなおかっぱに、クレヨンで描いたような厚化粧。

銀活唯一の女性課長、若尾《わかお》紀江《のりえ》が口元を歪めて自分を見ていた。

「どうだか」

フロアを出ていこうとすると、背後でそう吐き捨てられた。中年女性特有のしわがれた声が耳朶に刺さり、咲子は慌ててその場を後にした。

同期の小笠原麗羅が入社するまで、銀活の国際部を長年牛耳っていた紀江は、買いつけ会議に出てくるようになった咲子のことを面白く思っていないようだった。意見を言うたび、常に辛辣に言い返される。麗羅がさりげなく話をそらしてくれなかったら、さすがに心が折れていたかもしれない。

そんな紀江でも、学とは楽しげに話している。ヘビースモーカーの紀江は、よく喫煙所で男性社員たちと一緒に煙草《たばこ》を吸っているのだが、学が矢継ぎ早に放つくだらない冗談に、目尻のしわを一層深くして大笑いしている。

なぜ男性であれば、あのちゃらんぽらんぶりを許されて、女性の営業だけが優秀であることを求められるのだろう。

夏の社員旅行でも、咲子は紀江に絡まれた。

お酌をコンパニオンに任せて、さっさと女性部屋に引き上げようとしたところを、ロビーで紀江に捕まったのだ。

「若い女性社員が、男性たちのお酌をするのは当たり前でしょう？　私はね、ずっとそれをやってきたんだから」

ロビーの片隅に追いやられて、延々と説教された。傍らには留美や里佳子もいたが、紀江は咲子の顔だけを見ていた。

「昔はね、英語とかフランス語とかタイプの一級とか、特殊な技能がなければ、女性は男性と同じセクションでは働けなかったの」

仕舞いには名指しで続けられた。

「いいわねぇ、北野さんは。なんの功績もないのに、〝業界初の女セールス〟とか言われちゃって」

業界初の女セールス――。

入社当初、上司や先輩たちが、面白半分に言い始めたことだ。事実、入社時から今に至るまで、映画業界に女性のローカルセールスは咲子一人しかいない。

だがそれは、バブル景気にかげりが見え始めてから、存外保守的な映画会社が女性総合職の採用に二の足を踏んでいるだけのことだ。

その意味では、別になにかの功績があって咲子が唯一の女性セールスになったわけではないという、紀江の指摘は正しい。

法の後押しで女性総合職になり、〝初の女セールス〟と、ちやほやされているように見える咲子のことを、紀江は許せないようだった。

法の後押しのなかった紀江が課長になるまでには、確かに大変な苦労と努力があったのだろう。しかも、同世代の男性たちが部長になっている中、紀江だけが課長どまりだ。

ネイティブ並みの英語スキルがある麗羅はともかく、なんの資格もない咲子がやすやすと総合職に就き、買いつけ会議にまで出てくることが、紀江は癪に障って仕方がないらしい。

「あれって、自分がしてきた時代遅れな苦労を、後進にもさせないと気が済まない、困ったお局様の典型だよね」

ようやく解放された後、里佳子が醒めた口調でそう言ってくれたので少しは救われたが、紀江の矛先が間違いなく自分のみに向けられていることに、咲子は気分が重くなった。

〝私たちはね、男性社会にお邪魔させてもらってるの。それを忘れては駄目よ〟

面と向かって、釘を刺されたこともある。

なぜ――？

けれど、そう思わずにはいられない。どうして、同じ〝働く〟ということが、男には当たり前に認められ、女はそこに〝お邪魔〟させてもらわなければならないのか。

内心、まったく納得していないことが伝わるのか、入社当初から苦手だった紀江との距離は、三年半たった今もちっとも埋まっていなかった。

待っていたひかり号の到着のアナウンスが流れ、咲子は我に返る。

「お客さん、新幹線便の引き取りだったよね？」

ホームにいた駅員の一人が、咲子に声をかけてきた。

「はい、そうです」

「最後尾の連結のところに荷物が載ってるはずだから、引き取り証持って、係にそう言ってくれる？」

彼が言い終わらないうちに、すまし顔のような細長い前照灯のひかり号がするすると構内に入ってきた。ドアが開き、疲れ切った表情のサラリーマンたちが次々と終点の博多駅のホームに降りてくる。

最後尾を目指してカートを引きながらホームの後方に移動していくと、まさに駅員が、ボックスから黄色いコンテナに詰められたプリントを引き出そうと悪戦苦闘している最中だった。

「すみません！」

咲子は引き取り証を手に声をあげる。

「これ、あなたの荷物?」

駅員は必死の形相でコンテナを引き下ろすと、フーッと息をついた。

「一体なんなのこれ? 重いねえ!」

「映画のフィルムプリントです」

「フィルムプリント?」

一応、送り状に荷物の内容は明記してあるはずだが、若い駅員はそれを確認していないようだった。興味深そうに、しげしげとコンテナを見つめている。

「へぇ、映画ってこんな形なんだ」

一頻り感嘆した後、急に心配そうな口調になった。

「こんな重い荷物、あなた、一人で運べるの?」

「大丈夫です。カート持ってきてますし」

男であろうが、女であろうが、三十五ミリプリントを運べないようでは、映画のセールスは務まらない。

「でも、初めて見たよ、映画なんて。で、これって、なんの映画?」

ここからがつらいところだ。

誰もが知っている作品名を口にできれば問題はないのだが、ここで銀活作品を口にすると、大抵曖昧な反応しか返ってこない。

咲子が〝蓮さま〟のタイトルを口にすると、やはり駅員はきょとんとしていた。カートに載せたプリントを引きずりながら、これからは『スター・ウォーズ』とか、『ホーム・アローン』とか、適当に答えておこうかと考える。葉山学なら、絶対それくらいのことは言う。

構内の階段の多さにてこずりつつも、咲子はなんとかタクシー乗り場にたどり着いた。トランクにプリントを積み込むとき、「うわ、重いな。なに、これ?」と、ドライバーから先程と同じことを尋ねられ、咲子は言葉を呑み込んだ。やはり、それを『スター・ウォーズ』だと答えることはできなかった。

繁華街の入り口で車をとめてもらい、後はカートでプリントを運ぶ。

前日に福岡入りした咲子は、前もって、劇場の支配人、映写技師、その他のスタッフ全員に差し入れを届けていた。今回、プリントの搬入がケヌキになったのは、完全に銀活側のミスだ。そのために、支配人や映写技師に、残業をさせるはめになったのだ。

福岡の老舗劇場、博多キネトピアの支配人は気難しいことで有名だったが、差し入れの効果か、今のところ「映画料は払わん」とごねられることはなかった。

もっとも、咲子は昨夜、支配人のかばん持ちで散々スナックを引き回された。芋焼酎を何杯も飲む支配人にお酌をしながら、自らも飲みたくないビールを飲んだ。

入社当初、咲子はまったくの下戸《げこ》だったが、〝酒の飲めない人間にセールスが務まるか〟という言葉を真に受け、飲んでは吐き、飲んでは吐きを繰り返すうちに、いつの間にかジョッキ二杯ほどのビールなら、なんとか飲めるようになった。

それでも、未だに酒を美味しいと感じたことは一度もない。ホテルにたどり着くなり、便器を抱えて吐きまくることも多かった。

元々男尊女卑の風習が根強い九州を割り当てられたのは、係長の陰湿な画策だったのではないかと思うこともある。暗い眼をした係長は、面白半分に若手社員をなぶるようなところがあった。

それでも、やり抜くしかない。

なぜなら自分は、良くも悪くも〝業界初の女セールス〟だから。ここで挫《くじ》けてしまったら、結局、女は駄目だという烙印を押される。

甘えや弱さを見せれば、「やっぱり」ということになる。

男社会に〝お邪魔〟しているのではなく、本当に同等に、否、それ以上に〝優秀〟であることを見せ続けなければ、この先には進めない。

せっかく映画会社に入ったのだ。

こんなところで、しっぽを巻いて逃げるわけにはいかない。

男のセールスですらよろける重たいフィルムを載せたカートを、咲子はしっかりとした足取りで引いていく。

〝咲子は我慢強いな――〟

ふと脳裏に、一昨年亡くなった懐かしい祖父の声が響いた。

咲子は東京の下町に生まれた。二歳年下の妹の雪子《ゆきこ》が重いアトピーと喘息《ぜんそく》持ちだったため、幼い頃から両親は妹にかかりきりだった。

雪子が発作を起こして病院に連れていかれるたび、咲子は近所の母方の祖父の家に預けられた。下町の寂れた商店街の一角で、祖父は電気屋を営んでいた。後継ぎもおらず、祖母が他界してからは、馴染み客から修理を頼まれたときだけ店をあけているようだった。

無口な祖父は、小学校に上がったばかりの咲子をどう扱ってよいのか分からなかったのかもしれない。あまり会話もないまま、商店街の外れの名画座に連れていかれた。

『禁じられた遊び』『オズの魔法使』『サウンド・オブ・ミュージック』——。

その頃見た映画のことは、今でもよく覚えている。

名画座は大抵二本立てか三本立てで、一日中、映画を見ていることもあった。

映画を見終わってもまだ母と妹が帰ってこないときは、喫茶店で夕飯代わりにホットケーキを食べさせてもらった。

卵と牛乳の駄目な雪子は、ホットケーキも食べられない。夜も喘息でよく眠れない。

可哀そうな雪子が、皆から心配されるのは当たり前。だから、ママがいつもいなくても文句なんか言っちゃいけない。絶対に——。

胸でそう唱えながら、咲子は黙々とホットケーキを食べていた。

〝咲子は我慢強いな〟

そのとき祖父がそう呟いた。

驚いて顔を上げると、祖父がじっと自分を見ていた。包み込むような眼差しを見た途端、ふいにたまらなくなった。

ホットケーキの上に、なにかがぽとぽと落ちていく。それが自分の涙だと悟った瞬間、咲子は大声をあげて泣いていた。

祖父の言葉を聞くまで、自分が我慢していたことにすら気づけなかった。

泣きじゃくる咲子を、祖父は黙って見つめていた。

なぜ、突然こんなことを思い出したのだろう。

ひょっとすると、今の自分をあの世で祖父が心配しているのだろうか。

カートを引きずりながら、小さく苦笑する。

大丈夫だよ、おじいちゃん。私はもう、小さな子供じゃないんだから。

それに、名画座で映画を見たのは本当に楽しかったよ。

後に咲子が映画に魅かれるようになったのは、間違いなく幼少期の経験が根底にある。

物悲しいギターの音色、カラフルでユニークな登場人物、ワクワクするミュージカルシーン——。

意思表示のはっきりした西欧のヒロインたちの姿を見ていると、心の中で押し殺していた言葉の数々を代弁してもらっているようで爽快だった。

高校、大学と、咲子は映研に入り、ますますたくさんの映画を見るようになった。

祖父と一緒にいった下町の名画座は潰れてしまったが、大学時代、咲子は池袋《いけぶくろ》にある老舗の名画座で〝もぎり〟と呼ばれる切符切りのアルバイトをするようになった。

日替わり上映も行われる名画座で、咲子は洋邦新旧を問わず、年間百五十本以上の映画を見た。

簡易宿代わりに集まってくる酒臭いオヤジだらけのオールナイトに、スタッフトレーナーを着たまま潜り込み、朝まで大島渚《おおしまなぎさ》や鈴木清順《すずきせいじゅん》の刺激的な作品を堪能することもあった。

栄太郎のように、映画史や映画理論を本格的に学んだわけではない。

それでも咲子は、映画の中に、心の置き所を感じることがある。

今も咲子は、自分の思いを言葉にすることが苦手だ。

アトピーと喘息という重荷を背負った妹がいたせいか、感情を訴える前に躊躇《ちゅうちょ》が先に立つ。

こんなことを言ってしまっていいのだろうか。そもそもうまく伝わらなかったらどうしよう。

ぐるぐると考え込んでいくうちに、いっそなにも言わないほうが気が楽と、本音を呑み込んでしまう。そのために、無用のストレスを抱えることも多かった。

妹の雪子は成長と共に喘息を克服し、今では二児の母になっている。

妹の体質は改善されても、幼少期に形成された咲子の性格は、そうそう変えられるものではなかった。

ストレスを抱え切れなくなると、咲子はいつも映画館に出向いた。

暗闇の中、シートに身を沈めると、息苦しいほどの圧迫がゆるゆると解けていくのを感じる。

映画は一瞬にして、知らない土地へ自分を連れ出してくれた。

遠い異国の、まったく関わりのない人たちの物語にあっという間に引きずり込まれ、しかし、その中に、自分でも気づかなかった己の心の片鱗《へんりん》を見つけたりする。

うまく言い表せない感情を、見事に体現してくれている映画に出会うと、咲子は心が震えた。

祖父に自分の思いを言い当てられたときのように、涙が溢れて頰を伝った。どれだけ泣いても周囲に気づかれないのが、劇場の暗闇の良いところだ。声を押し殺して泣きじゃくると、それだけで身も心もぐんと軽くなった。

一人で映画館にいったことがないという留美の話を聞いたとき、咲子は心底驚いた。

咲子は恋人や友人と一緒に映画館にいくより、むしろ一人でのめり込むように映画を見るほうが好きだった。前後左右の席が空いている状態が、最も好ましい。

周囲を気にせず、思う存分、泣いたり笑ったりできるからだ。

いつかは自分も、迷ったり、困ったり、疲れたりしている誰かの心を軽くするような映画を作ってみたい。

咲子は密かにそう願っている。

せっかく、海外の映画を輸入する買いつけ機能も、一から企画を立ち上げて作品を作る制作機能もある会社に入社したのだ。どんなに忙しくても、どんなに大変でも、自分の手を通して、人の心を震わせる映画を生み出したい。

そう考えたとき、同期の小笠原麗羅の顔が浮かんだ。

入社早々会議室に押し込まれた自分たちとは別格で、端から国際部という華のある部署に配属された同僚に、劣等感を抱かなかったわけではない。だが、その完璧なネイティブイングリッシュや、他人の顔色を窺うことなく、はっきりと自分の意思を告げる潔さを見るうちに、咲子は幼稚な嫉妬心など忘れて、純粋に感嘆するようになった。

事実、麗羅はどんどん会社を変えていっている。

第一に、若尾紀江が牛耳っていた国際部をこじあけ、密室状態で行われていた買いつけ会議を、営業や宣伝の現場に開放してくれた。

同じフロアにいる経理の里佳子によれば、麗羅と紀江は普段、会話どころか、ほとんど視線も合わせないらしい。

「小笠原さんて、会社の序列とか、まったく気にしてないから。なにかあっても、若尾課長のことなんてすっ飛ばして、すぐに社長室に直談判にいっちゃうし」

里佳子の淡々とした口調には批判も非難も含まれていなかったが、それを聞いた留美は「えー、なに、それぇ」と眉を顰めた。欧米ではそうしたワークスタイルが当然らしいと聞かされても、「だって、ここ、欧米じゃないじゃん」と、ますます憤慨した。

「若尾課長が北野さんに当たるのって、絶対、小笠原さんのとばっちりだよ。ほら、小笠原さんて、筆頭株主の縁故だから、面と向かって言えないだろうし」

二人きりになると、留美は同情めいた表情で咲子を見た。

「でも、本当に酷いよね。若尾課長って、子供いないから、歪んでるんだよ」

そんな風に言うこともあった。その癖、咲子が紀江にやり込められていると、留美はどこか面白そうにそれを遠くから眺めている。

聞くところによれば、若尾紀江の夫は、若い頃に文芸誌の賞を獲った小説家らしかった。だがその文芸誌はとうに廃刊になり、もう二十年近く新作の出版もなく、長年家計のすべてを紀江が一人で支えているという噂だった。

留美の尺度からすると、結婚や出産等、〝皆がやっていること〟をしていない人は、なにかしら問題を抱えた人ということになる。

もっとも、この呪縛に似た思い込みは、留美自身を一番苦しめているように感じられた。咲子からすれば充分に若い留美は、なぜかいつも焦っている。

歪んでいるか否かはともかくとして、紀江が真っ向から麗羅を攻撃しようとしないのは、麗羅が縁故入社だからだけではないと、咲子は踏んでいた。

言い方や、やり方に多少の問題があっても、麗羅の意見は基本的に間違っていない。それに麗羅は、語学力、交渉能力共に頭一つ抜けている。

優秀にして真っ当なものを正面切って叩くのは、ひいては自分にとって得策ではないと、紀江は判断しているのだろう。

本人が強調してみせるように、紀江は伊達《だて》に男社会を何十年も泳いできたわけではない。

そういうところは、なかなか慎重で狡猾だ。

自分ばかりが標的にされるのは、それだけ己が、紀江にとっても会社にとっても取るに足らない存在だからだ。

咲子は冷静にそう分析していた。

でも、ここで挫けるわけにはいかない。

咲子には、胸に秘めた映画への思いがある。

その夢が、もしかしたら今後かなうかもしれないのだ。

最近麗羅は、海外出張時のビジネスクラスの使用をやめるべきだと社長に進言している。

管理職もエコノミークラスを使用するようにすれば、浮いた分の経費で、営業や宣伝の現場スタッフも海外出張に同行できるという理論だ。もし麗羅の意見が通れば、咲子たち国際部以外のスタッフにも、海外のフィルムマーケットに参加するチャンスが巡ってくる。

栄太郎は悲観的なことばかり言うが、咲子は、まだまだこの先、やれることはいくらでもあると考えている。

そのためにも、麗羅は頼もしい味方だ。

この監督の新作を、この脚本家のプロフィールを調べてほしいと頼めば、即座に情報を集めてくれる。聡明で合理的な麗羅が、自分の要望に真摯《しんし》に応えてくれることが、咲子は嬉しくて仕方がなかった。

たとえ麗羅が朝の習慣のお茶汲みを絶対にしなくても、社員旅行やその他の会社の行事に一切参加しなくても、そのために自分と留美が割を食うことになろうとも、すべてを帳消しにできた。

なぜなら、自分には夢がある。

いつかきっと、かつての己のような不器用な誰かに、心が震えるような作品を差し出すのだ。

それまでは、絶対に逃げたりしない。

咲子は重たいカートを引きずって、劇場の中へ入っていった。

「支配人、戻りました」

事務所に一声かけると、競馬新聞を読んでいた支配人は、「おう」と唸《うな》ってちらりと視線を上げる。咲子はそのまま映写室に向かった。

重い鉄扉を押しあければ、ツンと鼻を衝くフィルム独特の匂いが漂ってくる。

奥からでっぷり太った映写技師が現れた。

「ご苦労さん」

一日中映写室にこもっているためか、中年の映写技師は冬でもランニング一枚だった。片手で軽々とプリントを持ち上げて、部屋の隅に運んでいく。

苦労して運んできたプリントがなんだかとても小さく見えて、咲子は少々拍子抜けした。

映画祭シーズンの映写室はプリントの山だ。薄暗い部屋には揮発油とプリントの匂いが充満し、眩暈《めまい》がしそうだった。

映写室の中央では、カタカタと音をたてて映写機が回っている。

部屋の隅でコンテナを解き、映写技師は一巻目のフィルム缶をあけた。

「か〜っ、酷い巻き方だなぁ」

途端に、野太い声があがる。

「見てみなよ。ゆるゆるじゃない。こんなの下手に取り出したら、コア抜けしちゃうよ」

咲子が覗き込むと、フィルム缶の中に収められたプリントは、確かに所々が緩んでいた。

基本的にプリントは、コアと呼ばれる白い芯に均等にぴったりと巻かれているのが良い状態とされる。さもないと、プリントを持ち上げたときに、真ん中のコアが抜ける、所謂〝コア抜け〟が起きてしまう。コア抜けは、フィルムプリントを扱う者にとって、最悪の事態だ。

映画営業部に配属された当初、フィルム倉庫でプリントの扱いの研修を受けたとき、学がお約束のようにコア抜けを起こしたことがある。

あのときの為す術もない絶望感といったら――。

思い出しただけでも、心臓がきゅっとつままれたようになる。

まるで生き物のようにうねうねとうねりながら、千五百フィート――約四百五十メートル――のプリントが、あっという間に床いっぱいに広がっていった。さすがの学も、プリントの黒い洪水にまみれて涙目になっていた。

「このプリント、ここにくる前は、どこでかけてたの？」

非難めいた質問に、一瞬口ごもる。

「……名古屋のオリオン座です」

「ああ、あそこかぁ」

映写技師は鼻から息を吐き、巨大な腹をゆすった。

「気をつけたほうがいいよ。あの劇場の映写技師、プリントを一本につなぐとき、うまくいかないと平気でじゃんじゃん切っちゃうから」

「えっ」

咲子は絶句する。

そう言えば――。フィルム倉庫の担当者から、なぜか映画が段々短くなってきているという報告を受けたことがある。

昔はどの劇場も、一巻一巻、映写技師が手動で映写を行っていた。〝いっかんの終わり〟という言葉は、映画の一巻の上映の終了を表す「これにて一巻のお仕舞いでございます」という弁士の口上からきていると聞く。

だがここ数年、事前にプリントを一本につないで映写機にかける、〝大巻き〟と呼ばれる自動上映が主流になってきていた。切り替えがうまくいかないと、巻変わりのときにスクリーンにカタカタと白い画面が現れるようなことも、もう稀だった。

しかしその作業の際に、プリントをじゃんじゃん切られていたとしたら――。

視線を走らせれば、この映写室にもプリントの切れ端がそこかしこに散在している。

「これって……」

咲子がプリントの切れ端を指さすと、映写技師は急に慌てた顔になった。

「ち、違うよぉ」

心なしか、映写技師の禿げ上がった額が赤くなっている気がする。

「これはさぁ、予告編の後づけだよ。最近の映画会社の営業さんてのは、スプライサー触ったことないらしくて、東京の公開の日づけが入ったまんまの予告編を、平気で送って寄こしたりするからさぁ。ほら、うちでは十一月公開なのに、九月公開なんていう後づけがついたまんまじゃ困るでしょ?」

スプライサーというのは、プリントを切ったりつないだりする編集機のことだ。

大学時代映研に入っていた咲子は、先輩から八ミリテープのスプライサーの取り扱いを習ったことがある。それが大学で四年間学んだことの中で、唯一、入社後役に立った知識だった。

「さてさて」

映写技師はごまかすように咲子に背を向けると、スプライサーの前に座ってプリントをつなぎ始めた。一体どんなつなぎ方をしているのか、傍で確かめてやりたい気持ちになったが、さすがにそこまではできない。

いささか腑に落ちない思いを抱えたまま、咲子は映写室を後にした。

事務所の支配人に、明日上映のプリントを無事映写室に搬入したことを報告し、とりあえず劇場を出る準備を始める。

「それじゃ、また明日、よろしくお願いします」

「北野君、ご苦労だったな」

カートを元あった場所に片づけてから頭を下げると、競馬新聞を睨んだまま支配人はそう応じた。

この日、咲子は普段なかなかいけない、福岡南部の小さな劇場に顔を出す予定だった。いつも電話対応ばかりで、立ち寄ることのできなかった劇場に、一度、挨拶にいってみようと決めたのだ。

天神《てんじん》駅に向かいがてら、一旦会社に連絡を入れておこうと思い立つ。

今年の五月から、国家公務員たちは、完全週休二日制になったが、銀活では土曜日はまだ半ドンだった。

時計を見れば、午後六時。土曜日は映画の初日も多いので、営業部にはまだ誰かしら残っているだろう。屋台が立ち並び始めた親不孝通りを抜け、咲子は駅前の電話ボックスに入った。

コレクトコールがつながるのを待ちながら、小さく息を吐く。

群馬から始まった前代未聞のケヌキリレーは、これにて一応、ゴールしたことになる。もう一仕事終え、明日の上映の立ち会いを終えれば、任務は完了だ。この後は、しばらく出張にいかなくて済む。

週明けに会社に戻ったら、早速取り掛かりたいことがあった。

麗羅からの情報によると、来週の半ばに、イギリスの中堅プロダクションのプロデューサーが来日する予定があるという。国際部では、社長も交えての接待を設定していると聞く。

そのプロダクションがエージェントも兼ねているアーティストの中に、最近咲子が注目しているイギリス人の若手監督がいた。

とても繊細で丁寧な作品を撮る監督で、日本好きという噂もある人だった。

今後、彼が日本との合作に興味があるか否か、他社からオファーが入る前に感触だけでも探ってもらえないかと咲子は考えている。

出張に出る前、その旨を書いたメモを、麗羅のデスクの上に置いてきた。

東京に戻ったら、真っ先に相談してみよう。

そう思うと、咲子の胸の鼓動は高まった。

「お出になりました」

交換手の声に我に返る。

「すみませんねぇ……。出前はもう終わったんですよ」

一拍置いて、和也の作り声が響いた。

これが学だと腹が立つだけなのだが、和也だと相手をしたくなるのだから不思議なものだ。

「そこをなんとか、ラーメンだけでもお願いします」

「ラーメンはお仕舞いです」

「餃子《ギョーザ》だけでも」

「餃子も、お仕舞いです……」

咲子も和也もついに噴き出した。

「いや、冗談抜きにして、どうよ。蓮さま、ちゃんとゴールした？」

和也が地声に戻って尋ねてくる。

「した、した。さっき搬入してきたところ。なんか、心斎橋、大変だったんだってね。スクリーン切られたんでしょう？」

「まあ、ちょっとだけね。上映には支障なかったよ。少なくとも、葉山のアホが触れ回ってるほど、大変なことにはなってない」

「マナバヌの言うことは、基本的に誰も本気にしないって」

「それもそうだな」

一頻り話した後、緊急の伝言《メモ》が入っていないかを見てもらうことにした。

「あー、もしもし……。なんか、係長が替わりたいって」

電話口に戻ってきたとき、和也は少し困ったような声を出した。なにかあったのかと身構えていると、「もしもし」と、珍しく残業していたらしい係長の陰気な声が響いた。

「お疲れさまです」

咲子の挨拶は無視し、係長が面白そうに告げる。

「北野、お姑《しゅうとめ》さんがお呼びだよ」

「え？」

理解ができずに聞き返したが、すぐに電話は保留のオルゴールに切り替わった。「トロイメライ」のフレーズを延々繰り返し聞かされた後、ようやく電話がつながった。

「もしもし、北野さん？」

酒と煙草で潰れたしわがれ声が響いてきたとき、咲子は本当に背筋に悪寒が走るのを感じた。

ヘルメットをかぶったようなおかっぱと、クレヨンで描いたような厚化粧が脳裏をよぎる。

まさか天神駅前の電話ボックスで、社内にいてすら一番聞きたくない声を聞かされるとは思ってもいなかった。

「私、前々から一度、あなたにちゃんと言っておかなきゃいけないと思ってたんだけど……」

咲子の沈黙をよそに、若尾紀江は厳しい口調で告げてくる。

「あなた、なにか、勘違いしてるんじゃないの？」

それでも咲子が黙っていると、紀江は苛立ちを露《あらわ》にした。

「もしもし、ちゃんと聞いてるの？」

「……はい」

「じゃあ、私がなにを言ってるか分かる？」

「……すみません。分かりません」

咲子の脇に、嫌な汗が滲む。

たっぷりと時間をとった後、紀江は鋭い調子で言った。

「あなた、一体誰の許可をとって、小笠原さんに余計なことを頼んでるわけ？」

瞬間、咲子は頭を殴られたような気がした。見られたのだ。

出張前に麗羅のデスクの上に置いてきたメモを、紀江に先に見られてしまったのだ。

「小笠原はうちの部署の社員なの。なにかを頼みたいのなら、まずは上長の私を通しなさい。それが会社のルールってものでしょう。なに、国際部の仕事に、勝手に口出ししようとしてるのよ。第一、あなた、制作部のプロデューサーでもなんでもないじゃない。なんでそのあなたが、合作のことなんて、分不相応なこと考えてるの」

紀江の口調に、嘲《あざけ》りの色が滲む。

「この件については、あなたの上長にも、しっかり報告させてもらいます。小笠原にも、私から厳重に注意します」

最後の言葉に、咲子はハッと顔を上げた。

自分の迂闊さが、紀江が麗羅を叩くきっかけになるのはたまらない。

「違うんです」

必死に声を振り絞る。

「小笠原さんは関係ありません。私が、現場同士で、ちょっと相談に乗ってもらいたいと思っただけなんです」

「現場同士？」

しかし咲子の言い訳は、紀江の苛立ちに拍車をかけただけだった。

「だから同期が多いあなたたちの代は嫌なのよ。ここはね、会社であってサークルじゃないの。仲良しごっこもいい加減にしなさい」

咲子は言葉を失う。

つい先程まで和也と〝出前ごっこ〟をしていた浮かれた気分を、見透かされているようだった。急速に気持ちが冷え、脚が竦みそうになる。

「あなたね、周囲からちやほやされて、自分は仕事ができるつもりでいるのかもしれないけど、そんなの若い女の子のセールスが珍しがられてるだけだからね。今日も出張とかで、変に頑張ってるみたいだけど、できもしない合作のことなんかより、もっと自分のことちゃんと考えたほうがいいわよ」

咲子の沈黙を屈服ととったのか、紀江の声が勝ち誇った響きを帯びた。

「仕事だけが人生じゃないんだし、せっかくいいお嬢さんなんだから、もっと他のことにも眼を向けなさいよ」

なぜ――。

なぜ、こんなことを言われなければいけないのだろう。

咲子は無言で唇を噛む。

紀江を飛び越えて、麗羅に相談したのは勇み足だったかもしれないが、情報が解禁されている以上、この程度を越権行為と見做《みな》されたのでは、横の連携は取れない。

確かに今の自分は制作部ではない。

けれど、企画会議は全社員のプレゼンを受けつけている。

それに。

男なら仕事に邁進することが推賞されるのに、どうして女の自分がそれを試みようとすると、こんな風に侮られなければならないのだろう。

しかもそれを口にしているのが、本来なら手本を示してくれてもいいはずの、女性総合職の大先輩なのだ。

女性の進出を阻《はば》んでいるのは、なにも頭の固いオヤジたちだけではない。

自分たちの特権に固執しようとする保守的な人間は、男の中にも女の中にもいる。

「あなただって、いつまでも若いわけじゃないのよ」

小馬鹿にするように続けられたとき悔しさが込み上げたが、咲子はその思いを言葉にすることができなかった。

「……すみませんでした」

結局口にしたのは謝罪だった。

「とにかく、これからは気をつけてちょうだい。ここは、会社なんですからね」

ぶつりと通話が切れた。紀江が受話器を叩きつけたのだ。

硝子越しに、町のネオンが滲むように輝きを増す。

咲子はしばらく受話器を耳に当てて不通音を聞いていたが、竦んだ脚に無理やり力を入れて電話ボックスの外に出た。

水郷として知られる福岡南部の町は、観光地としても有名だ。

だが咲子が駅に降り立ったときには、駅前のロータリーは暗く、立ち並ぶ土産物屋のシャッターは固く閉ざされていた。

一軒だけ営業中のラーメン屋を見つけ、軽く腹ごしらえする。以前、宴席で寿司に手をつけた途端、「君は随分、遠慮がないね」と、支配人から嫌みを言われたことがある。

以来、咲子は劇場からご馳走になるときでも、あまり料理を食べないようにしている。

彼らが求めているのは、にこにこしながら酌をするだけのホステスだと気づいたからだ。

〝ラーメンはお仕舞いです〟

無心にラーメンを啜っていると、和也の声が甦り、自然と口元に笑みが浮かぶ。けれどすぐに、その後の紀江とのやり取りが生々しく襲ってきて、胸の奥が重くなった。

麗羅に、無用の迷惑をかけることになってしまった。

〝咲ちゃん〟

いつも親しげに呼びかけてくれる麗羅の様子を思い浮かべ、申し訳ない気分になる。

考え始めると次々と憂鬱な予測が胸に浮かび、咲子は頭を振った。

切り替えなければ――。

まだ仕事は終わっていないのだ。

結局ラーメンは、ほとんど味がしなかった。

勘定を済ませて店を出ると、咲子は公衆電話を探した。少し歩いたところにようやくボックスを見つけ、劇場の番号をプッシュする。

「はい、メトロ座」

夜遅いせいか、電話には支配人が直接出た。

「銀都活劇の北野です。只今、駅に到着致しました」

咲子はことさら明るい声を出す。

「これからそちらにお伺いしてもよろしいでしょうか」

そう続けると、電話口で不自然なほどの沈黙が流れた。

「……北野ってセールスは、本当にあんたかい？」

やがて、戸惑うような声が響く。

直接営業にきたことこそなかったが、咲子は今までに何回もこの劇場の支配人と電話でやり取りし、売り切り《フラット》とはいえ映画も何本も買ってもらっている。さすがに小さな町の劇場でミニシアター系の映画が上映されることはなかったが、夏休みの子供映画大会等で、『巨大怪獣バトリオ』などの旧作はよく売れた。

「はい、私が北野です」

なにを今更、と思いつつ答えると、いきなり耳元で大声が響いた。

「しまった！」

「え？」

驚いて聞き返せば、支配人は大慌てで喋り出す。

「俺、あんたのこと、ずっと北野ってセールスの秘書かなんかだと思ってたんだよ。北野ってのは女なのかい？　今日窓のないホテルとっちゃったよ」

受話器を耳に当てたまま、咲子は完全に言葉を失った。

一体どこの世界に、秘書を持つローカルセールスがいるだろう。

しかし、それほどまでに、この支配人にとって、セールスが女だというのは予想外のことであったらしい。

「いやあ、驚いた。まさか、女のセールスがくるとは思わなかったよ」

徐々に支配人の声が浮き浮きしたものへと変わっていくことに、密かに食傷気味な気分になる。〝女セールス〟と珍しがられ、面白がられるたび、咲子は自分がパンダかなにかになったような気がした。

「いいよ、いいよ。今すぐおいでよ。これから社長も呼ぶからさぁ」

「いえ、今日はもう遅いですし、社長さんへの挨拶は明日にでも……」

「いやいや」

もう帰宅しているであろう社長まで呼び出させるのは悪いと思ったのだが、有無を言わさぬ調子で遮られた。

「東京から、女のセールスがきたんだ。社長呼ばないと、俺が怒られちゃうよ。まだまだ飲めるところあるからさぁ」

これはまた、朝までパターンになるに違いないと、内心覚悟する。

「それでは、チェックインしてから、すぐに伺います」

目一杯愛想よく答えて、電話を切った。

しかし、劇場が事前に指定してきたホテルに到着したとき、咲子は全身から血の気が引くのを感じた。

やられた——。

窓のないビジネスホテルになら、過去にも泊まったことがあったけれど。

眼の前でピンクのネオンを輝かせているのは、一泊三千円のサウナホテルだった。

劇場が宿をとってくれる習慣も一長一短だ。これならば、会社から支給される出張手当を使って、自分でホテルをとったほうがずっといい。

とはいえ、せっかく手配してもらった部屋を勝手にキャンセルするわけにもいかない。

咲子は思い切って、サウナホテルの中に入った。

とにかく荷物を部屋に置いてこようと、薄暗い廊下を足早に歩く。

誰にも会いませんようにと胸で唱えながら角を曲がった途端、タオル一丁の素っ裸のオヤジと鉢合わせになり、危うく絶叫しそうになった。

なんとか部屋にたどり着き、鍵をかけ、ぺなぺなの掛け布団がかかった固いベッドに荷物を放り投げる。

「もうヤダ!」

思わず大声が出た。

だが、挫けるわけにはいかない。

一息つく間もなく洗面所の鏡に顔を映すと、咲子はアイラインを濃く引きなおした。

強く、強く――。もっと強くならなければ。

長い髪も、後ろできつく結びなおす。

たとえ誰に妨害されても、しっかりと夢を追っていけるように、今よりも強くならなければ。

男よりも優秀なセールスであることを、周囲に知らしめていかなければ。

その晩、咲子は、劇場の支配人と興行会社の社長に、一般宅のようなスナックに連れていかれて、カラオケを歌えとステージに立たされた。

ステージといってもそこは、色紙で作ったチェーンや、折り紙の花が飾られただけの〝台所〟だった。咲子はなんだか自棄《やけ》になり、言われるがままに「青い山脈」や「高校三年生」や「ミヨチャン」を歌った。

七十代の社長と、六十代の支配人は、大喜びで手拍子をとっている。

「東京からきた女のセールスさんとね?」

スナックのママもその辺のおばちゃんと変わらない化粧気のない人で、社長や支配人と一緒になって、はしゃいで咲子を迎えてくれた。

家庭用冷蔵庫を背にして懐メロを歌っているうちに、咲子は段々切なくなってきた。

訛《なま》りの強い社長は、ときどきなにを言っているのかよく分からないし、支配人も「あのホテルは危険だから、帰らないほうがいい！」と、宿をとった本人のくせに無責任に笑っている。

けれど、大きな都市の劇場で、嫌みを言われたり、セクハラまがいの意地悪をされたりしているより、ずっとずっとましだった。

素朴な人たち……。

でも、いつまでもローカルセールスをやっているわけにはいかない。

せっかく映画会社に入ったのだ。

自分は前に進みたい。思いのすべてを詰め込んだ作品を、誰かの胸に届けたい。

だから、こんなところで立ちどまるわけにはいかない。

営業成績を上げて、認められて、希望の制作部に移れるように。

紀江のような人たちを踏み越えて、必ずや、自分の仕事をしてみせる。

いつしか、咲子は手拍子を打っている社長たちを忘れ果て、たった一人で声を張り上げて歌っていた。

「うまかねぇ！」

歌い終えると、社長は満面の笑みを浮かべて咲子の肩を叩きにきた。酒臭い息を吹きかけられ、思わず愛想笑いを崩しそうになる。

それから、どれだけ歌い、どれだけ水割りを作ったのだろう。

社長がカウンターに突っ伏して眠ってしまうと、支配人がタクシーを呼びに席を立っていった。咲子ももう、くたくただった。ウーロン茶のグラスを手に、ぐったりとスツールにもたれかかる。そのとき、ふいにテーブルの上に小さな紙包みが差し出された。

ハッとして顔を上げれば、ママが素朴な笑みを浮かべている。

「ここの名物。後で食べてね」

眼を見張る咲子の耳元に顔を寄せ、ママは囁いた。

「あなた、ちっとも食べてなかったでしょ。社長さんたち、いい人だけど、男の人ってそういうところは気が利かないからね。お酌ばかりじゃ、お腹が減るもんねぇ。さ、早くしまっちゃいなさい」

紙包みを手に取ると、まだほかほかと温かかった。ぬくもりに、咲子はなんだかぼんやりする。出張にいくたびに、色々なスナックにつき合わされてきたが、こんなことをしてもらったのは初めてだった。

「あ、あの……、ありがとうございます」

歌い疲れた喉から、かすれた声が出る。

ママは笑って咲子の肩を軽く叩いた。

「よかとよぉ。あなたみたいな若い女の子がこんな地方まで出張にきて、おじさん相手に頑張ってる姿見ちゃったら、誰だって応援したくなるじゃない。それに、今までは、女が一人で仕事しようとしたら、こんなことするしかなかったけど、これからは、色々なところで女の人が活躍するようになるんだと思ったら、なんだか嬉しくなっちゃった」

咲子はこの町で一人でスナックを営んでいるママの人生に思いを馳せた。

色白でふっくらとした指に、指輪の跡はない。化粧気のない肌には薄茶色の染みが浮き、ひっつめ髪にも白いものが交じっている。

それでも、折り紙の花が飾られた壁を背にしたママは、明るい瞳をしていた。

「あ、でもね、こんなことなんて言っちゃったけど、私、この仕事、結構好きだから」

朗らかな声を聞きながら、咲子は菖蒲《しょうぶ》や朝顔の折り紙を見つめる。幼稚園のとき、折り紙が上手な優しい先生がいたことを思い出した。

やがてタクシーが到着し、支配人と力を合わせて、眠り込んでいる社長を後部座席に押し込むと、咲子もホテルに戻ることにした。

まだ店に残るという支配人とママに別れを告げ、咲子は一人でとぼとぼと深夜の道を歩く。ぼんやりともった街灯の先に、町中を走る水路が見えた。

昼は観光用の渡し船が行き交うという水路は、今はただ黒々としている。十一月の半ばにしては暖かい夜の闇に、少し生臭い水の匂いが漂っていた。

ピンク色のネオンを煌々と輝かせているサウナホテルにたどり着くと、咲子は誰にも会わぬよう急ぎ足で廊下を駆け抜け、部屋に飛び込むなり、しっかりと鍵をかけた。

固いベッドに腰を下ろし、バッグをあける。

まだ温かい紙包みを開いてみると、ラップにくるまれた茶色い握り飯が二つ入っていた。

この町の名物の蒸した鰻飯《うなぎめし》を握ったお結びだ。

窓のない独房のような部屋に、温かな香りが漂う。

咲子は力なく、お結びを一口齧《かじ》った。鰻の甘いたれが口一杯に広がった瞬間、疲労で忘れ果てていた空腹が甦り、夢中でそれを嚥下《えんげ》する。

〝よかとよぉ〟

ママの柔らかな笑みが甦り、ふいに鼻の奥がじんとした。

年齢だけでいえば、若尾紀江と同じくらいのはずだ。

後からくるものを蔑み阻もうとする人もいれば、純粋に励まし、背中を押してくれようとする人もいる。

貪るように一つ目を食べてしまってから、咲子はようやく、自分が手も洗っていないことに気がついた。

冷たい水で手を洗っていると、洗面台になにかがぽたぽたと散っていく。

顔を上げ、鏡に映る姿に咲子はハッとした。

強く引きなおしたアイラインを滲ませて、涙が次々と溢れて頰を流れている。

違う、違う。

私はこんなところで、挫けない。誰にも負けない。

自分に鞭《むち》を入れるように、心で唱える。

涙をぬぐってベッドに戻ると、咲子は二つ目のお結びを齧った。

声を張り上げて歌う自分に手拍子を送っていた社長や支配人やママの顔が、ぼんやりと脳裏に浮かぶ。

いつしかそこに、自分を心配そうに見ている祖父の姿が重なった。

大丈夫だよ、おじいちゃん。

私はもう、小さな子供じゃないんだから。

咲子の中に、寄る辺のない寂しさが湧き起こる。

きっと自分がいこうとしているその先は、素朴な優しさとは無縁だ。

殺伐とした競争や、今以上に陰湿な足の引っ張り合いに巻き込まれることもあるだろう。

現実の世界で、夢をかなえるのは甘くない。

会社でたった一人の女性課長になる以前、紀江にもこんな風に、疲れ切って涙を流す夜があったのかもしれない。

いつか自分も、厚化粧で武装して、叩きやすい人間から叩いて自分の地位を守ろうとするようになるのだろうか。

あのヘルメットのような髪と厚化粧を取り除けば、紀江の顔立ちも、ママと同じくらい優しく素朴だったのかも分からない。

それでも、自分はきっといくだろう。

大丈夫。

無理なんてしていない。

私は、大丈夫。逃げたりしない。

視界が揺らぎ、再び涙が込み上げる。

自分がどうして泣いているのかもよく分からぬまま、咲子は嗚咽《おえつ》をこらえて、温かな鰻飯を咀嚼し続けた。

八　一九九二年　到着《ゴール》　海外事業担当　小笠原麗羅

細かく砕いた氷の上に、殻つきの生牡蠣《なまがき》がいくつも載せられている。少し小振りで真珠色に輝いているのが気仙沼《けせんぬま》産、大振りで瑞々しい透明感があるのが広島産だと説明を受けた。

麗羅は牡蠣用の小型のフォークを手に取ると、気仙沼産から口に入れた。本当に採れたての新鮮な牡蠣は、レモンを絞る必要もない。

磯の香りが鼻に抜け、クリームのように濃厚な旨味が口中に広がる。滑らかな喉越しを楽しみながら、白ワインの冷えたグラスに唇をつけた。

日曜の昼下がり。

表参道《おもてさんどう》のフランス料理店で、麗羅は幼馴染みの岡田《おかだ》翔真《しょうま》とアラカルトを楽しんでいた。

コロニアルスタイルの広々としたダイニングには、自分たちの他、数組の客しかいない。白髪の上品な老夫婦。そして、明らかに商談中と思われるスーツ姿の三名の男たち。彼らの内の一人は、東洋系の外国人らしく、会話は英語で行われていた。

時折聞こえてくる彼らの英語に、翔真が人の悪い笑みを浮かべる。

「あれで本当にビジネスが成り立つのかね」

外国人らしい男の英語は滑らかだが、接待している側の二人は何度も同じことを言いなおしたり、どこかを言い間違えたりしていた。そのたび、外国人の男が、わずかに困ったような表情を見せる。

一見優雅に食事をしているようだが、実は全員がかなり悪戦苦闘していた。

「仕方ないでしょ。全員、ネイティブじゃないんだから」

あまりに翔真がくすくす笑うので、麗羅は眉を顰める。

「いや、それにしたってさ……」

翔真は肩を竦めて、麗羅とは反対側の広島産の牡蠣に手をやった。人を見下して笑うのは悪い癖だが、研ぎ澄まされたような彫りの深い美貌に、酷薄な笑みはよく似合う。

周囲を気にするのは、つまらないことだ。

こんな高級レストランで昼からワインを飲んでいる二十代の自分たちの姿だって、傍目にどう映っているか分からない。

もっとも、麗羅と翔真は子供の頃からこの店の常連だった。ダイニングには年齢コードがあり十二歳以下の子供は入れないが、麗羅たちの父親は、仲の良い家族同士が休日を過ごすために、個室を押さえる手間をいとわなかった。

麗羅の父と翔真の父は、古くからの知り合いだ。互いに北欧の血が混じっていたこともあり、若い頃から助け合って商売をしてきた。麗羅の父は雑貨を取り扱う専門商社を、翔真の父は加工食品を取り扱う専門商社をそれぞれ営んでいる。

幼少期はショーンと名乗っていた翔真の日本人離れした顔立ちを、麗羅は見つめた。ロンドンのインターナショナルスクールを経て、日本に帰国後、共にミッション系の私立中学に転入した翔真とは学年も同じで、幼馴染みというより、ほとんど双子のように育ってきた。

そのせいか、翔真は普段隠している性《しょう》の悪さを、麗羅の前では平然と露呈した。ビジネスマンたちの会話がついに袋小路に迷い込んでいったことに、翔真は口元を歪めて笑っている。

「いい加減にして。せっかくの新鮮な牡蠣が不味《まず》くなる」

「はいはい」

本気で声を荒らげると、翔真は麗羅に視線を戻した。その顔を睨み、茹でたアンディーブにゴルゴンゾーラチーズを和えた前菜を皿に取り分ける。アンディーブは翔真の子供の頃からの好物だ。

「でもさ、よく続いてるよな、レイの仕事。一年で辞めるんじゃなかったの?」

皿を受け取りながら、翔真が真顔で尋ねてくる。

大学卒業後、翔真は当然のように彼の父の会社に入ったが、麗羅は初めから家族が経営する会社に入るのが嫌で、一年だけ外で働かせてほしいと父に頼んだ。

父が知り合い筋からいくつか紹介されてきた候補から面白そうだと選んだのが、老舗の映画会社、銀都活劇だった。

銀都活劇という会社を知っていたわけでも、映画に特別思い入れがあったわけでもない。当初は本当に、一年で辞めるつもりでいた。

「レイって、そんなに映画好きだっけ」

「そうでもないけど」

「でも、もう四年目だろ。じゃあ、それだけ、いい会社なんだ」

「それもない」

即答すると、翔真は腑に落ちない顔になる。

「じゃあ、なんでだよ」

「本当に、なんでだろうね」

正直、入社当初はあまりの旧態依然とした会社の内情に辟易《へきえき》した。

一応マスコミなのだから、少しは開けているのかと思ったが、とんでもなかった。入社当初、同期となる女性社員たちと顔合わせをした後、総務部長から言い渡されたのは、毎朝同期の男性社員にまでお茶を淹れろという、頭が腐りそうな習慣だった。

その他にも、社員旅行だ、暑気払いだ、忘年会だ、はたまた運動会だと、愚にもつかないことで業務以外の時間を拘束しようとする。冗談ではなかった。

だがそれ以上に不思議なのは、そのすべてを拒否しても、基本的にはなんの問題もないということだ。だったら、なぜ他の社員たちは、そんなつまらないことに唯々《いい》諾々《だくだく》と従っているのだろう。麗羅には、まったく理解できなかった。

こうしたことは、今に始まった話ではない。帰国後、転入した中学でも、意味の分からないことはたくさんあった。

〝誰某君は、何某ちゃんが先に好きになった男子なんだから、後からきた小笠原さんは馴れ馴れしく話しかけたりしないで〟

徒党を組んだクラスの女子たちから、そう迫られたときには呆気にとられた。

口火を切ってきたクラスの中心的な女子のことも、背後から窺うように自分を見ていた当の何某ちゃんのことも、さっぱり理解できなかった。

別段、分かる必要もないのだと開き直るまでは、自分もそれなりに傷ついてきたのではないかと麗羅は思う。

会社に入ってから、もう一つ驚いたことがある。

日本ではどんなに高学歴の男たちでも、ろくに英語を話すことができない。それは銀都活劇の社長も、役員たちも例外ではなかった。

だから、若尾紀江のような女が幅を利かせる。

「一応、馴染んではいるわけ?」

「それはない」

翔真の問いかけに、麗羅は再び即答した。

「私たちが、馴染むわけないじゃない」

「それもそうか」

翔真も、あっさりと頷く。

どこへいっても、異物扱いなのは変わらない。ロンドンにいた頃は、東洋人だというだけで差別を受けたこともある。帰国すればしたで、やっぱり「外人」扱いされた。萎縮すればますます排斥されることをロンドン時代に学んでいたので、麗羅も翔真も必要に応じて強くなった。

やがて成長するにつれ、裕福な家に生まれた自分たちを取り巻く人も現れた。だがそういう人たちとは、本当の友人にも恋人にもなれなかった。

麗羅が翔真と一緒にいて楽に思えるのは、彼が自分と同じだけ、周囲を信じていないからだ。

信用できるのは身内だけ。

その身内の中には、翔真の家族たちも含まれている。異郷に身を置いたことのある人間ならば、多かれ少なかれ誰もがこうした感覚を身につけている。

それなのに。

ふと、胸を暗いものがよぎる。

ダイニングの奥の個室で食事をしていたとき、麗羅と翔真の間には、必ずもう一人、長い髪をポニーテールにした少女がいた。

姉の世羅《せら》だ。

翔真は一人っ子だったが、麗羅には四つ年上の姉がいた。世羅が自分たち家族と食事をしなくなってから、一体、どれくらい経つだろう。

「で、お父さん、その後の調子はどうなの？」

再び問いかけられ、我に返る。

アンディーブにフォークを刺して、翔真は少し心配そうにこちらを見ていた。

「うん、一応普通に仕事はしてるけど……」

日に日に浮腫《むく》んでいく父の顔を思い浮かべ、麗羅は曖昧に頷く。

「完全に治るものではないからね」

麗羅の父は、五十歳を過ぎた頃から腎臓を悪くしていた。昨年は長い出張から帰った後、眩暈を起こして病院に搬送された。

それなのに、未だに飲酒も喫煙もやめないし、食事制限も守らない。

家にいるときはまだ母が管理しているが、長期の出張にいけば、なにを食べているか分からない。特に父は、塩気の強い干し鱈《だら》や、カリウムの多いジャガイモ等、腎臓に負担のかかる食材を使った料理が好きだった。

「言ったところで、素直に聞く人でもないしね」

「レイのお父さん、昔から豪快だもんな」

若い頃から乗馬や水泳を嗜《たしな》んできた父は、腎臓を悪くしてからも、己が誰よりも剛健であるという間違った自覚を捨て切れずにいる。

「お父さん、本当はレイに色々手伝ってほしいと思ってるんじゃないの？」

翔真の言葉に、首を横に振った。

事実、麗羅の仕事が長続きしていることを、父は喜んでくれていた。その様子に嘘はない。

「むしろ、パパがそれを言い出したら、そのときは本当に危ないと思う」

そう言って、麗羅は口をつぐんだ。

三人のビジネスマンたちのまどろっこしい会話が聞こえてくる。だが、翔真はもう、それを笑おうとはしなかった。

麗羅も翔真も、飾り棚のついた窓の向こうをぼんやりと眺める。葉を落とした街路樹の先に、東京タワーが小さく見えた。

「面倒臭えから、俺たち、そろそろ結婚しようか」

唐突に、翔真が口を開く。

麗羅はワイングラスを傾けると、小さく鼻を鳴らした。

「なんで、面倒臭いと結婚することになるのよ」

「皆がそうなればいいと思ってるからだよ。俺の両親も、レイの両親も。じいさんも、ばあさんも、親戚たちも、皆さ。そんなの、俺たちだって子供のときから分かってただろ？」

まだ日本に帰国したばかりの十代の頃、父から冗談交じりにそう勧められたことはある。

将来はショーンと結婚して、互いの家業を統合してほしいと——。

「そんなのに、応える必要ないよ。結婚は契約じゃないんだから」

「そうかな？　恋愛はともかく、結婚は立派な契約だろ？　俺、レイとならいいよ」

翔真が真剣な眼差しで麗羅を見る。

「それで、万事うまくいく気がする」

「やめて」

できるだけ穏やかに遮った。

「そうやって、自分をごまかすんじゃないの」

麗羅の言葉に、今度は翔真がむっつりと黙り込む。

不貞腐れた表情の翔真を無視して、麗羅は給仕を呼んだ。

メインに伊勢海老《いせえび》のブイヤベース仕立てを注文する。ついでにパンのお代わりも頼んだ。

「だって、俺、裏切れないよ」

残りの牡蠣を食べていると、ふいに翔真が拗《す》ねたような声をあげた。

「俺、いい子だもの。今までもこれからも、親父とお袋の自慢の息子だもの。このまま、結婚しないってわけにはいかないよ。うち、そういうところはすごく古いから」

「だからって、なんで私がそんな〝偽装〟につき合わなきゃいけないのよ」

「レイとなら、偽装じゃない」

縋るように見つめてくる翔真に、首を横に振った。

「もう、やめよう。パパのことを心配してくれてありがとう。ショーンのその気持ちはすごく嬉しいよ。でも私たち、このままずっと友達でいたほうがいい。でないと……」

麗羅は口元に笑みを浮かべる。

「私たち、友達一人もいなくなっちゃうよ」

翔真はなにか言いたげにしていたが、結局なにも言わなかった。

「そのほうが絶対に困るって」

麗羅の念押しを、翔真も内心、その通りだと思っていたからだろう。

それからは取り立てて深刻な会話をすることもなく、伊勢海老の濃厚なブイヤベースと焼き立てのパンをたっぷりと楽しんだ。

翔真は途中まで不機嫌だったが、食後のコーヒーが出る頃にはいつもの調子を取り戻していた。

翔真と別れてから、麗羅は一人で原宿《はらじゆく》方面に足を向けた。

欅《けやき》並木はすっかり葉を落とし、暮れかけてきた空に黒い梢《こずえ》を静脈のように伸ばしている。

もう少し経つと、この梢にクリスマス用の電飾が巻かれるだろう。

ふと、胸が塞いだ。

今年のクリスマスも、姉の世羅は家に戻らないつもりだろうか。

連絡を取りたくても、麗羅は世羅の正確な居所を知らなかった。時折届く差出人の住所のない絵葉書から、どこにいるかを推測するだけだ。

父の猛反対を押し切って大学を中退した世羅は、二十歳で青年海外協力隊に入隊した。二年間の任期を延長し、結局三年間を開発途上国で過ごした後、現在は青年海外協力隊事業を実施する独立行政法人と協力関係にある、ＮＧＯのスタッフになっているらしい。

今年の春に届いた絵葉書には、ザンビア共和国のスタンプが押してあった。

その国がアフリカ大陸のどこかに存在するという以外、現在の世羅がどんな生活を送っているのか、麗羅には想像することもできない。

セイラ、レイ、ショーン――。

幼い頃は、そう呼び合って三人で遊んでいたのに、なぜ世羅だけがそんな遠くへいってしまったのだろう。

元々姉は、幼少期から我儘《わがまま》だった自分と違い、我慢強くて優しい性格だった。穏やかな姉に甘え、なんでも真似をし、なんでも持ち物を欲しがる自分に、世羅はいつでも大切なものを譲ってくれた。両親にとっても、手のかからない〝いいお姉ちゃん〟だったはずだ。

古いコンクリート造りの同潤会《どうじゅんかい》アパートの前を歩きながら、麗羅は遠い記憶を思い起こす。

それが原因とはっきり定められるか否かは判断がつきかねたが、姉が自分たちから離れていった理由を考えるとき、ぼんやりと浮かんでくる光景がある。

ロンドンで生活していた頃、家にはいつも浅黒い肌のハウスメイドたちがいた。クリスマスや自分たちの誕生日には、そうしたハウスメイドの子供たちがパーティーに招かれることもあった。いつの頃からか、世羅はその子供たちに、酷く気を遣うようになった。

幼い麗羅には理由は分からなかったが、姉は歳の変わらない彼らに、なにかをしきりに申し訳ないと思っているようだった。

ある年、姉の誕生日に、世羅と父が大声で口論していたことがある。

せっかくのお祝いの日に、なぜ喧嘩をしているのだろうと驚いた麗羅を、母はさりげなく二人から遠ざけた。

後に知ったことだが、この日、祖父母や親戚や翔真の家族たちからもらった豪華なプレゼントを、姉はすべてハウスメイドの子供たちにあげてしまっていた。

後日、どうしてそんなことをしたのかと尋ねた麗羅に、世羅はひっそりと呟くように答えた。

不公平な世の中を作っているのは、祖父や父や自分たち家族のような人間なのだと。

自分を罰するように閉じられていた世羅の蒼褪めた目蓋を思い返すと、麗羅は今でも胸の奥が痛くなる。

一体、なにがきっかけで、世羅はそんな風に思い詰めていくようになったのだろう。

確かに、日曜日の教会からの帰り道や公園で、ホームレスの老人や身なりの貧しい子供たちに遭遇すると、麗羅もなんだか悲しい気分になった。掌を差し出してくる彼らを追い払う父の背後で、どうしてよいか分からない心持ちに襲われた。

だからと言って、自分たちの裕福な環境を、恥ずべきことだとは思わなかった。商売を築いてきた祖父や父が、並々ならぬ苦労をしてきたであろうことは、子供ながらに理解していたからだ。

しかし世羅は年齢を重ねるごとに、それを享受することを頑なに拒むようになっていった。

こんな家にいるのは嫌、ここには本当のものはなにもない、このままでは自分はどんどん堕落する。

世羅が繰り返し語ってきた言葉は、呪詛《じゅそ》のように麗羅の胸にも時折甦る。

麗羅を見つめ、世羅は吐き出すように言った。

私たちはね、非常識なんだよ――。

大学の中退が明らかになったとき、父は初めて姉に手を上げた。以来、家族が一番大切にしてきたクリスマスでさえ、世羅は家に帰らなくなった。

姉が家に寄りつかなくなってから、まるで埋め合わせをするように、両親は一層自分を甘やかすようになった。既に就職している娘に、父は未だに相当額の小遣いを渡そうとする。

それは翔真の家も同様らしく、小遣いを持て余した麗羅たちは、高級レストランで昼間からワインを飲んだり、連れ立って海外旅行に出かけたりした。もちろん、飛行機はファーストクラス。泊まるのも有名リゾートの五つ星ホテルばかりだ。

今の自分や翔真の姿を見たら、「なぜ、それをもっと社会のために役立てようとしないのか」と、世羅は嘆息するに違いない。

決して高給とはいえない給料の中から、奨学金の返済をしている同期もいることを考えると、確かにいささか居心地が悪くなる。

その意味では、姉が言うように、自分たちは「非常識」なのだろう。

けれど、自分までがそんなことを認めたら、〝身内〟を支えに生きてきたであろう祖父や父を否定することになってしまう。

麗羅にはそれはできなかった。

なかなか寝つけない夜など、麗羅は閉め切られた隣の部屋にこっそり入り、途上国の姉の生活に思いを馳せることがある。

ひょっとして——。〝身内〟に護られている以上、決して溶け込めない他者との関係を、姉は縁《ゆかり》のない遠い異国に求めようとしたのだろうか。

そんな思いに囚われることもあった。

悲しくなるのは、姉の部屋が段々と、物置のようになっていくことだった。父も母も、もう本当に世羅が戻らないと諦め切っているのだろうか。

姉が帰ってきたときにこの部屋を見たら、少女時代から過ごしてきた部屋に父が若いときに蒐集していたアフリカの彫刻などが無造作に押し込まれていることに、心を痛めるとは思わないのだろうか。

それとも自分が気づかなかっただけで、両親と姉の間には、最早埋められないほどの不和が存在しているのだろうか。

もし、自分が長女だったら。

突き詰めて考えていくと、いつも最後にはそう思わずにいられなくなる。

自分が四歳年長の姉であれば、世羅があそこまで思い詰める前に、なんらかの手を打てたのではないだろうか。少なくとも、なにも分からず傍観するばかりではなかったはずだ。そうであれば、世羅と家族との関係は、今とは違っていたかもしれない。

埒《らち》のあかないことばかり考えている己に気づき、微かに自嘲する。

視線を上げれば、大通りを挟んだ向こうに、鳥居に似せたオリエンタルバザーの真っ赤な装飾が見えた。

来週、イギリスの中堅プロダクションのプロデューサーが来日する。恐らくなにかのついでなのだろうが、ヨーロッパのプロダクションが、わざわざ極東までやってくることは珍しい。連絡を受けた麗羅は、ぜひとも銀活にも立ち寄ってもらえないかと交渉した。

学生時代から父の商用に同行することの多かった麗羅は、英国人のもてなしにもそれなりの自信がある。いかにも彼らが喜びそうな、日本式庭園を持つ、会席料理の店を予約した。初来日と聞いていたので、接待後はこのオリエンタルバザーを案内するのもいいだろう。なにしろこの土産物店には、中国と日本の区別がつかない西欧人たちが思い描くアジアそのもののエキゾチックな雑貨や衣類が所狭しと並べられている。

レイって、そんなに映画好きだっけ――。

ふいに、翔真の訝《いぶか》しげな声が甦った。

こんな風に、休日にまで仕事のことを考えるなんて、麗羅自身も意外だった。

日本の会社なんてどこも同じ。なにをしたところで、たいして変わらない。

それでも外に出ようと思ったのは、麗羅なりに、世間を勉強したかったからだ。

とは言え、姉のように完全に父の庇護を逃れ、すべてをなげうって世間に受け入れられようと思ったわけではない。

事実、自分は入社四年目になる今でも「縁故入社」と陰口を叩かれ、遠巻きにされている。

無論、そんなことは今に始まった話ではない。

学生時代から現在に至るまで、愚にもつかないことは、次から次へとやってくる。

異端児で上等だ。自分は姉のように、世間に溶け込めないことで、己の出自を責めたいとは思わない。国際電話で圧倒的な英語力を披露してみせたのも、周囲を萎縮させるためだ。

ところが。

一年で辞めることを念頭に、常に斜に構えていた自分に、きらきらと瞳を輝かせて近づいてくる人がいた。

〝すごいね。もしかしたら、この雑誌の映画評なんかも簡単に読めちゃったりする？〟

ニューヨーク・タイムズ、タイム、ビレッジ・ボイス、フィルム・ジャーナル・インターナショナル、バラエティ……。

たくさんの切り抜きを集めたスクラップブックを持ってこられたとき、麗羅は唖然とした。

同時期入社の北野咲子。

自分と同じく、総合職枠で採用された女性社員だった。

同世代の女性とはうまくいくわけがないと思い込んでいたので、その急接近には驚かされた。

〝カンヌやベルリンやヴェネチアはメジャーすぎるけど、ロカルノ国際映画祭や、ナント三大陸映画祭あたりは狙い目だと思うんだ〟

身内以外は基本的に信用していない自分にとって、信頼のこもった眼差しは、それだけで驚異だった。

無視することもできたのに、どうして応えてしまったのだろう。

そう思い返したとき、咲子の化粧気のない清楚な面立ちが、姉の世羅に重なった。

長い黒髪を、後ろで一つに結んでいたせいもある。

純粋で、生真面目で、真っ直ぐで、どこか少しだけ野暮《やぼ》ったい。そんなところまで、記憶の中の世羅に似ているように感じられた。

咲ちゃん――。

気づいたときには、柄にもなく、親しげにそう呼びかけていた。

学生時代のように、不透明な〝友情〟を持ち出されるのではなく、その関わりがあくまで仕事を前提としたものだったことも、麗羅には心地よかった。

いつしか麗羅は、咲子がどこかから集めてくる記事に必ず眼を通し、ときには抄訳を渡したりするようになった。

それが、なにも分からず傍観することしかできなかった世羅への贖罪《しょくざい》の意識からくるものなのか。はたまた、そうすることで、どこか虚しい自分の気持ちが埋められるように感じるからなのか。本当のところは、麗羅自身にもよく分かっていなかった。

もちろん、咲子の働きかけに応え続けたのは、そうした感傷に駆られたからばかりではない。

北野咲子には、本当に映画が好きな人間独特の、一種の嗅覚があった。

それは、もう一人の同期の水島栄太郎からも感じられる。二人が調べてほしいと言ってくる監督や脚本家やプロデューサーの新作が、後に大きな国際映画祭のコンペティション部門に選出されることも多々あった。

二人と接するうち、それまで傍観していた国際部の在り方に、麗羅は疑問を感じるようになった。

これだけ熱心に情報を集めようとするスタッフが社内にいるなら、上長の若尾紀江が手駒扱いしている、外部の買いつけ会社に頼る必要などどこにもない。

元々、なぜ実際に映画の公開に携わっている営業や宣伝のスタッフが買いつけ会議に参加していないのか、麗羅は不思議で仕方がなかった。制作部の企画会議は、基本、社員であれば誰でもプレゼンが可能だというのに。

そこに、日本人のつまらない英語コンプレックスを見て取ったとき、麗羅は迷うことなく社長室の扉をノックした。

暇そうに新聞を読んでいた創業者の御曹司である社長は、嬉しげに話を聞いてくれた。育ちの良いインテリの扱いは、学生時代から父の会社の接待に同席していた麗羅にとってはお手の物だ。

麗羅は明確な口調で、買いつけ会議に現場スタッフを参加させるべきだと進言した。なに若い力を取り入れることによって、外部に支払っている高い情報料の節減にもなる。

より、現場の士気を高められる。たとえうまくいかなくても、そのときは、元に戻せばいいだけ。試みることに、リスクは一つも見当たらない。

できるだけ熱心にそう説いた。社長を見つめる瞳に、初々しい情熱の炎をともすことも忘れなかった。

会社の根幹が、未だに創業者たちが築いた映画黄金期のアーカイブであることを内心承知している二代目社長は、寛大な表情で、このお手軽な〝革新〟を認めてくれた。

意外なことに、上長の紀江はこの件に関してなにも言わなかった。自分も同意見にしておいたほうが得策だと思ったのかもしれないし、それ以外に理由があったのかもしれない。

だがこのときから、紀江は麗羅とほとんど眼を合わせなくなった。

最初こそ、咲子や栄太郎の意見には的外れなものもあり、そのたびに、紀江の手酷い叱責を受けていたが、現場に開かれた買いつけ会議は徐々に軌道に乗るようになっていった。

ビデオ事業部からは「青春ものでもラブストーリーでも、とにかく女優のバストトップが映ったものを」という、明け透けなリクエストが寄せられた。この場合、内容の良し悪しはまったく関係ないというのも、貴重といえば貴重な現場の意見だった。

会議中、最も紛糾するのは、「エロ」「アクション」といったビデオ向け作品のような明確な指針のない劇場公開作だ。ここでは、もっぱら咲子や栄太郎が旺盛に意見を述べた。水島栄太郎は己の映画知識を開陳するだけで満足してしまうようなところがあったが、北野咲子には、それを先につなげていこうとする、見かけによらない貪欲《どんよく》さがあった。

既得権へのこだわりが人一倍強い紀江は、そんな咲子が煙たくて仕方がなかったようだ。なにかと難癖をつけては、周囲の男性社員たちが失笑するような勢いで、若い咲子を攻撃する。そういうときの紀江の顔は、理不尽な理由で自分に迫ってきた中学時代のクラスの女子たちにそっくりだった。

その様子を見たとき、麗羅は本気で国際部を変えようと思った。会議だけではなく、日本人特有の英語コンプレックスを隠れ蓑にして、今まで紀江が一人で囲い込んできた色々なものを、すべて開放してやろうと心に決めた。

一年で辞めようと思っていた仕事を面白く感じ始めたのは、この頃《ころ》だったかもしれない。

原宿駅に近づき、明治神宮《めいじじんぐう》の緑が見えてきた。

歩道橋の向こうに、常緑樹の楠《くすのき》がこんもりとした緑を茂らせている。麗羅はカシミヤのショールを巻きなおし、暮れかけた空を眺めた。

この空が、姉の世羅が暮らす場所とつながっていると思うと不思議だった。

日本とザンビア共和国の時差は七時間。今、姉は朝食を食べ終えて、後片づけをしているのかもしれない。

もう四年近く、映画の仕事に従事していることを告げたら、世羅はどんな顔をするだろう。

レイって、そんなに映画好きだっけ――。

翔真と同じように、そう尋ねてくるかもしれない。

子供の頃は、家族でディズニー映画を見たりしたが、正直に言って麗羅にはそれほど映画に対する思い入れはなかった。

それでも、咲子に頼まれて色々と調べるうちに、それなりに詳しくはなってきた。今では麗羅のほうが率先して、映画祭関連の記事を集めて読んでいる。

咲子や栄太郎が熱心に薦めてくる映画も、できるだけ見るようにした。

何事もはっきりしたものを好む麗羅からすれば、ぴんとこないものも多かったが、時折、ハッとさせられることもあった。

アッバス・キアロスタミ、アレクサンドル・ソクーロフ、侯孝賢《ホウシャオシエン》、エドワード・ヤン……。

この仕事をするようにならなければ、恐らく知ることのなかった監督ばかりだ。

特に、少し前に見た、テオ・アンゲロプロスの『霧の中の風景』は印象に残った。

幼い姉弟が、まだ見ぬ父を探して彷徨する物語だ。いつも、父の幻を探して見つめるだけの列車に、ある日ふと姉弟は乗り込んでしまう。そこから、夢と現実の間《あわい》を縫うような旅が始まる。映像はあくまでも静かで幻想的だが、描かれる現実は残酷だ。ヒッチハイクで知り合った中年男から荷台に連れ込まれた姉は、暗い闇の中、声もなく凌辱《りょうじょく》される。事が済んだ後、下半身から流れる血を、幼い少女は他人事のように見つめる。

旅の途中、少女が密かに思いを寄せる旅芸人の青年からもらう、映画のフィルムプリントの切れ端が、作品の大きなモチーフになっている。透き通ったポジフィルムは、感光してただ真っ白になったようにも、深い霧がかかった風景を映し出しているようにも見える。青年はそれを街灯にかざしながら、この霧の向こうに丘が広がり、そこに一本の樹が生えているという情景を語る。

やがて、真っ白なフィルムの中に、本当に一本の樹の影があるような気がしてくる。見えるか見えないかの不確かな影が、霧の向こうにひっそりと息づいているように思えてくる。

映画が終わったとき、麗羅は涙を流していた。

そしてそのことに、自身が一番驚いた。

ストーリーのはっきりしない物語は好きではなかったはずなのに。

教会に通っていた過去はあっても、麗羅は宗教を信じていない。身内以外を信じることができないように、神や仏の存在も信じることができない。

それでも、感光したフィルムの向こうに、一本の樹を探す人の心は、なぜか信じることができた。

善と悪、生と死、現実と幻、相反するものが過不足なく並列に描かれ、冷徹なのに、どこかに不思議なユーモアもあって、心を深く揺さぶられる——。

そう語った咲子の言葉が、分かる気がした。

疎外感の中でしか自覚できなかった己の感性が、誰かと響き合うこともあるのだと、麗羅は密かに安堵した。

友達になることは無理でも、咲子となら、仕事仲間になれるのではないか。そう思った。

長い黒髪を後ろで一つにまとめた咲子の生真面目な表情が、姉の面影に重なる。

むず痒いような感傷に浸りながら、麗羅は原宿駅に向かう雑踏に身を任せた。

玄関の扉をあけると、母が丁度花瓶の花を活け替えているところだった。

「あら、早かったのね」

薄紅色の大振りな薔薇《ばら》を活けながら、母が振り返る。

「夕飯は？」

「翔真と遅いお昼を食べてきたから、まだ、いい。後で自分でなにか適当に作って食べるよ」

「ショーンは元気だった？」

「うん。パパとママによろしくって」

出かけた相手が翔真であれば、父も母も大抵機嫌がよかった。帰りが深夜になろうと、二人きりで海外に出かけようと、心配や穿鑿《せんさく》をされたことはない。

「ねえ、レイ」

廊下をいきかけると、背後から声をかけられた。振り向けば、母は萎《しお》れかけた白い薔薇を手に、少し意味ありげな笑みを浮かべている。

「ショーンと……、そろそろなの？」

「なにが」

聞いてしまってから、後悔した。

「そろそろ、具体的な話が出てるんじゃないの？」

なんの疑いもない笑みを向けられ、麗羅は居心地が悪くなる。

「ママ……。翔真とは、そういうんじゃないから」

何度説明しても、母は自分と翔真のことを、都合のよいようにしか解釈しない。

「それに、私、結婚するつもりないから」

「若いからそんなこと言うのよ。パパだって、本当は心配してるのよ」

そう言って、母は少しだけ肩を竦めた。

「パパは？」

「テレビ見てたけど」

母が再び花を活けるのに集中し出したので、麗羅はリビングへと向かった。

「パパ」

リビングに父の姿はなかった。誰も見ていないテレビから、タレントたちの大げさな笑い声が聞こえてくる。立ち込めている煙草の匂いに、麗羅は眉を顰めた。硝子の灰皿には、既に数本の吸い殻がある。相変わらず、医者の注意を聞くつもりはないらしい。

「パパ、ただいま」

もう一度呼びかけると、トイレのほうで微かな物音がした。

「煙草、いい加減にしなよね」

聞こえるように言ってから、リビングを出る。そのまま二階の自室に向かおうと階段に足をかけ、ふと、廊下の突き当たりのトイレの扉が薄く開いていることに気がついた。

瞬間、背筋がざわりとする。

「パパ？」

嫌な予感に脅かされながら、薄く開いている扉のノブに手をかけ、麗羅はハッと息を呑んだ。扉の向こうに、蹲《うずくま》っている父の大きな背中が見える。

「パパ！」

背中越しに覗く便器の中に、トマトジュースのような真っ赤な液体が溜まっていることに気づき、麗羅は大声をあげた。

蹲ったままなにか言おうとしている父の背中に手をかけ、麗羅は母を呼んだ。やってきた母は、便器に溜まった血尿を見るなり、口元に手を当てた。

母に父を任せ、麗羅はすぐに主治医に連絡を取った。即刻透析《とうせき》が必要になるかもしれないと告げられ、車のキーを取りにいく。救急車を回してもらうより、そのほうが早いはずだと判断した。

意外にも父はすぐに立ち上がり、自分で洗浄ボタンを押して血尿を押し流した。少し休んでいれば治るという父を説き伏せ、麗羅は病院まで車を走らせた。

「おおげさだな、ちょっと、くらっときただけなのに」

後部座席で母に付き添われている父は、この期に及んで、まだ負け惜しみのようなことを言っている。ミラーに映る父の顔が、眼が開かないほど浮腫んでいることを認め、麗羅は口元をきつく引き締めた。

その晩、父の透析に付き添う母を病院に残し、麗羅は一人で自宅に戻ってきた。

しばらく考えた後、思い切って受話器を手に取る。青年海外協力隊事業を実施する独立行政法人に、まったく伝手《つて》がないわけではない。今までだって、やろうと思えば連絡くらいはできたのだ。麗羅は次から次へと電話をかけ、事情を説明しては、取次ぎをしてもらった。

果たして連絡があったのは、深夜一時過ぎだった。

付き添いから帰ってきて自室で休んでいる母を起こすまいと、すぐさま子機を手に取る。

「もしもし」

麗羅は縋るような思いで受話器を握りしめた。周波数の合わないラジオに似た雑音の中、自分の声が不自然に木霊《こだま》する。

「……一体、なに?」

七時間の時差を超え、膜の向こうから聞こえてくるようなくぐもった声は、明らかな不機嫌さに満ちていた。

世羅——。

それでも電話の向こうに懐かしい姉がいると思うと、麗羅の胸は逸《はや》った。

「パパが……」

「それ、もう伝言で聞いた」

頑なな物言いに、麗羅は気勢をそがれたようになる。父の緊急入院を知って尚、どうして世羅はこんなに冷静でいられるのだろう。

一瞬黙り込むと、遠い電話の向こうで、大きな溜め息が漏れた。

「結局、大丈夫だったんでしょう。それくらいのことで、こんなに大勢の人たちを煩わせて電話なんかしないで」

突き放すような世羅の言葉に、耳を疑う。

会ったこともないNGOのスタッフですら、親身になって連絡方法を考えてくれたのに。

「血尿くらい、ストレスでも出るよ」

うんざりした調子で世羅が続ける。

「こっちはもっと大変なことがいっぱいあるから。なにかあれば、すぐに主治医が飛んできてくれるような環境じゃないしね。どうせパパなんて、お酒の飲みすぎや、贅沢なものを好き放題に食べた結果、そんなことになったんでしょう。摂生すればいいだけのことじゃない」

実の父親の入院以上に、大変なことがあるのだろうか。

麗羅は信じられない思いで、世羅の言葉を聞いていた。

「それだけだったら、もう、切るからね。こっちは、どこの家にも電話があるような環境じゃないから。今も、学校でわざわざ貸してもらってるの。分かったら、これからは、むやみに電話したりしないで」

本当に電話を切ろうとする気配を感じ、麗羅は受話器を握りしめる。

「お姉ちゃん、パパが病気なんだよ！」

気づくと、大声を出していた。

世羅は見ていない。便器の中に溜まっていたトマトジュースのような血尿。ほとんど開かない、浮腫んだ目蓋に埋もれた父の眼。

健康な父の姿しか知らないから、そんなことが言えるのだ。

「慢性腎臓病は、簡単な病気じゃないよ。脳卒中や心筋梗塞のリスクも格段に上がるし、重篤になれば、下肢を切断しなければいけない場合だってあるんだよ」

声を振り絞ると、世羅はさすがに息を吞んだようだった。

「そっちにも大変なことはあるかもしれないけど、こっちにだってあるんだよ。そんなところに隠れて、いつまでも家族から逃げないでよ」

薄い膜が張ったようなくぐもった通話の中、自分の声が木霊《こだま》する。

互いが黙ると、不愉快な雑音がかりかりと耳の奥を侵食してきた。

「でも、あの家は、私なんていなくても不足はないから」

長い沈黙の後、世羅が呟くように言った。

「え……」

「パパとママは、レイさえいればいいのよ」

「なに、言ってるの？」

「レイとショーンがいれば、私なんていなくても大丈夫なの」

「そんなこと、あるわけない」

「ううん。あるの」

すっかり力を失った声で、世羅が続ける。

「家族にもね、相性ってものがあるの。あなたは疑う必要がないから、気づいていないだけ」

「そんなこと……」

言いかけて、麗羅は口をつぐんだ。

今となっては当の父でさえ興味を持っているのか疑わしい蒐集品が押し込まれた、世羅の部屋が脳裏をよぎる。

「持ってる人はね、最初からなにも気づかないの。奪うばかりで、奪われる人の気持ちを知ろうともしないんだよ」

それは、自分のことなのだろうか。

いつも笑顔で大切なものを譲ってくれた優しい姉の姿が目蓋に浮かび、麗羅は喉の奥が震えるのを感じた。

「覚えてる？　私の十歳の誕生日のとき、パパと私が大喧嘩したこと。レイは遠くから不思議そうに見てたよね」

ピンク色の妖精みたいな誕生日用のドレスを着た世羅は、真っ赤になって父と口論していた。それを見ていた麗羅は、「心配しなくていいのよ」と、母に別室に連れていかれたのだった。

「あのときね、私、パパに言ったの。どうせなにをもらったって、最後はレイに取られちゃう。だったら、どうしてそれを、ハウスメイドの子供たちにあげてはいけないのって」

麗羅は茫然と、受話器を耳に当てていた。

「バカバカしいよね……。あなたはまだ小さくて、私はお姉ちゃんだったのに」

世羅の声がか細く震える。

「そういう自分がすごくすごく嫌だったけど、でも、それでも、やっぱりね……」

雑音の向こうで、世羅が言葉を詰まらせた。

「……どうして、言ってくれなかったの」

かろうじて尋ねると、世羅は小さく息を吐く。

「自分でも分からない。でもね、そんなのは、ほんのささいなことよ。私が家にいたくなかった理由は、それだけじゃないの。うまく言えないけど」

いつしか麗羅は、目蓋を閉じて姉の声を聞いていた。

「多分……、言っても仕方のないことだったんだよ」

暗闇の中、ようやく悟る。

姉が世界の不公平を感じたのは、公園でホームレスの老人や、身なりの貧しい子供たちに会ったときではなかった。

それは、世羅にとっては、常に家族の中にあったのだ。

「レイが悪いんじゃないからね」

微かに洟を啜り、世羅は声の調子を変えた。

「レイは素直で、欲しいものは欲しいってきちんと言えて、しっかり自分の道を歩いていける。私だって、レイが喜ぶ顔を見るのが大好きだった。レイは本当にパパにそっくり。だから、パパからもママからも愛されるんだよ。私は、ひねくれているから……」

麗羅は、なにも言うことができなかった。謝ったりしたら、ますます姉を傷つけてしまうと感じた。

けれど、麗羅は今の今まで気づくことができなかった。

自分が唯一信じていた〝身内〟に、姉がまったく異なる感情を抱いていたことに。

電話を切った後も、麗羅は長い間じっと考え込んでいた。

ふと視線を上げると、化粧鏡に自分の顔が映っている。襟足の髪を短く刈り込んだ女の顔は、いかにも我が強そうだ。

何度か空想したように、もし自分のほうが四歳年上の姉だったら、本当にこうした状況は回避できたのだろうか。

否。自分はやはり、なにも気づかなかったに違いない。

麗羅の胸を、冷たいものが撫でていく。

姉を追い詰めていたのは、他でもない、自分自身だったのだ。

〝持ってる人はね、最初からなにも気づかないの。奪うばかりで、奪われる人の気持ちを知ろうともしないんだよ〟

膜の向こうから響いてくる姉の声が、まだ耳朶の奥にこびりついていた。

その店はビルの高層階にあるにもかかわらず、テラスに大きな日本庭園を構えている。エレベーターを降りた先に、松を配した石造りの庭があることに、初来日の英国人プロデューサーは瞳を輝かせた。

「Amazing…」

水を打った石畳の向こうに、橙色の東京タワーが浮かぶ夜景が広がっていることに気づき、プロデューサーの口から感嘆の声が漏れる。

麗羅は社長と上司の若尾紀江と共に、客人のプロデューサーをエスコートしていた。社長と視線が合えば、「上出来だ」とばかりに、満足そうに頷かれる。これだけのロケーションの店を、予算内で探し出したことにも感心している様子だった。

実際、父がオーナーと懇意にしていなければ、本来会員制のこの店に、銀都活劇の接待予算でくることなど不可能だ。

三和土《たたき》で靴を脱ぎ、麗羅たちは離れのように設えられている個室に入る。茶室を模した部屋は純和風だが、席は外国人でも座りやすい掘りごたつ式だ。

床の間、掛け軸、襖《ふすま》といった、日本独特の様式について、麗羅は流暢《りゅうちょう》な英語で丁寧に説明していった。英国人プロデューサーは眼を細めて耳を傾けている。

これまで、彼との国際電話はすべて麗羅が担当していた。商談を見込んだ会食の約束を取りつけたのも、麗羅だ。英語がほとんど喋れない社長はもちろん、紀江も今日が初対面で、オフィスからタクシーでここに移動するまでに簡単な世間話しか交わしていない。

席に着くなり、麗羅は改めて、社長と上司の紀江を紹介した。

すぐに冷えたビールと何品かのお通しが運ばれ、社長の音頭で全員が和やかに杯を掲げた。

「いやあ、いい店だね」

社長がくつろいだ調子で声をかけてくる。

「実は、父が懇意にさせていただいている方のお店なんです」

「そうか、お父様のね。成程、成程」

社長は上機嫌でビールを啜ると、「グッドテイスト?」と片言の英語で話しかけ始めた。

プロデューサーは大げさに眉を上げて、「Yes, yes」と答えている。

座が落ち着いてきたことを見計らい、麗羅は紀江の前に銀都活劇のプレス資料を差し出した。

「メニューの件で少し席を外しますので、課長から我が社についての詳しいご説明を願えますでしょうか」

すっかりリラックスした様子だった紀江の頬から、すっと血の気が引く。

「ちょっと、あなた、そういうことはね……」

「すぐに戻ります。資料は用意しておきましたので」

声を潜めて抗議してくる紀江を、麗羅はすかさず遮った。そして、社長とプロデューサーに断りを入れて、さっと立ち上がる。

三和土で靴を履きながらちらりと振り返ると、片言の英語と日本語で調子を合わせている男性二人をよそに、紀江が青い顔をしていた。当然、自分は世間話程度で、仕事上の詳細は、麗羅に通訳をさせるつもりでいたのだろう。今まで、手駒の買いつけ会社の社員にそうさせてきたように。

厨房に立ち寄り、馴染みの板前に料理はしばらく後でいいと告げてから、麗羅はゆっくり歩いてテラスに出た。

本来なら、こんなことをするつもりはなかった。

週明け、駅のコンコースで、出張から帰ってきた北野咲子の姿を見かけるまでは——。

腕を組み、晩秋の空気の中に滲むように輝いている東京タワーを見つめる。

あの日、麗羅はいつものように定時に会社を出て、そのまま真っ直ぐ家に帰るつもりでいた。そのとき、帰宅ラッシュに逆らうように、駅の出口に向かってくる咲子に気づいた。

紙袋を両手に提げた咲子は、身体を引きずるようにして歩いていた。

確か咲子たちは、『ニュー・シネマ・パラダイス』を地でいくリレー出張をしていたはずだ。咲子はすっかり疲れ切っているようで、虚ろな表情をしている。

「咲ちゃん」

思わず呼びかけると、咲子はびくりと顔を上げた。

「レイ、ごめん。本当にごめん」

駆け寄ってきた咲子にいきなり謝られ、麗羅は呆気にとられた。

「私の不注意から迷惑かけちゃって……」

早口で捲し立てる咲子を、麗羅はとりあえずジューススタンドに連れていった。

搾りたてのケールジュースを飲ませると、真っ青だった咲子の頬に、ようやくうっすらと血の気がさす。

資料の詰まった紙袋を提げていた手首に、手提げひもが食い込んだ跡がくっきりと残っているのを見て、麗羅は眉を顰めた。

なぜ北野咲子は、いつもこんなにぎりぎりになるまで頑張るのだろう。

「で、一体、なにがあったの？　私はなにも迷惑なんてかけられてないよ」

「え？」

咲子は心底意外そうな顔をした。

事の顚末を聞かされるうちに、腹の底からむらむらと不快感が湧いてくるのをとめることができなくなる。

「なにそれ」

麗羅は前を見据えて、唸るように呟いた。

本当に、それは一体全体なんなのだ。

福岡に出張にいっていた咲子をわざわざ捕まえて難癖をつけたにもかかわらず、上長の若尾紀江は、今日も自分とは眼を合わせようともしなかった。

「私はなにも言われてない。第一、そんなこと言われる筋合いはどこにもないよ」

憤然と言い切ると、しかし、咲子は思ってもみなかった反応を見せた。

「よかったぁ……」

心から安堵したように、ぱあっと顔を輝かせたのだ。

麗羅は唖然とその様子を見返す。

「よくないでしょう」

「なんで? よかったよ。私、レイに迷惑がかかったとばかり思ってたから……」

「そうじゃないよ!」

思わず、咲子の肩をつかんだ。

「なんで、怒らないの? なんでそんな理不尽なことされて、黙っていられるの?」

若尾紀江が持ち出したのは、会社のルールでもなんでもない。それが証拠に、猛然と言い返してくるであろう麗羅には、なに一つ言ってきていない。

紀江は、単純に咲子を突《つっ》き回しただけだ。

なぜそれを、黙って受け入れているのだろう。

咲子の目元に酷く醒めたものがよぎる。

「だって……。大体、そんなもんだよ。言ったって、仕方がないから」

諦めたような笑みを浮かべる咲子の顔に、姉の面影が重なった。

あなたには、分からない。

そのとき、麗羅は、言外の声を聞いた気がした。

この世界の不公平に、所詮、あなたは気づけない——。

冷たい夜風に短い髪をなぶられ、麗羅は両手で自分の腕を抱いた。

車のテールランプが赤く筋を引いていく都心の夜景に、東京タワーが蠟燭のように浮かび上がっている。

航空障害灯の点滅を暫し見つめていたが、やがて麗羅はそこから視線を外した。

そろそろいい頃合いだろう。

再び石畳をゆっくりと歩き、麗羅は離れへと戻ってみた。

三和土から中の様子を窺うと、案の定、個室には微妙な雰囲気が立ち込めている。

行きつ戻りつする紀江のしどろもどろの説明を、英国人プロデューサーは、なんとも妙な顔つきで聞いていた。

まさに、先日翔真と一緒に遅いランチを食べたとき、向こうのテーブルを囲んでいた三人のビジネスマンたちが陥っていたのと同じような状況だ。

麗羅が華やかな笑みを浮かべて部屋に入ると、英国人プロデューサーの表情があからさまに変わった。こと仕事が絡めば、欧米人は能力のある者しか信用しない。

肩書きや会社のルールなど、なに一つ関係ない。

プロデューサーは、もう麗羅の顔しか見ようとしなかった。麗羅も社長とプロデューサーの顔だけを見つめ、どんどん会話を進めていった。

傍らの紀江は中途半端に口を開《ひら》いて、茫然としている。

これで、人のいい御曹司社長にも、さすがに分かったはずだ。

長年、国際部を牛耳ってきた若尾紀江は、その実、たいして英語がうまくない。

入社してすぐに気づいた。

この人は、恐らくリスニングもスピーキングも六十パーセントほどしかできていない。

それでも今までなんとかなってきたのは、外部の買いつけ会社に頼ってきたのと、咲子にしてきたように、少しでも自分より上にいきそうな芽を周到に潰してきたからだ。

入社当初、覚束《おぼつか》ない国際電話の応対を耳にして、麗羅は何度も失笑した。

よくこれで、今までビジネスが成り立ってきたものだと――。

自分のような、後ろ盾を持つ帰国子女がいきなり入社してきたことは、紀江にとって大変な誤算だったに違いない。だから、敢えて放任しようとしたのだろう。

麗羅とて関わらずに済むのなら、互いにそっぽを向いたまま、見逃し合っていくつもりだった。

だが、私は質《たち》が悪い。

ふと、両親を裏切れないと嘆いていた、翔真の姿が脳裏をよぎる。

今度翔真に会うとき、はっきりと告げよう。

いつまでも自慢の息子でいたい。このまま結婚しないわけにはいかないと嘆いていた、たった一人の友人に。

同性が恋愛対象であることなど、なにひとつ罪ではない。

本当に罪深いのは、自分のような人間だ。

なぜなら、私は――。平然と人を傷つける。

無自覚なだけではない。

自覚的に人を傷つけることも、平気なのだ。

中学時代も、何某ちゃんが好きな男子を、面白半分に取り上げた。そのことでクラスで孤立しても、一つも後悔しなかった。

これからも、きっとそうだ。

この世界が、人に加害者と被害者に分かれることを強いるなら、自分は絶対、被害者にはならない。

私は加害者だ。この先も、ずっと。

冷え冷えとしたものが、麗羅の心の表面をそっと撫でていく。

虚ろな表情の紀江と視線が合った。麗羅は強い眼差しでその顔を見返す。

もう、容赦なんてしない。

自分は必ず、その地位を奪い取ってみせる。しかもそう遠くない時期に。

咲子から改めてもらったメモを元に作った資料のファイルを取り出し、麗羅は早速商談に入っていった。

八 二〇一八年　桂田オデオン

傍らの咲子が静かに席を立った。

スクリーンでは、侍姿の蓮之助が市女笠をかぶった姫を背後に庇い、鞘《さや》から刀を抜いている。

暗がりの中、麗羅は周囲の様子を窺った。前列の和也と留美は、映画に集中しているようだ。奥の学は、壁に寄りかかって、完全に眠りこけている。

クライマックスの立ち回りが始まったところで、麗羅も席を立った。できるだけ音を立てずに移動し、扉を押しあけて外に出る。

人気《ひとけ》のない階段を降りていくと、ロビーの隅のソファに咲子が浅く腰かけているのが見えた。

「咲ちゃん」

声をかければ、小さく顔を上げる。その頰が、不自然に赤い。

「どうしたの？」

古ぼけた蛍光灯の下、麗羅もソファに腰を下ろした。

「うん……。ちょっと、暑くて。のぼせ――ホットフラッシュなの」

咲子は掌で、胸元を仰いでみせた。こめかみに、本当に汗が滲んでいる。

麗羅は「ああ」と頷いた。

自分も生理の間隔があくようになってから、急に血圧が高くなった。無理もない。蓮さまのリレー時、二十代半ばだった自分たちは、今では五十代になったのだ。

どんなに見かけが若くても、身体は確実に老いている。

「少し、表に出ない？ 私も、外の空気を吸いたいから」

咲子の腕を取って立ち上がった。

細い腕を引いて、誰もいないロビーを抜ける。劇場の外に出れば、既に周囲は真っ暗だった。

四月とはいえ、北関東の夜の空気は冷たい。麗羅はショールを身体に巻きなおしたが、咲子は気持ちよさそうに夜空を見ている。雲が多いのか、星はあまり見えない。

街灯を頼りに駐車場に向かって歩き出すと、足元に白い桜の花びらが舞った。この時期は、どこを歩いても桜に出会う。

そのとき、どこかから、低い地響きのような音が聞こえてくることに気がついた。

「咲ちゃん、なにか音がするね」

「花火だよ」

「こんな時期に？」

「駅前の掲示板に、桜祭りのポスターが貼ってあった。夜桜と花火の競演だって」

咲子は、駐車場の背後に広がる山を指さす。

「きっと、あの山の向こうで上げてるんだね。だから、音しか聞こえないんだよ」

山の向こうから、ずん、ずん、と規則的に重い音が響いてきていた。

「結構、寒いのに、皆、見てるのかな」

「見てるんじゃない？」

麗羅は咲子と身を寄せ合って笑った。

駐車場の隅にベンチを見つける。街灯の下、並んで腰を下ろせば、錆《さ》びた鉄の匂いが鼻を衝いた。

「レイ、せっかくの綺麗なスカートが汚れない？」

「大丈夫だよ」

常に自分のことより他人を気遣おうとする咲子に、変わらないなと思う。

それからしばらく、二人で山に木霊する花火の音を聞いていた。

やがて咲子が口を開く。

「私、今日、皆で蓮さま見るの、本当は嫌だったんだ」

黙って咲子の言葉を聞いていたが、実は麗羅はそのことを知っていた。応接室の扉の前にきたときに、咲子たちの会話が聞こえてきたのだ。

〝いいよ、そんな〟

思わずといった調子で栄太郎の誘いを断ってしまってから、咲子が自分でも困り果てている様子が、扉を挟んでいてもひしひしと伝わってきた。

だから、敢えてなにも知らない調子で、勢いよく応接室の扉をあけた。

「レイがきてくれて、本当に助かった。あのままだと私、せっかくの同期会を台無しにしちゃってたかも」

「それなら、遅刻した甲斐があったというものね」

冗談めかして言うと、咲子は軽い笑みを漏らした。駐車場の街灯の下、色白の顔に寂しげな影が浮かぶ。

「私、桂田オデオンで同期会するの、元々乗り気じゃなかったの」

「遠いしね」

「それだけじゃなくて」

そっと窺うように、咲子は麗羅を見上げた。

「レイは覚えてる？ ここって、ローカルセールス時代に私たちがケヌキリレーをやったスタート地点の劇場なの」

「もちろん、覚えてるよ」

だから水島栄太郎は、桂田オデオンの最終日に、わざわざ同期を呼び出したのだろう。しかも最後の上映作品に、二十代の彼らがリレーした〝蓮さま〟を編成までして。

「水島君らしいじゃない。なんだかんだいって、彼、ロマンチストだから。若かりし青春の日々を、皆で振り返りたかったってところじゃないの」

わざと気楽な調子で言ったが、咲子はじっと押し黙ってしまった。

沈黙の中、遠い花火の音だけが断続的に響く。

足元の白い花びらを見つめながら、咲子が重い口を開いた。

「昔を懐かしいって思えるのは、今の自分に納得してるからなんだよ」

言わんとしていることがよく分からなかったが、麗羅は次の言葉を待つことにした。

長い沈黙の後、咲子はようやく顔を上げる。

「私、あの頃バカみたいに頑張ってたじゃない」

「バカみたいだとは思わないけど」

それに、咲子が頑張っているのは、なにもあの頃に限ったことではないと麗羅は思う。

「ううん、本当にバカみたいだったよ。〝業界初の女セールス〟とか呼ばれちゃって」

咲子が自嘲的な笑みを浮かべた。

「あの頃してたことなんて、たいして意味なんかなかったのに、すごく気負っちゃって。今思うと、恥ずかしくて……。だからね、ここにくるのが億劫だったのは、当時の自分を思い出したくないからなんだって、ずっと思ってた」

「咲ちゃん……」

当時の咲子が、バカげていたとは決して思わない。

どうしてそんなに無理をするのか、どうして理不尽な嫌がらせを諾々と受け入れるのかと、苛立ったことはあったけれど、それも含めて、麗羅は咲子の芯の強さに圧倒されることが多かった。

もし、本気で戦うことになったら、〝加害者〟の自分でも勝てないのではないかと思わせるものが、咲子にはあった。

それをうまく言葉にすることができず、麗羅は珍しく口ごもった。

「劇場って、不思議だよね」

ふいに、咲子が口調を変える。

「暗い闇の中でじっとスクリーンに見入っていると、それまで自分でも分からなかった気持ちが見えてくるような気がして」

花火の音を木霊させる山を眺め、咲子は呟くように言った。

「それって、劇場で映画を見ているときだけの感覚だよ。テレビとかＤＶＤとかを見ているときには感じない。暗闇の中、スクリーンに集中することで、脳の普段動いていない部分が動いたりするのかな……」

遠くに視線をやる咲子の横顔を、麗羅はじっと見つめた。

「あ、ごめん。なんか、変なこと言っちゃった」

沈黙を別の意味に取ったのか、咲子が慌てたようにこちらを見る。

「変じゃないよ。それって、分かる気がする」

「え、本当に？」

「うん」

そのとき麗羅は、真っ白に感光したフィルムの奥に一本の樹を探す、幼い姉弟の物語を思い出していた。

「私、昔から嫌なことがあると、いつも一人で映画を見にいってたの」

麗羅の同意に安心したように、咲子が続ける。

「そうすると、気持ちが落ち着くから」

そういう咲子だったから、スクリーンに滲む創作者の細やかな感性を、敏感につかみ取ることができたのだろう。

あの日——。

上長の若尾紀江を本気で追い落とそうと決めた日、接待したプロダクションのプロデューサーを通して、咲子からリクエストのあった英国人監督の連絡先を手に入れた。

翌々年、入社六年目にして麗羅は二十八歳で国際部の課長に異例の抜擢《ばってき》をされ、それから二年後、咲子もまた、念願かなって制作部に異動した。

その後、咲子は本当に、英国人監督を招聘し、初の合作映画をプロデュースすることになった。

麗羅にメモを渡してから、足掛け七年の歳月をかけて、咲子は企画を実現させたのだ。

『サザンクロス』というタイトルの映画は、映画評論家たちの評価も高く、ミニシアターでの公開ながら、ロングランを記録した。

どの監督に、どんな企画を依頼するか。

咲子は制作プロデューサーとして不可欠な、確かな嗅覚を持っていた。

「ねえ、レイ。若尾課長っていたじゃない?」

麗羅の回想を読んだように、咲子が顔を上げる。

「レイがくる前にね、仙道と葉山が、若尾課長の話をしてたの」

「なんて?」

「〝そういやいたな、えらい厚化粧のオバハン〟だって……」

咲子の口元に苦い笑みが浮かぶ。

「私は結構苦しめられたけど、仙道たちにとってはその程度の印象しかなかったんだね」

「あの人、最悪だったよ」

そう切り捨てると、咲子は首を横に振った。

「私の気負いが、うっとうしかったんだと思う。もし今、当時の自分みたいな新人がいたら、私も煙たく思ったかも」

咲子の言葉を聞きながら、紀江の虚ろな表情を思い返す。国際部の課長の任を解かれた紀江は、出向先のフィルム倉庫で定年を迎えたはずだ。

「でもね、あの人、定年退職する少し前、なぜだか知らないけど、本社に寄るついでに私のデスクに缶入りのクッキー置いていったんだよ」

麗羅は呆気にとられた。

そんなことで、紀江は若手いびりをした過去を贖罪したつもりだったのだろうか。

「私、外出中だったから後から気づいて慌てて連絡したんだけど、すごく優しい声で、〝これからも頑張ってね〟とか言われちゃった」

「なに、それ」

麗羅は不機嫌になったが、咲子は淡々と続ける。

「若尾課長、実はつらかったんだと思うよ、国際部にいるの。だってあの人、元々そんなに英語うまくなかったもの」

気づいていたのかと、思わず眼を見張る。

「フィルム倉庫に出向になって、本当はホッとしたはずだよ。一応、そこの責任者待遇になったわけだし。あのまま国際部に執着していたら、定年まで絶対もたなかったよ」

咲子の言う通り、自分でなくても、いずれは誰かが引導を渡すことになっただろう。

だから、若尾紀江を追い落としたことなど、一度もやましく思ったことはない。

そのはずだったのに、咲子の打ち明け話にどこかで救われている自分に気づき、麗羅はたじろいだ。

加害者を自認する痛みが、わずかに薄らぐ。

「……レイ。まだ、誰にも言ってないんだけど……」

咲子が改まったように麗羅を見つめる。

「私が今更会社を辞めたいって言ったら、やっぱり笑う?」

一瞬驚いたが、すぐに首を横に振った。

「笑ったりしない。でも、どうして？」

産休から復帰してから、咲子がどこか苦しげだったことを、本当はずっと知っていた気がする。何気なくやり取りしていたメールの中にも、その片鱗は見え隠れしていた。

「特別、大きな理由があるわけではないの。今は色々なことがシステム化やデータ化されて便利になったし、その意味では、昔より仕事はずっと楽になってる。ただ私……、なんだか仕事が楽しめないの」

咲子が微かに顔を俯ける。

「頑張れば、努力さえすれば、決して仕事は裏切らない――。ずっとそう思ってきたんだけど、どうやら、そうでもないみたい」

今、自分が携わっているプロジェクトに、張り合いを感じることができない。

自分が大きな組織の歯車でしかなくなった気がすると、咲子は訥々《とつとつ》と語った。

「最近、私、〝ママさんプロデューサー〟なんて呼ばれてるんだよ。ようやく〝業界初の女セールス〟じゃなくなったのに」

咲子が言わんとしていることを、麗羅は分かる気がした。

人はなんでも、そうやって分かりやすい名目を探したがる。

〝帰国子女〟〝サラブレッド〟〝縁故入社〟〝七光り〟〝二世〟――。

麗羅とて、少女時代から今に至るまで、悪意があるものもないものも含めて様々なレッテルを貼られてきた。

「なんだかね、そういうキャッチフレーズをつけられると、なにかに便利に使われているような気がするの」

咲子の言葉に、麗羅は静かに頷く。

既得権を固持し、規律が乱れることを恐れる人たちの多くは、往々にして自分に馴染みのない新奇なものを嫌う。だから、少しでも違和感を覚えるものが現れると、分かりやすい名目を探して一まとめに括ろうとする。そうしてしまえば、多少は安心してそれを扱えると思うのかもしれない。

冗談じゃない――。

麗羅の心の奥に、小さな怒りの炎がともる。

そんな一言に括られるほど、人間は誰しも安易に生きていない。

表現の仕方や環境や、生き方は違っても、自分と咲子の間には、やはり響き合うものがある。

恐らくそれは、個として生きていこうとすることを選んだ人間の、反骨精神のようなものだろう。

「でも、なんだか疲れてしまった……」

咲子の口から、重い溜め息が漏れた。

「もう、それを打ち破ろうとする気力が湧かない」

その横顔に、両手に重い荷物を提げ、帰宅ラッシュの人の波に逆らって、駅の出口に向かおうとしていた二十代の咲子の姿が重なった。

あのときの手提げひもが食い込んだ跡が、細い手首に、今も残っているような気がした。

「さっき、蓮さまを見ていて、思い出した。あの頃、私には、その先に見たいものがたくさんあったの。だから、必死になれたんだって」

雲が途切れ、中から上弦の月が顔をのぞかせる。

「でも今、この先の仕事に、見たいものがなにもない。なんにも見えなくなってしまった……」

月の光が、咲子の頰を仄白く照らし出した。

「それで、咲ちゃんはどうしたいの」

「息子が……」

子供のいない麗羅を気遣うように、咲子が一瞬視線をさまよわせる。

真っ直ぐに咲子を見返し、そんなことに頓着する自分でないことを伝えた。

「息子が今年で十歳になるんだけど、急に自分から中学受験をしたいって言い出したの」

たまたま仕事が早く終わり、息子と一緒に食事をしているときに、それを聞いたのだという。

「つい、口に出してしまったの」

本当に、ふっと口をついて言ってしまったのだそうだ。

じゃあ、お母さん、拓の受験に備えて仕事辞めようかな――。

そのとき、それまでテレビを見ながらむっつりとご飯を口に運んでいた息子が、突然箸を落とした。

〝ねえ、お母さん、本当？　それ、本当？〟

眼を真ん丸に見開き、頬を真っ赤に紅潮させ、真剣な表情で咲子に縋ってきたという。

「私、今までこの子にそんなに寂しい思いをさせてたんだって、初めて知った」

咲子は膝の上で、指をきつく組んだ。

「ずっと、感情の薄い子だと思っていたの」

その息子に期待に満ち満ちた瞳で迫られ、咲子はどんなにか驚き、どんなにか自分を責めたのだろう。

いつも人の側に立って物事を考えようとする咲子であれば、尚更――。

初めて姉の世羅の気持ちを知った晩のことを、麗羅はうっすらと思い返した。

「だから、今が本当に潮時なんだって、引き際なんだって、そう、考えた」

咲子が組んでいた指を外す。

「だって、息子が私を必要とする時期なんて、後ほんのわずかだと思うし。中学生になれば、息子のほうから離れていってしまう。だったら、ほんの一瞬、全力で息子に寄り添う時期があっても、いいのかもしれない」

麗羅は黙って咲子の言葉を聞いていた。

子供のいない自分にも、家族を思う気持ちは分かる。父が末期腎不全となってから、麗羅もどんなに仕事が忙しくても週に二度の見舞いを欠かさなかった。

「でも、でもね……」

ふいに、咲子が強い眼差しで麗羅を見る。

「ここなのかって思うのよ」

膝の上で拳を握り締め、咲子は微かに声を震わせた。

「あれだけ頑張って、前に進んできて、でも、結局最後はここなのかって」

その語気の真剣さに、麗羅は微かに息を呑む。

恐らく、今まで誰にも言えずに胸に抱えていたのだろう思いを、咲子は吐き出すように語り始めた。

夫も、実の両親も、義父母も、諸手を挙げて、咲子の退職の意に賛成を示したと。

「あんなに全員から、心底受け入れられたのは、本当に今回が初めてよ」

咲子の口元に、自嘲的な笑みが浮かぶ。

プロデュースした映画がヒットしたときより、国際映画祭に招待されたときより、仕事でどんな結果を出したときより、仕事を辞めると告げたことのほうが好意的に受けとめられた。

「私が今まで積んできたキャリアを惜しんでくれる人は、家族の中に、誰一人としていなかった」

きっとこの先も、息子の受験のためという辞職理由は、誰をも簡単に納得させる。

どんなに手間暇を惜しまず全力を傾けてきたことでも、その理由の前では、跡形もなく霧散してしまうのだろう。

〝家庭がなにより一番大事――〟

今まで自分のことを決して肯定的に見ていなかった人までが、口をそろえてそう同調してくるのだろうと。

「だって、それが一番分かりやすい結末だから」

咲子の言葉の背後にあるものは、麗羅にも理解できる。

あれだけ家に寄りつかなかった姉と両親がそれなりに和解したのも、父の入院後、世羅がNGOの職員と結婚し、出産したのがきっかけだった。

世羅が時折実家に連れてくる孫の存在は、麗羅の見舞いなど足元にも及ばぬほど、晩年の父を慰めていた。

その現実を持ち出されてしまえば、女はどうあっても太刀打ちできない。

だから、麗羅は敢えてそれを選ばず、独身を貫いてきたのかもしれなかった。

「結局、私の仕事なんてものは、初めからどこにもなかったのかも。私は、決して飲めない逃げ水を、ずっと追いかけてきただけなのかも」

寒さを増す夜気の中に、断続的な花火の音だけが、重く、低く響く。

「子供を産んだことを後悔してるわけではないの。拓は一番大事な宝ものだよ。その気持ちは断じて嘘ではないの……。でも、私、なんだか、よく分からなくなってしまった」

夜の闇に囁くように、咲子は呟いた。

「五十年以上も生きてきたのに。ケヌキリレーをしていた二十六年前より、もっと自分のことが分からなくなってしまった」

「咲ちゃん」

思わず呼びかければ、咲子は苦しげな表情で麗羅を見る。

「私は一体、どうしたいんだろう。だってプロデューサー業を続けていきたいなら、本当はやりようなんて、いくらでもあるんだよ。水島君みたいに、フィルムコミッションでやっていく方法だってある。フィルムのデジタル化で、低予算の作品も以前よりずっと撮りやすくなってるし。実際、今の会社のシステマチックな制作体制に嫌気がさして辞めていった先輩たちは、皆、独立して、フリーランスでプロデューサー業を続けてる。でも、私は……」

咲子はそこで口をつぐんだ。

冷たい空気を震わせて、花火の音が響く。背筋に寒気を感じ、麗羅は両手で自分の腕を抱いた。

なにかを吹っ切るように、咲子が首を横に振る。

「私、さっき、劇場の中で気づいてしまった。私が本当に向き合いたくなかったのは、過去の自分じゃない。煮え切らない、今の自分なんだって」

咲子の膝の上で固く握られた拳に、麗羅はそっと自分の掌を重ねた。

咲子の手の甲はすっかり冷え切っている。

「レイ、ごめんね」

　突如、咲子が肩を激しく震わせた。

「あんなに、力を貸してくれたのに。こんな踏ん切りのつかないことになっちゃって。私、自分の夢はちゃんと分かっているつもりでいた。自分の仕事を、しっかり果たしているつもりでいた。でも、全部、ただの独りよがりだったのかも」

　月明かりの中、咲子の涙が銀の雫となってベンチの下にぽたぽたと散っていく。

「子供が一番大事……。もちろん、私だってそう思うよ。そんなこと、当たり前だよ。ただ、こんなにあっさり仕事を辞めることを肯定されると、この三十年近く、自分はなにをしてきたんだろうって思ってしまう。私は結局、惜しんでもらえるようなものを、なに一つ残せてこなかったのかな」

　小さく震える咲子の氷のように冷たい手を、麗羅は無言で握った。

「本当に、情けなくてごめんね……」

　咲子が謝っている本当の相手は、麗羅ではなく、あの重い荷物を両手に提げて人混みを掻き分けていた、二十代の彼女自身に違いない。

　けれど、麗羅もまた、志の近い〝仕事仲間〟をここで失うのだと悟った。

　誰のせいでもない。

　ただ、ここが、自分たちの限界なのだ。

　子供から求められることは、確かに母親にとっては一番の喜びだろう。しかしなぜ女親だけが、家庭とキャリアの二択を強いられ続けなければならないのだろう。

母親に課せられる重圧だけではない。

子を産まずに生きる女たちへ向けられる矛先もまた、存外に鋭い。

女なんて、つまらない――。

麗羅の胸を、そんな上滑りな物言いがよぎる。

そのとき。

ふいに、にぎやかな声が聞こえた。

視線をやれば、劇場から人が次々と出てくる。映画の上映が終わったのだ。

「ありがとうございました」

「ありがとうございましたー」

玄関先に立ち、劇場スタッフたちが頭を下げながら最後の観客を見送っている。その中に、栄太郎と和也の姿も見えた。

人混みの中から、学と留美がこちらにやってくるのに気づき、咲子が慌てて涙をぬぐう。

麗羅も素早く握っていた手を離した。

「なに、こんなところで、二人きりでお話ししちゃってるのよ。恋人同士じゃあるまいし」

ウインドブレーカーのフードをかぶった学が、にやにやしながら声をかけてくる。

「途中で出るなら、俺も誘ってよ」

「あんたは寝てたでしょ」

咲子を庇うようにして、麗羅はベンチから立ち上がった。

「滅相もない。ちゃんと起きてましたよ。瞬きすら惜しんで」

充分に眠ったらしく、学は妙にすっきりとした顔をしている。

「ねえ、小笠原さん」

学の背後から、留美がスマホを差し出してきた。

「さっき、コテージパイの写真撮ったんだけど、私のインスタグラムにアップしてもいい？」

「もちろん」

「へえー、留美ちゃん、インスタなんかやってんだ。どれどれ、見せてよ」

学が留美のスマホを覗き込む。

「かぁーっ！　盛ってんなぁ」

スマホの画面を見るなり、学はおおげさに肩を竦めた。

留美のインスタグラムには、光や花のアイコンできらきらとデコレートされた、美味しそうな料理やスイーツの写真が、ずらりと並べられていた。

「こんなに〝いいね〟集めちゃって。承認欲求ばりばりじゃん」

「インスタなんて、元々、承認欲求満たすためのものだもん」

学の茶化しに、留美が開き直ってみせる。

「でも、こんなの全部、他人が作った飯じゃん。こんなもん並べて、なにが面白いのかね」

「私が見て、満足できればそれでいいの。だって、自分で盛らないと、現実なんてずっとつまんないままだもの」

留美が結構冷静なことを口にしているのが、麗羅には意外だった。留美は昔から、誰かやなにかに幸せにしてもらうことを過剰に求めている女性だと思っていたからだ。

「お手軽だねー」

「お手軽で結構。私は悟ったの。理想通りのものなんて、この世界にはどこにもないって。だったら加工して作ればいいじゃん。そのほうが、違う、違うって、ないものねだりしてるより、精神的にもずっと楽だし」

「〝いいね〟合戦で、身を滅ぼさないようにね」

「うるさいなぁ、マナバヌのくせに」

言い合っている二人の間に、咲子が入っていく。

「すごく可愛い。留美ちゃんて、写真がうまいんだね」

「え、そう?」

「うん、とっても綺麗。見てるだけで、幸せな気分になる。なんだか、宝石箱みたい」

咲子は心から感心しているようだった。

「わー、嬉しい」

留美がたちまち頰を赤く染める。

麗羅は密かに、瞳をきらきら輝かせながら自分に接近してきたときの咲子の様子を思い起こした。

恐らく無自覚なのだろうが、咲子には人の美徳を素直に認め、相手の懐にするりと忍び込むようなところがある。その資質は、プロデューサー業を務める上でも大いに役に立ってきたことだろう。他人を排斥することでしか自らを守れなかった若尾紀江が、咲子を牽制した理由がよく分かる。

そんなことをぼんやり考えていると、咲子がくるりと振り返った。まだ少し赤い眼が、じっとこちらを見つめる。その眼差しが、「もう大丈夫」と告げているように感じられた。

暗黙のメッセージを受け取りながら、麗羅は一抹の寂しさを覚える。こんな風にして、切実な思いは日常の中に溶けていく。

「おーい」

少し遅れて、和也がやってきた。栄太郎はまだ、ショートカットの若い女性スタッフと並んで、観客たちのお見送りをしている。

「なんか、花火の音するな」

合流するなり、和也が背後の山を振り返った。

「桜祭りなんだって」

「ああ、それでさっきから、どんどこ、いってんのね」

咲子の説明に、学も頷く。

「いや、しかし、映画見てる間中、色んなこと思い出したわ」

全員の顔を見回しながら、和也が感慨深げに息をついた。

「当時、のぞみが全席指定で、暴走特急呼ばわりされてたこととか」

「おー、そういや、のぞみって登場したばかりの頃は、全席指定のめんどくさい特急だったんだよね。今じゃすっかり庶民的になっちゃって」

すかさず学が声をあげる。

「今となっては、のぞみの速度が怖いなんて誰も言わないよ。色々変わっていくもんだなって思ってさ。第一当時は、スマホどころか携帯もパソコンもなかったもんな。連絡は全部、電話かＦＡＸだった。そんな環境で、よく仕事してたって感心するよ。……ああ、そういや、ポケベルなんてのもあったよな」

「ポケベル！　なに、その化石」

学が悶絶するふりをした。

「三年くらい前に、１０６のコレクトコールもなくなったしな」

「懐かしの出前ごっこもできないわけだ」

「それはともかく……」

学の調子のよい合いの手に、和也が苦笑する。

「かく言う俺も、変わらないようでいて、随分変わったみたいだし」

和也がちらりとこちらを見たような気がした。

麗羅はさりげなく、咲子と一緒に留美のインスタグラムを覗き込む。

ある時期、和也の視線が自分を追っていたことは、麗羅も知っていた。敢えて気づかぬふりをしたのは、正解だったのだろう。

年代物のモッズコートを纏っていたこだわりの強そうな青年はどこにもいないが、四十半ばで見合い結婚をして、二児の父になっている今の和也は幸せそうだった。

「いやあ、皆さん、結構変わってらっしゃるよ。水島の頭とか、仙道の腹とか。女性陣には敢えて言わないことにするけど。まあ、お肌の張りとか、お顔のたるみとかぁ？」

「なによー！　言ってんじゃん！」

学の無遠慮な視線に、留美が声を荒らげる。

「いつまでたっても浮ついてるのは、お前だけだよ」

「いや、こう見えて、俺も結構苦労してるのよ。だって婿養子なのよ、俺」

「そうだな、荻野目」

「いやだなあ、本名で呼ばないでよ。婿の現実に引き戻されるから」

「婿、婿、不幸ぶらないでよ。女なんて、結婚した途端、当たり前みたいに、嫁扱いされるんだからね」

学と和也の応酬に留美が割って入った。

「あれれ？　でも、留美ちゃんは、その〝お嫁さん〟になりたかったんじゃないの？」

「そう思い込まされること自体が、世間の罠だったんだって悟ったのよ」

〝皆がやっていることはいいこと〟が口癖だった留美は、やはり、少し変わったようだ。

麗羅は新鮮な思いで、ピンク色のショールに包まれた留美の姿を眺めた。

ひょっとするとそれは、彼女が出産の機会に恵まれなかったことと無関係ではないのかもしれない。きっと留美も、彼女なりの苦労を乗り越えてきたのだろう。

やがて、すべての客を送り出した栄太郎が、ショートカットの若い女性スタッフを伴ってやってきた。

「皆、お疲れ」

「おー、お前こそお疲れさん」

栄太郎は駐車場の中央に立つと、全員の顔を見回す。

「どうだった？　蓮さま」

「いや、さっきも話してたけど、タイムマシンに乗ってる気分だったよ」

「私もー。当時のこと、色々思い出しちゃった」

即答した和也に、留美が続いた。

「たいして思い出したくもないことも含めてね……」

その背後で、学が珍しく暗い調子で呟く。

「思い出したくないことってなに？」

留美が食いつくと、学はさらりと答えた。

「普通に失恋とか」

「え！　葉山さん、失恋したの？」

「多分ね」

「なに、多分ってぇ」

いつものおふざけではなく、学は本当に自分でもよく分からないような顔をしている。

「振り返ってみると、若いって、いいことばっかじゃなかったよ。結構大変だったよな」

和也がしみじみと呟いた。

「俺たち、皆、苦労しながらここまでやってきたんだよ。でもそれって、悪いことではなかったと思うんだ」

栄太郎の表情にも、感傷的なものが浮かんだ。

「いずれにせよ、全員が一人も欠けずにここで再会できたことが、俺は嬉しいよ」

そういう栄太郎が、当初からは一番考えられない変貌を遂げたのではないかと、麗羅は思う。

額は後退し、一層痩せたようだが、買いつけ会議でしたりげに喋りまくった後、急に自己嫌悪に陥ったように塞ぎ込んでいた沈鬱な様子は、今の彼には見当たらない。

「ちょっと、いいかな」

改まった様子で、栄太郎が傍らの若い女性を手招きする。

「紹介するよ。今後もフィルムコミッションで一緒に仕事をすることになる……」

栄太郎の言葉を受け、ショートカットの女性が一歩前に出た。

「娘の鈴《りん》だ」

「はじめまして。水島鈴です」

全員が一瞬ぽかんとして、元気に頭を下げる若い女性を見つめる。

「――と言っても、皆に紹介するのは実は初めてじゃない。俺が支配人になったばかりのとき、皆にここにきてもらったことがあるけど、その頃は、なにしろ娘も幼くて……」

「え、え、えぇええぇっ！」

栄太郎を遮って、学が大声をあげた。

「じゃ、じゃ、じゃあ、君って、元祖ガングロヤマンバみたいだったお母さんの背中に隠れて、俺たちを睨んでた、あのときの連れ子ぉ？」

あまりに明け透けな物言いに、和也が学の後頭部を本気で殴りつける。

「いってぇ」

悶絶する学を押しやり、和也が進み出た。

「そうか、あなた、水島の娘さんだったんだ。大きくなったなぁ……」

「ていうか、私、もうアラサーですよ」

鈴は屈託なく笑っている。

麗羅もまた、大柄な水島夫人の背後に隠れていた、幼女の姿を思い出した。あの人見知りがちだった幼い女の子が、義父の栄太郎と共に、映画の道に進むことを選んでいたのか。

そう考えると、他人への関心が薄い麗羅ですら、微かに感じるものがあった。

傍らの咲子も、大きな瞳を見張って鈴を見つめている。

そのとき、鈴がすっと咲子の前に立った。

「北野さんがプロデュースした『サザンクロス』……」

鈴が口にしたのは、麗羅にとっても思い出深いタイトルだった。

「私、あの作品に救われたんです」

咲子に顔を寄せると、鈴は声を潜めた。

「実は私、高校まで義父とうまくいかなくて。あの映画見たとき、主人公の女の子の気持ちがすごくよく分かって……」

『サザンクロス』は、文化も価値観も違う血のつながらない父と娘が、亡き妻であり、母であった女性の思い出をたどりながら日本の最南端の有人島まで旅をするロードムービーだった。

「娘役の女の子が、まるで私のことを代弁してくれてるみたいに思ったんです。もちろん、私の母は、ぴんぴんしてますけど……」

鈴は照れたように舌を出す。

「でも、あの映画のおかげで、私、やっと父と素直に話せるようになったんですよ」

咲子の顔を真っ直ぐに見つめて、鈴はきっぱりと続けた。

「あの作品は、今までもこれから先も、私の生涯ベストワンです」

瞬間。

見る見るうちに咲子の顔に生気が戻り、頬に大輪の真紅の薔薇が咲いた。

「私、『サザンクロス』を見て、父と一緒に映画の仕事をしようと決めたんです。だから、今日、北野さんにお会いできて、とっても嬉しいです」

「ありがとう……。あの映画は、私にとっても、大切な作品なんです」

ふいに、咲子が麗羅の腕を取る。

「初めて、大事な友人と……。ここにいる小笠原さんに協力してもらいながら撮影した、忘れられない作品です」

「わあ！ そうだったんですね」

鈴に向きなおられ、麗羅はハッとした。

「お会いできて光栄です」

「こちらこそ」

思わず海外式に鈴の手を握ってしまい、赤くなる。動揺している自分に気づき、少し驚いた。

それからしばらく咲子と鈴は映画談議に花を咲かせていたが、麗羅は隣でぼんやりとしていた。

大事な友人――。

当たり前のように、さらりと放たれた咲子の言葉が、まだ耳の奥に木霊していた。

「でもこのこと、父には内緒にしてくださいね」

鈴がいたずらっぽい表情で、咲子と麗羅を見る。

「こんなこと話すと、また、うっとうしく語り始めちゃうんで……」

鈴の言葉に、麗羅は咲子と顔を見合わせた。

栄太郎が語り好きなのは、今も昔も変わらないらしい。

「おい、鈴、お母さんが呼んでるぞ」

そこへ、栄太郎がスマホの画面を見ながら、声をかけてきた。

「ええ、まだ話してるのにぃ」

鈴が不貞腐れたように振り返る。

「後、本社への日報の送信、今晩中に頼むな」

「はいはい」

名残惜しそうに劇場に戻っていく鈴の姿を、麗羅は咲子と並んで見送った。

栄太郎は和也との話の続きに戻り、そこに時々、学と留美が口を挟んでいる。話し声と笑い声の合間に、花火の上がる音が響いた。フィナーレが近いのか、音が一段と激しくなっている。

「咲ちゃん」

麗羅は、咲子に一歩近づいた。

「息子さんの中学受験のために、休職するにせよ、退職するにせよ、咲ちゃんが決めたことなら、私は支持する。それに……」

先程、二人きりで話していたときにうまく言葉にできなかったことを、なんとか口に出す。

「大丈夫だよ」

麗羅は咲子の眼を見て力強く言い切った。

「咲ちゃんなら、絶対に大丈夫。また、すぐに、きっと見つかる」

行く先に、なにも見えないように思うのなんて、多分ほんの一時だ。そんなに思い詰め、焦ることなど、一つもない。

今までだって自分たちは、悩み、苦しみながら、ときを重ねてきたのだから。

「あなたは、どこへも逃げずに、ここまでやってきたんじゃないの」

いつも遠くから咲子を見ていた自分が保証する。

「さっきの鈴ちゃんの言葉聞いたでしょ？　咲ちゃんは、なにも残せてこなかったわけじゃない」

咲子の目尻から一筋の涙が溢れ、静かに頰を伝った。

もうそれは、過去の自分に対して今の自分を悔いる、苦しい涙には見えなかった。

「なあ、なあ、皆、これから、どうする？」

和也が向こうから呼びかけてくる。

「応接室に戻って飲みなおしてもいいし、駅前に繰り出してもいいし……」

「すごいよね、帰るって選択肢が端からないんだから」

「じゃあ、お前は帰れ」

「そうだ、マナバヌ、帰れ、帰れ」

「待ってよ、言葉の綾じゃーん」

言い合っている同期たちに、麗羅と咲子も合流した。

「私は別に何時になってもいいよ。車だから」

わざと豪気に言い放てば、「ポルシェだよ、ポルシェ」と、学が騒ぎ立てる。

「いや、でも今日は本当に、水島にいい機会を作ってもらったと思うわ。俺もここで皆に再会できて、すげえ感慨深かった」

和也が皆の顔を見回した。

「確かにいいことばかりじゃなかったけどさ。なんか、呑気な時代でもあったよな。週刊誌が何回も〝日本沈没〟って書きたてたり、スクリーンが切られたりしても、それほど危機感はなかった」

「銀活って中国や韓国の社会派映画とかも配給してたから、残業してると、時々、脅迫めいた電話とかかかってきたけど、たいして気にしてなかったし」

「今は、冗談事じゃ済まないからな」

和也の言葉に、学も栄太郎も頷く。

ケヌキリレーから二年後、阪神淡路大震災が起きた。それから今に至るまで、未曾有の被害を生んだ東日本大震災を含め、日本は何度も大きな地震に見舞われている。

行き過ぎた国粋主義や、テロリズムの脅威も身近になった。

漠然としていた恐怖の輪郭が徐々に濃くなり始めていることは、麗羅も認めざるを得なかった。

「でも、あの時代の映画ってのは、本当に色んな意味で重かったよ。なんたって、フィルムだもんな」

和也の声が、再び感慨の色を帯びる。

麗羅の脳裏に、フィルム缶に収められた黒々とした三十五ミリプリントが浮かんだ。セールスたちだけでなく、国際フィルムマーケットでは、麗羅もそれをカートに載せてブースに運んだ。

かつて、どんなに小さな町にも一館はあった、独立系興行会社の古い劇場。

そこにフィルムプリントを届けていた同期たちそれぞれの姿が、眼の前をよぎったような気がした。

「今じゃ映画はほとんどがデジタルパッケージだ。コピーするほうが、出張費より安いから、ダブルブッキングが起きてもケヌキなんてありえない。小さいから、倉庫代もかからないし、発送費もかからない。制作だって、デジタルになってから、随分、楽になっただろ?」

和也に話を振られ、咲子が頷く。

「ものすごく変わったよ。フィルム時代と違って、延々天気待ちしたり、屋内撮影でガンガンにライトたいたりする必要もなくなったし。フィルム代がかからないから、テイクだって、何回でも重ねられるしね。もっとも、私が現場についてた頃は低予算映画ばっかりだったから、三十五ミリじゃなくて、スーパー十六ミリを使って撮影してたけど。一度でいいから、あの大装備の三十五ミリフィルムカメラでの撮影を経験してみたかったな」

ようやく胸のつかえが取れたように、咲子は普通に話していた。もうそこに、それまで纏いついていた居心地の悪さのようなものは残っていなかった。

麗羅は確信する。

この先どんな選択をするにせよ、咲子はいずれ必ず自身が求める道に戻ってくるだろう。ならば、今度は一友人として、〝仕事仲間〟の復帰を気長に待てばいい。

自分たちの限界は、まだずっと先のはずだ。

「本当に、便利になったもんだよ。営業の観点から言わせてもらえば、映画のデジタル化は、手間、コスト、扱い含めていいことずくめだ。ただし……」

和也が少し真面目な顔になる。

「デジタルシネマの長期保存については、今のところ、まだどこにも検証結果がないんだよ」

「え、そうなの？」

留美が驚くと、和也に先んじて栄太郎が頷いた。

「今現在、デジタルで撮られている映画が、リュミエール兄弟のフィルムみたいに、百年以上のときを経て残るかどうかは誰にも分からない」

周囲が一瞬、しんとする。

「アナログは強し、だね」

なぜか、学がそう結論づけた。

「今日の蓮さまも、さっすが三十五ミリフィルム上映っていう、重厚さがあったもんね。あの日本映画黄金期の独特の風合いだけは、デジタル上映なんぞにそうそう出せるもんじゃないよ。特に俺の席は映写室の傍だったからさ、カタカタと回る映写機の音も耳に心地よかったね」

学が謳《うた》うように続ける。

そういうものだったかと、麗羅も、咲子や留美と顔を見合わせた。しかし――。

「いや。あれ、デジタル上映だけど」

栄太郎があっさり首を横に振る。

「はいぃ？」

学が眼を丸くした。

「旧作は予算つかないから、デジタル化してないんじゃゃ……」

「いや、蓮さまくらい頻繁に上映される作品になると、さすがにデジタル化してるよ。そのほうが後々のコストがかかんないし」

和也も腕組みしながら答える。

「だ、だって、水島、映写室に入ってってたじゃん」

往生際悪く、学はまだ抵抗した。

「ああ、あれは、他に整理しなきゃいけない資材があっただけだけど」

栄太郎からも淡々といなされ、ついに学は絶句する。

「ちょっと」

ようやく麗羅が我を取り戻して一声放ったとき、咲子も留美もつられて一斉に叫んだ。

「マナバヌーーッ‼」

すかさず学が、ザリガニのように腰を丸めて後退しながら逃げていく。

「なによ、たまに真面目に話してるかと思ったら、全部デタラメじゃん」

留美の剣幕に、学はしどろもどろに反論した。

「デ、デタラメではないでしょう。ほら、だって、元々のネガはフィルム撮影なわけだし」

「でも、あんた、さっき映写機の回る音が聞こえたって言ったじゃない！」

「本当に、性根の芯までいい加減な男だよね」

「こんなのが部長じゃ、銀活、絶対潰れるって」

「第一、この人、上映中ずっと寝てたじゃん」

「大体、お前はなぁっ」

次々と怒号が飛び交い、もう、誰がなにを言っているのかもよく分からない。

学は眼を白黒させ、ひたすらあたふたしている。

「ああああああっ！」

だが次の瞬間、追い詰められていた学が大声をあげて、背後の山を指さした。

「また、なにごまかして……」

和也が学を捕まえようと腕を伸ばしかけたが、ふと学が指さす方向に視線をやって固まった。その様子に、全員が山のほうを振り仰ぐ。

麗羅は思わず息を呑んだ。

花火の目隠しになっていた背後の山から、なにかが立ち上がってくる。

それは徐々に大きく広がり、高く盛り上がり、まるで巨大な入道が、金色《こんじき》に燃えたつ長い光の髪を、ゆっくりと振り立て、持ち上げていくようだった。夜空いっぱいに広がった金の髪は、枝垂《しだ》れて、山の向こうへ落ちていく。

フィナーレの巨大な枝垂れ花火は、まだ見たことのない未知のなにかが、自分たちを手招きしているように見えた。

一瞬の光。一瞬の幻。

人の歩いていく道は、これまでも、これからも、こうした刹那の積み重ねの中で形成されていくのだろう。

そこには絶えず、生まれてくるものと、消えていくものがある。

今や映画は、一筋の光の先に生まれる幻影ではない。

しかし、それが画素《ピクセル》と走査線《スキャンライン》に取って代わられたとしても、まだ見ぬ先に、光明の欠片《かけら》を探そうとする人の心がなくならぬ限り、映画がなくなることはない。

どのように形を変えようと、映画という光と、それを暗闇の中で供する劇場は、残り続けていくだろう。

若さを失い、少しずつ衰えながらも、麗羅が麗羅であり、咲子が咲子であり、留美が留美であり、栄太郎が栄太郎であり、和也が和也であり、学が学であるように。

たまたま同じ時期に会社に入り、たまたま映画に携わってきた自分たち。

平成という元号と共に社会でときを積み重ねてきた自分たちは、それぞれに傷を受け、それぞれに戦ってきた、やはり輩《ともがら》であったのだ。

長年、孤立感を味わってきた麗羅でさえ、今は素直にそう思うことができた。

時代の波に呑まれて消えていくものがあるように、誰もがなにかを失いながら生きていく。

それでも生きている限り、たとえいくつになろうと、なにを失っていようと、自分たちはいつだって〝これから〟なのだ。

巨大な枝垂れ花火は、長い時間をかけて、ゆっくりと山の上一杯に広がった。

一拍後。

ドンッ――。

重厚な轟《とどろ》きが、軽い地響きを伴って伝わってきた。

駐車場に並んで空を見上げる六人の胸に、共に駆け抜けてきた時代の記憶と、敬虔《けいけん》な思いと、微かな希望を連れて。

深く、しみじみと響き渡っていった。

謝辞

本稿の準備にあたり、元角川シネマ新宿のスタッフの皆様にご協力をいただきました。この場をお借りして、心より御礼を申し上げます。

なお、この物語は筆者の映画会社勤務時代の体験をヒントにしておりますが、あくまでもフィクションです。登場人物並びに団体に、特定のモデルはおりません。また、複雑な興行体系を、一部簡略化して表現しております。事実との相違点については、すべて筆者に責任があります。

解説

大矢博子

進学、就職、結婚——人生の節目を迎えるたび、人は〈将来の自分〉を思い描く。中でも顕著なのは就職だろう。それが自分の希望した業界・業種ならなおさらだし、そうでなかったとしても、新たな生活を迎える中で誰もが、数年後、数十年後の〈こうありたい自分〉に思いを馳《は》せるのではないだろうか。

人によっては、それは出世や名声かもしれない。あるいは、特定の目標の実現かもしれない。仕事は生活の手段に過ぎず、別の夢を念頭に置いている者もいるかもしれない。

だが、実際に数年後、あるいは数十年後。あのとき想像した未来に立っている人はどれくらいいるだろう。

本書『キネマトグラフィカ』は、二〇一八年の春、群馬県のとある映画館から始まる。一九八九年——平成元年に老舗映画会社〈銀都《ぎんと》活劇《かつげき》〉に入社した六人の同期会が開かれるのだ。

入社から約三十年。五十代になった彼らの中には、今も会社に在籍している者もいれば、すでに退職して別の道を歩いている者もいる。

久しぶりに集まった彼らの話題にのぼったのは、入社四年目に起きた「全国フィルムリレー事件」だった。ブッキングのミスで、一本しかないフィルムが群馬、大阪、名古屋、福岡の四箇所で続けざまに使われるという事態になったのだ。普通の運送では間に合わないので、それぞれの地区の担当営業だった彼らが上映終了と同時に新幹線便で次の場所へ届けるという綱渡りのリレーを敢行したのである。

物語はここから彼らが二十代だった頃に遡《さかのぼ》り、「全国フィルムリレー事件」の顚末と、当時の彼らの置かれた環境が現在と対比しながら綴《つづ》られる——。

まず、本書の読みどころのひとつとして、約三十年前の映画界の描写がある。著者の古内一絵はかつて映画会社に二十年勤め、営業・配給・宣伝・買い付け・DVD制作などに携わってきたという。現場での経験が十全に注ぎ込まれたこの物語は、当時を知る世代にとっては「そうだったそうだった」と頷くこと必至のエピソードに満ちているのだ。

劇場がシネコンになる前。映画がデジタルになる前。フィルムを地方の劇場に売り込む（フィルムを貸し出すことで配給会社が料金を得る）という仕事がまだあった時代だ。一定年齢から上なら、映写機のカタカタいう音を覚えているだろう。入れ替えなしの劇場も、二本立てでの上映も普通だった。そんな時代に奮闘する映画会社の社員たちを描いた本書は〈映画業界小説〉としても稀有《けう》な作品と言っていい。

読みながら、学生時代のことを思い出した。昭和の終わり頃だったと思うが、ジャニーズのアイドル映画と「男はつらいよ」の同時上映に遭遇したのだ。アイドルファンの中高生女子が集団で渥美清《あつみきよし》を眺める不思議空間。お目当ての方だけ見ればいいじゃないか、と思う? 入れ替えなしの二本立てで同じ映画を二度見たいときは「もう一本」を挟まざるを得ないのだ。今思うに、あれはむしろ寅さんファンの方が居心地が悪かったろうなあ。

閑話休題。映画だけではない。平成初頭の〈仕事の風景〉もノスタルジーを喚起する。入社四年目、平成四年時点の彼らにはまだケータイもなく、ポケベルで呼び出され、公衆電話を探す。運行が始まったばかりの「のぞみ」は全席指定の上、速過ぎて「怖い」のでひかりを使う。出張先の地方から東京の会社に電話するときはコレクトコールだ。フィルムを管理するのにパソコンではなく手書きの紙のファイルをめくり、書面はファックスでやりとりする。取引先との〈接待〉は朝までコース。「二十四時間戦えますか」のCM、女性の結婚時期をクリスマスケーキに喩えるトレンディドラマ、そして男女雇用機会均等法の施行で誕生した〈女性総合職〉という名称——。

何もかもが懐かしい。だがこの「懐かしい」は苦味を内包している。それが本書のもうひとつの読みどころだ。

同期六人組を見てみよう。

六人のうち四人は、営業部で地方セールスを担当することになった。映画への愛と知識に自信がある水島栄太郎《みずしまえいたろう》。体育会系の仙道和也《せんどうかずや》。なんとなく面白そうだったからこの会社を選んだ葉山学《はやままなぶ》。映画が大好きで制作する側に回りたかったが、男女雇用機会均等法を受けて初の〈女性セールス〉になった北野咲子《きたのさきこ》。短大卒業で二十五歳までには結婚退職することが目標の小林留美《こばやしるみ》は事務職。そして親のコネで入社した帰国子女の小笠原麗羅《おがさわられいら》は英語力を買われて国際部に配属になった。

だが社会に出た彼らはすぐ、期待とは異なる現実に否応なく向き合うことになる。

誰よりも映画には詳しいはずなのに、物おじしない和也や調子のいい学の方が自分より売り上げがいいという現実を受け入れられない栄太郎。平凡であることを厭《いと》い、特別な何かでありたいと渇望する和也。ちゃらんぽらん処世術の限界を感じる学。仕事の出来とは関係なく〈初の女性○○〉であることばかりフィーチャーされる咲子。女子のお茶汲みという旧態依然とした文化に思わずNOをつきつけてしまった麗羅。自分は腰掛けだからと思いつつも、総合職の女性ふたりにどこか引け目を感じてしまう留美。

やりたいことをやるために、会社に入ったはずだった。なりたい自分になるために、この仕事を選んだはずだった。未来の自分を実現するために、今日があるはずだった。

それなのに、なりたい自分と現実の自分がどんどん乖離《かいり》していく。目指した評価と与えられる評価が根本的に食い違う。社会の不条理を飲み込み、苦手なお酒に朝までつきあって、あらゆる性差別をぐっと堪えて、私生活を犠牲にして、一生懸命にやってきたのに何一つ報われていないのではという無力感に苛《さいな》まれる。〈なりたい自分〉に届かない。〈あの頃の未来〉に辿り着けない。

彼らの苛立ちや無力感の描写が絶品だ。世代や職種を問わず多くの人が感じた、経験した出来事がここにはある。それは傍《はた》からはうまくやっているように見える人であっても例外ではないのだと本書は語る。六者六様の彼らの中に、自分に近い存在を見出す人も多いだろう。彼らがぶつかった壁にどう向き合うのか、折り合いをつけていくのか闘うのか、六人それぞれの奮闘をどうかじっくり味わっていただきたい。

特に胸に刺さるのは、女性三人の描写だ。三人ともまったく違ったタイプで目指すところも異なるが、それでもそれぞれに〈女性はこうあるべき〉という社会通念の壁にぶつかる。男女雇用機会均等法が施行されたはずなのに、実態は程遠い。根強い偏見。ことあるごとにぶつかる矛盾。これは根底の部分で今も変わっていないように思うが、この時代の〈女性総合職〉はその強風を真正面から受けたのだ——と言えるのは、私もまた咲子や著者と同世代の〈女性総合職〉だったからである。当時を思い出して身悶《みもだ》えしたほどだ。

終盤、咲子がこう吐露《とろ》する場面がある。

「ここなのかって思うのよ」「あれだけ頑張って、前に進んできて、でも、結局最後はここなのか」って。

なんと切ない言葉だろう。彼女にこう言わせた状況を読んだとき、思わず涙ぐんでしまった。古内一絵の作品には、そのジャンルにかかわらずジェンダーの問題を潜ませたものが多いが、その中でも本書は働く女性を巡る状況を正面から描いた一冊である。

なのだろうか。
——では、働くとはそんなに辛《つら》いことなのだろうか？　夢に届かず、刀折れ矢尽きるだけ
否。逆だ。そうではない、と本書は告げているのだ。あの頃は辛いこともたくさんあった
けど、楽しい思い出もたくさんあった。大切な出会いもあった。実際、さながらバトンリレ
ーのようにフィルムを映画館に届ける彼らの悪戦苦闘はとてもユーモラスで、その非日常は
まるでお祭りのようで、読んでいてハラハラしつつも思わず笑ってしまう場面もたくさんあ
ったのだ。間違いなく「楽しかった」のである。
あのとき想像した未来に届かなかったとしても、それに向けて走ってきた時間は確実に今
の自分を作っている。まったく報われなかったと思っていても、どこかに、何かに、つなが
っている。今立っているのはあの頃思い描いた場所でないかもしれないが、そこからまた次
の場所を思い描くことだってできるのだと、本書は力強く謳《うた》っているのである。
これは、あの頃の未来に立つことはできなかったがそれでも懸命に走ってきた人への賞賛
と労《ねぎら》いと応援の物語なのだ。そして同時に、これから未来を目指す人へ幸運を祈る物語でも
ある。なんと心励まされる、なんと希望に満ちたメッセージだろう。
「俺たち、皆、苦労しながらここまでやってきたんだよ。でもそれって、悪いことではなか
ったと思うんだ」という和也の言葉を「結局最後はここなのか」と嘆く多くの咲子たちに送
りたい。あなたの頑張りは、決して無駄ではないのだと。

本書の続編にあたる『二十一時の渋谷で　キネマトグラフィカ』（東京創元社）が二〇二一年に刊行された。〈銀都活劇〉がＩＴ企業傘下の映像配信会社に買収されることが決まり、すべての企画が止まってしまった社内で旧作のＤＶＤ化を進める社員が主人公だ。本書の六人のその後も描かれるので、ぜひ併せてお読みいただきたい。

となると、新刊で出てきた人も含め、登場人物たちのさらにその後も読みたくなるのが人情。人気映画に倣《なら》って、ぜひともシリーズ化をお願いしたい。

本書は二〇一八年、小社より刊行された作品の文庫化です。

著者紹介　1966年、東京都生まれ、日本大学卒。『銀色のマーメイド』で第5回ポプラ社小説大賞特別賞を受賞し、2011年デビュー。著書に〈マカン・マラン〉シリーズ、『風の向こうへ駆け抜けろ』『最高のアフタヌーンティーの作り方』『二十一時の渋谷で キネマトグラフィカ』などがある。

検印
廃止

キネマトグラフィカ

2022年3月18日　初版

著者　古《ふる》　内《うち》　一《かず》　絵《え》

発行所　（株）東京創元社
代表者　渋谷健太郎

162-0814/東京都新宿区新小川町1-5
電　話　03・3268・8231-営業部
　　　　03・3268・8204-編集部
URL　http://www.tsogen.co.jp
DTP　キャップス
暁印刷・本間製本

乱丁・落丁本は、ご面倒ですが小社までご送付ください。送料小社負担にてお取替えいたします。

ISBN978-4-488-80401-5　C0193

LIFE AFTER LIFE * KATE ATKINSON

コスタ賞受賞の比類なき傑作！

ライフ・アフター・ライフ

ケイト・アトキンソン　青木純子 訳

1910年の大雪の晩、アーシュラは生まれたが、臍の緒が巻きついていて息がなかった。そして大雪で医師の到着が遅れ、蘇生できなかった。しかし、アーシュラは同じ晩に生まれなおし、今度は生を受ける。以後も彼女はスペイン風邪で、海で溺れて、フューラーと呼ばれる男の暗殺を企てて、ロンドン大空襲で……何度も生まれては死亡する。やりなおしの繰り返し。かすかなデジャヴュをどこかで感じながら幾度もの生を生きる一人の女性の物語。圧倒的な独創性とウィットに満ち溢れた傑作小説。

▶ どれだけの形容詞を並べても、本書について語るには足りない。猛烈に独創的で、感動的な作品だ。
　——ギリアン・フリン

▶ 読み終えた途端に読み返したくなる稀有な小説。
　——タイムズ

四六判上製